GC NOVELS
田中
TANAKA THE WIZARD
年齢イコール彼女いない歴の魔法使い
Story by Buncololi, Illustration by M-da S-taro
12

GC NOVELS

TANAKA THE WIZARD

年齢イコール彼女いない歴の魔法使い

12

著
ぶんころり
Story by Buncololi

画
MだSたろう
Illustration by M-da S-taro

CONTENTS

"Tanaka the Wizard"
12
Story by Buncololi, Illustration by M-da S-taro

王なる存在（一）

King Being (1st)

南部諸国での騒動も一段落。向こうしばらくはゆっくり過ごそうと、ドラゴンシティに戻ったのも束の間、町の上空に巨大な飛空艇が出現した。しかも船首の正面には龍王を名乗る人物が同行しているからどうしたことか。

「不死王を出せ。隠し立てするならば、この町を滅ぼす」

出会い頭に第一声、これまた物騒なご意見を頂戴してしまった。

相手は見たところ十代前半の少年。

しかも短パン美少年。

ナンヌッツィさんが涎《よだれ》を垂らして喜びそうな風貌をしている。

ただし、彼の傍《かたわ》らに浮かんだスペンサー子爵が、恭しくも半歩後ろに控えている点から、エディタ先生やロリゴンと同じように、外見年齢と実年齢が一致しない手合いだろうことは想像に難くない。見た目で判断すると大変なことになるタイプだ。

白ずとブサメンも背筋が伸びる。

すぐ隣ではエディタ先生とロリゴンも表情を強張らせている。取り分け後者の反応は顕著《けんちょ》なものだ。途端に落ち着きをなくして、尻尾をプルプルと震わせ始めた。その姿から龍王という肩書きに説得力を感じる。

こういうのをおねショタというのだろうか。

個人的には、おじロリ街道を邁進していきたいと常々。

「どうした？　何を黙っている」

こちらが返答に躊躇《ちゅうちょ》していると、先方からせっつかれた。

下手に逆らって逆鱗《げきりん》に触れたら大変なことである。

なにはともあれ、この場は丁寧《ていねい》にご挨拶をさせて頂こう。

「お初にお目にかかります、龍王様。不死王との面会の場、是非ともご用意させて頂きたく存じます。ところで、差し支えなければ場所を移して、おくつろぎ頂きながらお話を伺えませんか？　すぐにでもお茶のご用意をさせて頂きますので」

「あの骨、ここのニンゲンに味方しているそうだな？」

あの骨というのは、もしやスケルトンな先代の不死王様を指してだろうか。そういうことなら、既に彼は天に召されてしまった。当代の不死王は角張っていた彼から一変して、まんまるふかふかの鳥さんだ。

今もブサメンの腕に抱かれており、共に龍王様に臨んでいる。

ただ、その事実をこの場で伝えるのは抵抗がある。

先方がどういった事情からこの場を訪れたのか、現時点ではまるで判断が付かない。相手が本当に龍王様なのであれば、場合によっては鳥さんの生命にもかかわる。下手にお伝えすることは憚《はばか》られた。

同時に鳥さんの秘密を北の大国に知られることも避けたい。

「たしかにお会いした覚えはあります」

「ならさっさと出すといい」

「しかしながら、彼とはお会いしてすぐに別れました」

「なんだと？」

「そちらの彼女から、どのように話を聞いておられますか？」

スペンサー子爵に視線を向けつつのお問い合わせ。

北の大国がどういった理由から龍王様と結託したのか、この場は背後関係の確認を優先するとしよう。お目付け役と思《おぼ》しき彼女も、相手が本物の王様なら、横から口を挟むような真似はしないだろう。

巨乳美女が緊張している姿って、なんかエロい。

「あの骨、ニンゲンと組んで余の真似事をし始めたそうじゃないか」

「龍王様の真似事、ですか？」

「強き者として下々を導くという、とても崇高な定めだ」

「……なるほど」

言っていることの意味がさっぱり分からない。

しかも何故かドヤ顔。

それでもどうにか想像を膨らませると、自分の真似をし始めた不死王様が気に入らないから、いちゃもんを付けに来た、という感じだろうか。もし仮にそうだとしたら、なんて心が狭いんだろう、龍王様。

巻き込まれた下々としては堪《たま》ったものじゃないな。

「そこの娘、どうして龍族が人と共にいる？　不死王はどうした」

醤油顔と言葉を交わしていたかと思えば、その意識は早々にロリゴンへ移った。多分、ブサメンとやり取りするよりも、彼女から聞き出した方が早いと考えたのだろう。完全にこちらを下に見ているからこその対応だ。

可愛らしい顔立ちの割に、なかなかオラ付いた性格の人物である。

『し、知らない！　不死王なんて知らないぞ!?』

「余はここにいると聞いた。さっさと出せ」

『ぐるるるぅ……』

ロリゴンが娘っ子扱い。これは本格的にキングの予感。跳ねっ返りの強い彼女が言い返せないでいるぞ。

取り急ぎ、ブサメンが行うべきはステータスの確認である。

名　前：ヨハン
性　別：男
種　族：エンシェントドラゴン
レベル：6189
ジョブ：龍王
HP：1540000020／1540000020
MP：2100198828／2100198828
STR：1190021
VIT：1077011
DEX：7100100
AGI：31200564
INT：19000991
LUC：790011

あぁ、これはヤバい。

魔王様や不死王様と同列にいらっしゃる。後者くらい話の通じる相手ならいいのだけれど、前者のように向こう見ずな性格だった場合は目も当てられない。そもそも何故に彼はスペンサー子爵と一緒にやってきたのか。

いくつか想像は浮かぶけれど、どれも碌《ろく》なものじゃない。

実は女の子とか、淡い期待を抱いていたけれど、完全にオチンチン認定。

信頼と実績のステータスウィンドウである。

「龍王様、せっかくですのでお茶のご用意をさせて頂きたく……」

「そういうのは結構だ。余の前に不死王を連れてこい」

しかもこのドラゴン、めっちゃグイグイと来る。

思えばロリゴンも出会った当初はそうだった。

ドラゴンって基本的にオラオラ系なのだろうか。

お茶、飲もうよ。

「……左様でございますか」

自ずと思い起こされたのは、前に彼女が呟いていた龍王様と不死王様の関係。なんでも二人は犬猿の仲らしい。このタイミングで前者が後者を求めてやって来たとなると、過去のいざこざも関係していそう。

両者の間にどのような因縁があるのか、ブサメンにはさっぱりだけれど。

「…………」

あぁ、スペンサー子爵が同行している理由が分かった。

我々と不死王様が通じていることを姉のスペンサー伯爵から確認して、これを龍王様に伝えたのではなかろうか。北の大国はペニー帝国に対抗するため、暗黒大陸にまで人を向けていた。その関係で龍王様の下にも足を運んでいたのではないか。

そして、見事に釣られてしまった龍王様、みたいな感じ。

「おい、さっさとしろ。余を待たせるな」

「先程もお伝えしましたが、かのスケルトンとは既に別れてございます。お会いしたのも南部諸国はチェリー王国でのこととなり、仔細《しさい》についてはは同国と親しい間柄にある、そちらのスペンサー子爵のほうが詳しいものと存じます」

「なんだと？」

「っ……」

龍王様の視線を受けて、子爵の身体がビクリと震えた。

どうやら両者の関係は一方的のようだ。

彼女は慌てた面持ちでツラツラと言い訳を並べ始めた。

「そ、そんなことはありません。姉からはそちらの男こそ、不死王と通じていると話を伺っております。グラヌス湿地帯にあった不死王の寝床も崩壊しており、以降、我々は足取りを掴めておりません」

北の大国としては、ペニー帝国に対する牽制として龍王様の存在を利用したかったのだろう。ただ、この様子だとどこまで協力を得られているのか怪しいところだ。下手をしたら両国を巻き込んで滅亡まっしぐらである。

勝手に自滅する分には結構だけれど、我々まで巻き込まないで頂きたい。

「たしかに先刻もそのようなことを言っていたな」

「はい、お伝えさせて頂きました」

「だからこそ余も、こうして居城《きょじょう》を発ってまで赴いている」

スペンサー子爵から我々に向き直り、龍王様は語る。大仰にも両腕を左右に伸ばしてのアクション。めっちゃ偉そうだ。

「ニンゲン、隠し立てするならば容赦はしない。あの骨が囲っている町、余が直々に滅ぼしてくれる。留守中に居場所を失って狼狽《うろた》えるあの者の姿、あぁ、なかなか愉快な光景ではないか。想像しただけで胸がすく思いだ」

『ちょ、ちょっと待て！』

間髪を容れずロリゴンが声を上げた。

町の進退が話題に上がったのが理由だろう。

「なんだ？　娘、邪魔をするつもりか？」

『不死王は関係ない！　こ、ここは私の町だっ！』


飛行魔法を操作、醤油顔やエディタ先生より半歩ほど前に出ての訴えである。ピンと伸びた尻尾のブルブルと小刻《こきざ》みに震える様子が印象的だ。それでもなお頑張ってみせる姿からは、彼女が眼下の町に向ける愛情が垣間見える。

相手は同じ種族の王様。

平社員が勤め先の社長に直訴するようなものだろう。そうして考えると、本日のロリゴンめっちゃ頑張っている。

ところで、ふと思い起こしてみると、どこぞの魔族は魔王様に対して、パカスカと魔法を撃ち放っていた。彼は自分たちの王が、一部記憶を継承《けいしょう》しながら転生していることをご存知なのだろうか。いつか暇を見て伝えてみたい。

「娘、その方も龍族であるなら、あの骨の所業は知っていることだろう？　それをまさか、味方するというのではあるまいな？　もしそうだとすれば、同族であったとしても容赦はしない。この場で八つ裂きにしてくれる」

『もし私が八つ裂きになったとしても、ここにあの骨はいない！』

「だが、このニンゲンはここに居ると言っている。この町が、この国が、不死王に味方するとあらば、余はこちらのニンゲンに与《くみ》しよう。過去の屈辱を晴らすには絶好の機会だ。あの骨が育んできたすべてを、余がこの手で奪い尽くす」

『っ……』

龍王様のお口から直々に、北の大国との関係が確認できた。

どうやらエディタ先生が懸念していた事柄が、現実のものとなってしまったようだ。しかもペニー帝国と北の大国の対立を巻き込んでしまっている。スペンサー子爵がどのようにして彼に声を掛けたのか、とても気になる。

「もう一度だけ言おう。余の前に不死王を連れてこい」

「…………」

続けられたのは、最後通牒《つうちょう》を思わせる物言いだ。

こうなっては鳥さんの存在を隠し立てしてもいられない。素直に事情を伝えて、龍王様にはお帰り願うのが正しいと思う。チラリとエディタ先生に視線を向けると、コクコクと頷くお姿が見受けられた。

これを確認して、ブサメンは口を開く。

「龍王様、先程から繰り返しのお話となり恐れ入りますが、スケルトンの彼をこちらにお連れすることはできません。しかしながら、不死王の座にある者であれば、既に我々の目の届く範囲に控えております」

「どういうことだ？」

「つい数日前に、不死王は代替わりしました。先代の彼、龍王様が面会を求められているスケルトンは、その役目を終えて地に還りました。ですから大変申し訳ありませんが、この場にお連れすることはできないのです」

「……なんだと？」

ここへ来て龍王様に動揺の色が見られた。

どうやら骨の人の逝去は知らなかったようだ。代替わりに際して故人となることが分かっていたのなら、知り合いに挨拶くらいしておいてくれよ、とは思わないでもない。せめて人伝いにでも話がいっていたらよかったのに。

などと骨の人の終活に不満を覚えたところで、過去には北の大国を相手に、あれもこれも隠し立てしていた自らの行いに気付いた。素直にすべてをぶっちゃけていれば、こうして龍王様が意趣返しに訪れることもなかったかもである。

いやでも、流石《さすが》にそこまでは読めない。

あぁ、なんかもう、色々とごめんなさい。

「あの骨を庇《かば》い立てしているのではないか？」

「そんな滅相もない」

「仮に代替わりが本当だとしたら、当代の不死王はどこにいるというのだ。ニンゲン、オマエがそうだとでも言うのか？　それとも隣のエルフか？　まさか余と同族の娘が、継いだなどとは言わぬだろうな」

当然のように鳥さんはスルーである。

先方もまさか、醤油顔が抱いた愛らしい鳥さんが、当代の不死王とは思うまい。だからこそ、事実を伝えることに躊躇する。冗談を言っていると思われて、反感から攻撃魔法など放たれた日には大変なことだ。

けれど、この状況ではそれも難しい。

「こちらのフェニックスの幼生です」

両手で抱いた鳥さんを、正面に掲げてお伝えする。

皆々の注目が、まんまるフカフカの彼に移った。

「…………」

『ふぁー？』


彼と龍王様との間で、お互いに視線が交わり合う。

首を傾げて間の抜けた声で鳴く鳥さんが可愛い。

ロリゴンからは、おいちょっと待てよ、みたいな眼差しを感じる。彼女の危惧していることはブサメンも重々承知しておりますとも。しかし、他に上手い手立てもなかった。素直にお伝えする他にない。

案の定、先方の反応はしょっぱいものだった。

「余を馬鹿にするとは、ニンゲン風情が大それた真似をする」

その腕がこちらに向かい、羽虫でも追い払うかのように振られた。

醤油顔は大慌てで火力最大、モバイルFランを召喚。

即座に発射された後者に対して、前者より放たれた目に見えない何かがぶつかり、ズドンと大きな爆発が起こった。以前、南部諸国の学校で教員の人が使っていた、ブラストと呼ばれる魔法と似たような感じ。

素直に受けていたら、きっと身体を真っ二つにされていたことだろう。

『ふぁっ!?　ふぁっ、ふぁっきゅー！』

先方の行いを目の当たりにして、鳥さんもビックリだ。

ブサメンの腕の中で急遽、臨戦態勢となった。

目の前の相手を敵対認定したのだろう。

これに自身はウェポンズフリーをご案内させて頂く。

「鳥さん、魔法の出番です。軽く腐らせちゃって下さい」

併せて持続型の回復魔法を展開することも忘れない。

自身の他にエディタ先生やロリゴンに対しても行使する。肉体が淡い輝きに包まれたことを確認して、まずは人心地だろうか。惜しむらくはアンデッドとなってしまった鳥さんに、同じ回復魔法をプレゼントできないこと。

『ふぁっきゅー！　ふぁっきゅー！』

前後して彼の正面に、大きな魔法陣が浮かび上がった。どす黒い色合いの禍々《まがまが》しい代物だ。ラブリーな鳥さんとはギャップも甚だしい。これから身体に良くないものを放ちますよと、言外に訴えてやまない。術者を両手で抱えているブサメン的には、些《いささ》か不安の残る光景だ。

ただ、今回ばかりは手加減をするような相手でもない。

鳥さんもその点をなんとなくでも察しているのか、鳴き声にキレがある。

『ふぁっきゅぅうぅぅぅう！』

魔法陣の中程から放たれた真っ黒い何かが、幾本も重なり合うようにして、凄まじい勢いで龍王様に向かう。

エステルちゃんたちが好んで使う七色の魔法。あれを黒一色にしたような感じである。

ファイアボールの炸裂によって生まれた煙も霧散。

その只中を走り、鳥さんの魔法は龍王様を目指した。

これを受けては先方にも反応が見られた。

「っ……」

飛行魔法を操作、咄嗟《とっさ》に身体を捻《ひね》って回避せんとする。

大半は後方に逸れたが、内一発が片腕に当たった。

恐らく油断していた為だろう。

肘から先がドロドロと腐り始める。

南部諸国の統一に向けた会議、そこで目の当たりにしたのと瓜二つの光景だ。

魔王様と比肩する相手に一撃でダメージを入れるとか、やっぱりこちらの彼は本当に不死王なのだと、改めて思い知らされる。そして、これは我々のみならず、龍王様もまた同じであったようだ。

「これは……」

先方は驚いた面持ちで自らの腕を見つめている。

信じられないと言わんばかりだ。

傍らに控えたスペンサー子爵も同様である。

『ふぁっきゅー！　ふぁっきゅー！』

「信じて頂けましたか？」

鳥さんの頭をナデナデすることで、次の一発を控えて頂きつつのご確認。まさか本格的に喧嘩《けんか》を始めるような思惑はない。今のやり取りでこちらの言葉が真実であると、龍王様には信じてもらいたい。

なにより彼のすぐ隣には、スペンサー子爵の姿がある。自らお願いしておいてなんだけれど、醤油顔は肝を冷やした。龍王様が相手でさえ腕一本、見事に腐らせてしまった。人類を対象としたのなら、一撃での全身ゾンビ化は免れないだろう。

彼女のムチムチボディーを腐らせるなど、そんな勿体《もったい》ないことはできない。

世の中にはゾンビ姦なる趣向もあるそうだが、童貞的には新鮮なのが好みだ。

「……あの骨は、本当に逝ったのか？」

「はい、穏やかに逝かれました」

ややあって龍王様の視線が、自らの腕からブサメンに移る。


そして、これまでとは雰囲気を変えて、厳かにも問うてきた。

神妙な面持ちをしていらっしゃる。

彼にとって先代の不死王様とは、どういった間柄、立場、関係の存在であったのだろう。こうして喧嘩を売りに来た時点で、ロリゴンの言葉通り犬猿の仲であったのは間違いないように思われるけれど。

「恐れ入りますが、事情をご理解して頂けたようでしたら……」

「ニンゲン、余はこの胸に滾《たぎ》った鬱憤《うっぷん》を、どこへ晴らせばいい？」

「…………」

そんなこと知らんがな。

魔王様や不死王様とは打って変わって、こちらの彼は根っからの王様気質である。自分の尻は自分で拭うべきだと、声を大にしてお伝えしたい。ブサメンが拭いたいのは美少女のお尻だけである。前の方なら舌で丹念に拭わせて頂く心意気。ビデ的な意味で。

「こうして振り上げた拳を、余はどこへ向けたらいいのだ」

「いえ、それは……」

一人で盛り上がり始めた龍王様、困る。

サンドバッグをご所望のようだ。

するとこれにピシャリと、水を掛ける人物が現れた。

『……なんか偉そうにしてるけど、先に喧嘩を売ったのはそいつだ』

ロリゴンである。

不服そうな面持ちとなり、龍王様のことをジッと見つめていらっしゃる。その物言いを耳にしたことで、居合わせた皆々の視線が彼女に向けられた。少し控えめな声色は、未だに震えている尻尾と共に、彼女の抱いた恐れが本物である証《あかし》だろう。

それでも鳥さんの力を目の当たりにして、勢い付いたものと思われる。

「そうなんですか？」

『そいつが不死王に喧嘩を売ったせいで、大勢の仲間が死んだり、腐ったりした。だから同族の顰蹙《ひんしゅく》を買って、騒動の後で集落から追い出されたんだ。結構前のことだけど、私たちはオマエがしたことを忘れていないぞ』

さっぱりとした性格の彼女が、こうして過去の怨恨《えんこん》を持ち出して語るとは珍しい。きっと大きな被害を伴う出来事だったのだろう。同時にロリゴンが話したがらない理由を理解した。身内の恥だもの、なるべく伏せておきたかったに違いない。

どことなく彼女にも通じるところがある点は、黙っておくとしよう。

指摘したら絶対に怒られる。

ドラゴンってそういう生き物なのかもしれない。

また、ロリゴンのようなのが何体もいれば、龍王様であっても無下にはできない、という事実をブサメンは再認識。事実、我々も下々の集まりから魔王様を撃退している。エンシェントドラゴンの集団ともなれば、戦力としては相当のものだろう。

『それで今は翼人族を囲って、王様ぶってるんだ』

「娘、余を愚弄するつもりか？」

『だって本当のことだ。あと、娘って言うな。わ、私の方が年上だ』

なんだよ龍王様ってば、うちの陛下みたいじゃないの。

こちらの彼が不運であったのは、隣に宰相殿のようなサポート役がいなかったことだろう。なまじ力が強いからか、誰からも意見されることなく育ってしまったに違いない。おかげで仲間から追放を受けて、陰キャザウルスになってしまった。

こうなるとスペンサー子爵もドン引きである。

え、嘘でしょ、みたいな表情で龍王様を見つめているぞ。

これってあれだよ、ほら、業務委託した社外ベンダーが地雷だったパターン。納期間際になってから、社内の現場担当者が必死になって後始末する羽目になるやつ。一方で支払いだけはきっちりと求めてくるんだよな。

当事者だと冗談じゃないけれど、他人事だと少し面白い。

いいや、巡り巡って我々も巻き込まれている訳ではあるけれど。

「黙れ。当時の余の判断は、極めて正しいものであった」

『だったらどうして、あんなにも仲間が大変なことになったんだ？』

「必要な犠牲だったのだ。むしろあの程度で済んだことを喜ぶべきだ」

『ぐ、ぐるるるる……』

しかしなんだ、王とは言っても完璧な存在ではないんだな。

魔王様や不死王様も含めて、誰も彼も人間臭い人物ばかりである。もう少し王道を行かれる方がいてもいいのではなかろうか。その身に備えた強大な力に対して、言動面で不安を感じるのは甚《はなは》だストレスである。

「いずれにせよ、先代の不死王は亡くなられました。わざわざ訪ねて来て下さったところ申し訳ありませんが、この場はお引き取り願えませんか？　見ての通り当代の不死王はフェニックスの幼生に過ぎません」

「その場合、余の溜めた鬱憤はどうなる」

「いえ、それはご自身でどうにか……」

「これは理屈の問題ではない、余の感情の問題なのだ。その方らが、あの骨に与していたのは事実。ならばこうして眼下に眺める町を征することで、先に逝ったあの者に対する余の意趣返しは達成されよう。余は気分よく城に帰ることができる」

『っ……』

なんてこった、龍王様が居直られたぞ。

どうしても飲み込めない怒りって、たしかにあると思う。本人の言葉じゃないけれど、振り上げた腕を降ろす理由を探しているのだろう。ただ、それを我々の町に向けるのは勘弁して頂きたい。

「龍王様は先程、強き者として下々を導く、とても崇高な定めをお持ちだと仰っていました。もし仮にこの場で貴方が我々の町をどうこうするというのなら、当代の不死王はこれに倣い、貴方が導く下々に同じ定めを与えることでしょう」

「なんだと？　貴様、それは卑怯ではないか」

真顔でそういうこと言うの止めて欲しい。

この微妙に話の前提が噛み合っていないの、異文化コミュニケーションって感じがする。思い起こせばロリゴンとも、出会った当初はこんな雰囲気だった。一方的にヒューマンを見下しているというかなんというか。

だからこそ、こうして逆に喰い付かれた時にバグるのだ。

「でしたら我々に手出しすることはお控え下さい」

「…………」

鳥さんの存在を前面にプッシュの上、素直にお伝えさせて頂く。

龍王様の治めている町については、ロリゴンに確認すれば所在はすぐに割れるだろう。北の大国の人たちであっても交渉に赴けるくらいだ。本人も居城がどうのと言っていたし、大々的に門を構えているに違いない。

個人情報の流出って怖いよな。

そうこうしていると、スペンサー子爵から声が上がった。

「龍王様、先代不死王との面会という当初の予定は、既に果たすことが不可能です。この場は帰還の上、今後については改めて検討してはいかがでしょうか？　当代の不死王は先方の管理下にあり、これ以上の強行策はリスクが伴います」

「余が不死王ごときに遅れを取ると考えているのか？」

「決してそのようなことはありません。しかしながら、龍王様が治めていらっしゃる町は、その限りではありません。民のことを大切に思っているのであれば、この場は慎重にことを運ぶべきかと具申します」

「まさかその方、余に敗退せよと？」

「いいえ、決して敗北してはおりません」

「…………」

子爵からの忠言に都度、龍王様の尻尾がピクリピクリと反応を示す。

苛立《いらだ》っているのだろうか。

苛立っているのだろうな。

自分たちから突っ込んできた手前、返り討ちにあったようなものである。

魔王様ならまず間違いなく攻めて来ただろう局面。しかし、それでも龍王様にとっての下々とは、ロリゴンがドラゴンシティに向ける愛情と同じように、自らの鬱憤を抑え込んででも優先するべきものであったようだ。

ややあって彼は小さく頷いてみせた。

「……そこまで言うのであれば、余もこの場は我慢しよう」

「恐れ入ります」

彼女も龍王様の扱いには苦労していそうだ。

そう考えると、うちの鳥さんはなんていい子なんだろう。普段からお行儀はいいし、トイレもちゃんと覚えてくれた。繰り返し言い聞かせれば、ある程度はこちらの意向に理解を示してくれる。言葉こそ通じなくとも、龍王様より遥かに付き合いやすい。


胸に抱いた彼をチラリと眺めて、ふとそんなことを思った。

＊

紆余曲折の末、スペンサー子爵と龍王様は去っていった。

彼らの背後に浮かんでいた飛空艇も一緒である。

お帰りは往路と同様に空間魔法。

一瞬にしてパッと消えていった。

これを見送った我々は、町長宅の執務室に集合して打ち合わせである。議題は龍王様の今後の扱いだ。先方が北の大国に与したことから、今後とも大なり小なり、衝突は避けられないと思われる。

同所には鳥さんを抱いてソファーに掛けた自身の他、左右にエディタ先生とロリゴン。対面にローテーブルを挟んでエステルちゃんと縦ロール。その背後にキモロンゲ。デスクにはソフィアちゃんが座っており、傍らにゴンちゃんとノイマン氏が立つ。

あと、東の勇者様が窓の外から、メイドさんを凝視している。

ジャーナル教授は南部諸国での騒動を受けて、数日ほど前に学園都市に戻られた。また、西の勇者様はペニー帝国の広告塔として仕事ができたとのことで、リチャードさんの要請を受けて首都カリスに向かわれた。

魔道貴族は王立学園の理事として、首都の職場で溜めた庶務に奔走中だ。

「すみません、皆さん。私が不死王と関係を持ったばかりに」

「それを言うなら、彼《か》の者を目覚めさせたのは私の責任だ」

居合わせた皆々に、つい先程の出来事をご説明の上、醤油顔は頭を下げた。

すると直後には、エディタ先生からも謝罪の声が上がった。

『おい、そういうのはいいから、アイツをどうにかするぞ！』

これに早々、ロリゴンから突っ込みを受ける羽目となる。

ぐるると喉を鳴らして息巻く彼女は、とても真剣な面

持ちだ。普段から何かとせっついてくれる町長殿だけれど、今回は殊更に気張っていらっしゃる。鼻の穴がピスピスと動いているの、いきなりギュっと指で摘《つま》んでビックリさせたくなる。

「だけど、龍族の王を相手にするなんて、そ、そんなの危険だわ！」

「そうよねぇ？　わたくしも喧嘩をするのは勘弁して欲しいわぁ」

エステルちゃんと縦ロールからは一歩引いた意見が出た。

過去、魔王様との騒動を顧みてだろう。

そちらのご意見、醤油顔も大賛成でございます。

「もちろん真正面から当たるような真似は、私も考えていません」

「そうは言っても旦那よ、相手はやる気満々なんだろ？」

「現時点では微妙なところですね」

「どういうことだ？」

「龍王様ご本人はやる気満々ですが、こちらは不死王を擁しています。そして、先方も我々と同じように守るものがありますので、不用意に攻めることはできません。

そこへ更に北の大国の思惑も絡んでいますので」

「いずれにせよ、判断材料が足りてないっつーことか……」

「そんなところですね。いずれにも転ぶ可能性があります」

ゴンちゃんの言葉ではないけれど、龍王様の治めている町については、早い内に確認しておくべきかもしれない。現時点において、その存在こそが鳥さんと共に、ドラゴンシティの生命線となっている。

ブサメンが頷くと、次いでノイマン氏が口を開いた。

「場合によっては、町の住民を疎開させることになるが、そうなると町の評判は地に落ちる。北の大国の動き次第では、そのまま首都カリスにまで騒動が波及しかねない。取り急ぎ、宮中に報告を入れるべきではないか？　なんなら私が向かおう」

「申し訳ありませんが、お願いしてもよろしいですか？　ノイマンさん」

「ああ、タナカは他に行うべきことがあるだろうからな。すぐにでも出よう」

一番困っていたところ、フォロー下さり痛み入る。


おかげで醤油顔は向こうしばらく、現場で作業に当たれそうだ。

またついでに自身も、疑問に思っていた点を解消したいと思う。

「ところでクリスティーナさん、龍王様について少々いいですか？」

『な、なんだよ？』

「龍王様が治めているという町の所在を伺いたいのですが」

『アイツの城がある場所か？』

「ええ、そのとおりです」

最悪、人質として利用させて頂く必要がある。先方がドラゴンシティの所在を把握している都合上、こちらも相手のウィークポイントを押さえておかないことには、今後の交渉で大きく不利に傾いてしまうもの。

とか考えたのだけれど、戻ってきたのは妙ちくりんなお返事だ。

『それだったら空のどこかだな』

「はい？」

『だから、空だ。アイツの城は空にある』

またロリゴンが、要領を得ないことを言い始めた。

まさかとは思うが、空に浮かんでいるとでも言うのか。

「龍王様の居城は、この広い空のどこかに浮かんでいるとでも？」

『そうだぞ？』

「…………」

どうしよう、その通りだった。

これだからファンタジーって困っちゃう。

色々と大雑把《おおざっぱ》っていうか、なんていうか。

いいや、こんなことを考えていたら、エディタ先生に怒られてしまうな。恐らく世の中の仕組みを細かく学んでいけば、ちゃんと理屈が通っているのだろう。異邦人の自分には、とんと見当がつかないだけで。

「場所、分かりますか？」

『……探せば分かる。たぶん』

早速《さっそく》一つ、タスクが積まれてしまったな。

それも火急の用件である。本日中にも探し始める必要がありそうだ。場合によっては徹夜だなと、内心慌て始めたブサメン。その心中を察したが如く、すぐ隣でエディタ先生が声を上げげられた。


「そういうことであれば、精霊王に協力を求めてはどうだろうか」

龍王様に続いて、これまたキングっぽい響きだぞ、精霊王。

しかも王の名を冠する存在からは、常に一歩引いていた先生らしからぬ提案だ。過去には大地の大精霊殿との交渉でも、ご挨拶にノーサンキューを貫いていた。それが協力を求めるだなどと、醤油顔は心配になってしまう。

「エディタさん？」

「貴様の言いたいことは分かる」

だが、と呟いて先生は続けられた。

それは今まさに危惧していた問題の解決案だ。

「龍王の居城について、精霊王の口添えから風の精霊を頼ることができたのなら、我々が空を飛び回ることもなく所在を確認することができるだろう。その所在を追いかけ続けることも不可能ではない」

「なるほど」

「また、いかに強大な龍王とはいえ、不死王と精霊王、二柱の王を相手にしたのなら、下手にちょっかいを出してくることもあるまい。そういった意味でも、彼の者と関係を持つことには、デメリット以上にメリットがあると思う」

既に他所《よそ》の王様から目をつけられてしまった手前、先生からのご意見は自身の胸にもストンと落ちた。見ず知らずの相手を頼ることに不安がないと言えば嘘になる。けれど、ドラゴンシティの危地を思えば、それもこれも致し方なし。

「この期に及んでは、選《え》り好《ごの》みできる状況でもないからな……」

「たしかに今の我々には、躊躇している余裕がありませんね」

「この意見だが、皆はどうだろうか？」

醤油顔が頷いたのを確認して、先生が皆々を見回して言った。

これといって反論は上がらない。

どうやら満員一致で可決のようである。

代わりにキモロンゲの口から疑問が漏れた。

「しかし、どうやって精霊王の下まで向かうというのだ」

「この屋敷で以前、私が召喚した大地の大精霊がいただろう？　彼の存在に仲介を頼もうと考えている。あの者であれば、当代の精霊王とも面識がある。更にいえばつい数日前にも、我々とは別件で顔を合わせているからな」

「ふぅん？　それはそれで気になる話じゃないのぉ」

「そう大したものではない。他に何か質問がある者はいるか？」

「確認なのだけれど、その精霊王というのは、龍王と仲が良かったりしないわよね？　もし万が一にもそうだったら、目も当てられないことになってしまうと思うのだけれど、そこのところ大丈夫なのかしら？」

ロリビッチがいいこと言った。

ブサメンも気になります。

「聞いた覚えはない。だが、念の為に大精霊に確認しよう」

「そうねぇ、それがいいわよぉ？　そういうの、とても大切なのだからぁ」

以降はエディタ先生主導の下、テキパキと話が進んでいった。

先生とロリゴン、それに自分の三名は、町長宅の中庭で大精霊殿との交渉。他の面々は万が一の場合に備えて、ドラゴンシティの疎開に向けた支度。ノイマン氏に限っては、首都カリスで宮中の二人組やリチャードさんへの事情説明。

そんな感じ。

「では、早速だが行動に移ろう。いつ龍王が動くか分からないからな」

先生の号令を受けて、皆々持ち場に向かい忙しく散っていった。

＊

執務室を発った我々は、場所を町長宅の中庭に移した。

本日は雲一つない快晴とあって、絶好の日向ぼっこ日和である。サンサンと降り注ぐ日差しを受けてとても気持ちがいい。視界の隅に映ったロリゴンの菜園では、段々と大きくなり始めた野菜が、その葉先を穏やかに揺らしている。

日がな一日、ゴロゴロとしていたくなる陽気ではなかろうか。

そうした思いを飲み込んで、我々は大精霊殿をお迎えするべく臨む。

「よし、それではあの者を呼び出すぞ」

「お願いします、エディタさん」

『いいから早くしろ、早く！』

醤油顔とロリゴンの見つめる先で、先生の正面に魔法陣が浮かび上がる。

過去にも目撃した覚えのあるデザインだ。

これが輝きを増すと同時に、中央では四足の生き物が像を結ぶ。一発で目当ての相手を引けるのかと不安を感じていたのだけれど、その動物的なシルエットを目の当たりにしたことで、ブサメンは先生が当たりを引いたことを確信した。

大きな耳と、ふさふさの尻尾は間違いない。

魔法陣の輝きが消えると、先方から先んじて反応があった。

「……今度は何の用件だ？　変わった者たち」

発注通り、大地の大精霊殿である。

どことなく呆れたような面持ちで問い掛けてくる仕草は、その口から介される人語と相まって、妙に人間臭く感じられる。ソフィアちゃんあたりが居合わせたのなら、目をキラキラと輝かせて喜んだことだろう。

「急に呼び出してすまないな、大精霊殿」

「ここは以前にも訪れたオマエたちの住まいか……」

周囲の光景を眺めて、大精霊殿がボソリと呟いた。

視線は自ずとロリゴンの菜園に向かう。

「ドリアードがまた何か悪さをしたか？」

「いいや、今回はまた別件で呼ばせてもらった」

「別件？」

クイッと首を傾げてみせる大精霊殿。

これに辛抱たまらんといった態度でロリゴンが吠えた。

『精霊王の下まで案内しろ！　今すぐにだっ！』

「なんだと？」

剣呑な物言いを受けて、大精霊殿の雰囲気が急変した。

腰を低く据えて、我々に対して身構える。地面にはガッチリと爪を立てており、次の瞬間にでも飛び出してきそうな姿勢ではなかろうか。獣っぽさが急に上昇したことで、ブサメンも胸がドキドキとします。

「ま、待ってくれ。決して敵対的な意思はない。むしろ逆なんだ」

「……どういうことだ？」

早まってしまった町長殿に、エディタ先生からフォローが入った。

執務室で決定したあれこれが彼女の口から大精霊殿に伝えられる。

過去には先方からも、精霊王様との間柄について話を受けたことがある。事情を正しく伝えたのなら、決して悪いようには転がらないと思うのだ。先生もそのあたりを把握してだろう、アセアセと必死になってご説明。

「……なるほど、そういうことか。いきなり驚かせないでくれよ」

「すまないな。この者も町の危機とあって気が立っているのだ」

こちらの意図が通じたようで、大精霊殿の警戒モードはすぐに収まった。

同時にいじらしい眼差しが、ロリゴンに対して向けられる。本当にコイツはどうしようもないな、みたいな感じ。本人もそうした先方の心中を察したのか、殊更に大きな声で唸るように吠えた。

『だから案内だ！　精霊王のところまで私たちを案内しろっ！』

「どうやら以前とは、そちらも事情が変わったようだ」

町長殿をスルーして、大精霊殿はエディタ先生に語りかける。

精霊王様との交渉、ロリゴンにはお留守番を頼んだ方がいいかもしれない。現在の彼女は町のピンチを受けて気が立っている。相手の性格も掴めていない現状、連れて行って相手の機嫌を損ねたら大変なことだ。

「うむ、そこで先立って精霊王殿と龍王の間柄を知りたい。大精霊殿は何かご存知であったりするだろうか？　我々が助力を求めたことで、良くないことが起こるようであれば、控えたいとも考えているのだが」

「少なくとも私が知っている限り、当代の龍王との関係性は薄い」

「なるほど、それならば問題はなさそうか……」

「精霊王様はオマエたちに興味を持っている。恐らく悪いようにはならないだろう。まあ、前に私からの誘いをふいにした件は、多少ネチネチと言われるかもしれないが、その程度で済むと思う」

「……そ、そうか」

醤油顔はネチネチというフレーズに不安を感じた。きっとエディタ先生も同様だろう。


ネチっこい性格の持ち主だったりするのだろうか。

それはちょっと嫌だなぁ。

「急いでいるのだろう？　オマエたちを我らが王の下まで案内しよう」

「あぁ、そう言ってもらえると助かる」

大精霊殿から前向きな提案を頂戴できたことでホッと一息。彼の言葉ではないけれど、過去に一度は精霊王様からのお誘いを断っていたので、門前払いを受けたらどうしようかと不安に思っておりました。

「だが、そっちのドラゴンは連れて行かないほうがいい」

『えっ、なんでだ!?』

愕然とした表情となり声を上げるロリゴン。

意味が分からない、とでも言いたげな面持ちで先方を見つめる。

「恐らく精霊王様とは相性が悪い。きっと碌なことにならない」

『ぐ、ぐるるる……』

どうやら大精霊殿も醤油顔と同じことを考えていたようだ。

そうなると彼女の同行は憚られる。

いずれは顔合わせをすることになるだろうけれど、それは自身やエディタ先生が十分に交友を持ってからの方がいいだろう。万が一、精霊王様にまで嫌われて、龍王様や北の大国に合流されては目も当てられない。

そうなったらペニー帝国の滅亡は待ったなしだ。

「承知しました。それでは私と彼女で伺わせて頂きます」

『あ、お、おいっ！　私も！　私も一緒に行くぞっ!?』

「これも町のためです。クリスティーナさんは町長として、我々が留守にしている間、こちらの町を守って頂けませんか？　約束を取り付け次第、すぐに戻ります。そう長く留守にする訳ではありません」

『でもっ……』

陛下やリチャードさんに承諾を得ずにこんなことしていいのかと、今更ながら思わないでもない。けれど、彼らの許可をいちいち取っていたら、ドラゴンシティがピンチである。ここは自分たちの大切なものを優先させて頂こう。

渋るロリゴンに対して、エディタ先生からも提案の声が上がった。

「不安であれば、不死王も共に残してはどうだろうか？」

「そうですね。むしろ下手に連れて行っては、精霊王様をよくない形で刺激してしまいそうです。今回は我々だけで赴いたほうがいいかもしれません。町の守りを固めなければならないのも事実ですし」

『お、おい！　べつに私は不安なんてっ……』

ブサメンが抱いた鳥さんにチラリと視線を向けて、あわあわとし始めるロリゴン。未だその存在に苦手意識を持っているようだ。龍王様が語っていた過去の出来事も、多分に影響してのことと思われる。

「どうか我々の町をお願い致します、クリスティーナさん」

『……ぐるる』

「では支度をするといい、すぐにでも向かおう」

追い打ちを掛けるように大精霊殿からの催促。

そんなこんなで当初の予定どおり、精霊王様との面会が決まった。

＊

【ソフィアちゃん視点】

タナカさんとエルフさんが、精霊王様の下に向かい町を発たれました。

どうしてお二人のご予定を把握しているかと申しますと、出かける間際にご挨拶を頂戴したからです。際してはドラゴンさんが留守番をされる旨、ご説明を頂きました。なんでも先方との相性がよろしくないそうです。

しかし、当のご本人はこれが甚だ不服のようですね。二人が出発されてからというもの、執務室でつまらなそうにされています。

『町長なのに、私は町長なのに……』

お一人でソファーに座り、膝を抱えている姿は愛らしく映りますね。

後ろからギュッと抱きしめたい衝動に駆られます。

しかし、そうしたメイドの腕には既に先客がございまして。

『ふぁー？』

「お腹は空いていませんか？」

タナカさんから、鳥さんのお世話を仰せつかりました。

これまで眺めるばかりであったまんまるフカフカが、遂にメイドの下にやってまいりました。大精霊さんも可愛らしかったですが、こちらの鳥さんもなかなかのものです。おかげで気分が盛り上がるのを感じます。

顔をボフッと埋《うず》めたい衝動に駆られますね。

『ふぁー？　ふぁー？』

「町長さんもいらっしゃるので、お茶の用意をしましょうか」

ドラゴンさんの気分転換も兼ねて、ティータイムと致しましょう。

鳥さんをソファーに下ろして、メイドは湯沸かし室に向かいます。

するとどうしたことか、座面からピョンと飛び降りた彼が、私の後ろをトコトコと付いてくるではありませんか。こちらを見上げながら、短い足を忙《せわ》しなく動かして歩く姿には、ひと目見て胸がキュンときましたよ。

なんて可愛らしいのでしょう。

実家が飲食店を営んでいる都合上、ペットを飼育することは禁忌でございました。だからこその憧れとでも申しましょうか。こういう小さくて丸っこい生き物と生活の場を共にすること、夢見ておりましたとも。

「私と一緒に来ますか？」

『ふぁきゅ、ふぁきゅ』

何を言っているのかはさっぱりですが、連れていきましょう。

湯沸かし室に限らず、自室までお持ち帰りするしかありません。

今晩は一緒のベッドで眠るのです。

タナカさん、エルフさん、お帰りは明日でお願いします。

『お、おいっ！　その鳥は危ないぞっ!?』

「お茶を淹れてきます。すぐに戻りますので、少々お待ち頂けたらと」

メイドを追いかける鳥さんの姿を目の当たりにして、ドラゴンさんから声が上がりました。もしかして私のことを心配して下さっているのでしょうか。そうだとしたら、とてもありがたいことでございます。

ただ、なんとなくですが、大丈夫のような気がします。

聞いた話によれば、こちらの鳥さんは魔王様にさえ比肩する、とても凄いモンスターなのだそうです。けれど、今し方にもソファーを蹴って床に降りましたところ、座面のクッションが破れるようなことはありませんでした。

これは昨日までの日常生活でも同様です。

だからこそ私は思うのですが、こちらの鳥さんは恐らく、ご自身が備えた力と、その周囲に与える影響を、理解しているのではないでしょうか。そうでなければ既に騒動の一つや二つ、起こっていると思うのです。

本日はタナカさんも出かける間際に、こちらの鳥さんに繰り返し、町長さんに協力するようにと言い聞かせておられました。彼もそういった点を考慮した上で、接しているのではないかなとメイドは感じております。

『ちょっと待てっ！　危ない！　危ないんだっ！』

ただ、ドラゴンさん的にはそうでもないようです。

憂鬱な面持ちで凹んでいらっしゃったのも束の間、こちらに向かいパタパタと駆けてまいりました。鳥さんが彼女を振り返るのに応じて、ピンと立ち上がった尻尾の動きが、メイド的には可愛らしく感じます。

「タナカさんは大丈夫だと仰っていましたが……」

『いいや、駄目だ！　コイツは危険だ。油断したら大変だっ！』

『ふぁー？』

『ぐ、ぐるるるるっ……』

お二人の間で視線が合いました。

警戒の色が強いドラゴンさんに対して、鳥さんはキョトンと首を傾げて、相手を見つめております。彼女がタナカさんと仲良くしている姿を、常日頃から目の当たりにしてきたからでしょう。後者は前者を完全に受け入れているように思えます。

「あ、あの、それでしたら一緒にお茶のご用意など……」

『そうだ！　それがいい！　私は町長だからな、コイツを見張っていないと』

過去、エルフさんとの間柄がそうであったように、こちらの鳥さんともまた、いつか仲良くできる日が訪れたのなら嬉しいですね。喉を鳴らすドラゴンさんを眺めましては、そう願わずにいられません。

＊

大精霊殿の案内を受けて、醤油顔とエディタ先生は町長宅を発った。

移動は例によって先生の空間魔法である。それもドラゴンシティを出発して以降、何度か繰り返し行使をお願いすることになった。というのも今回は案内人と引率の間で、お互いに位置を確認しながらの旅路である。

ちなみに自身はといえば、目的地はおろか現在地すらも皆目見当がつかず、二人のやり取りを黙って眺めるばかり。次々と移り変わる周囲の風景を眺めて、あれこれと感慨を抱いている間に往路は過ぎていった。

そうして最終的に訪れた先は、地中と思しき洞窟の奥深く。

キラキラと煌《きらめ》く水晶っぽい宝石に囲まれた界隈だ。

こちらの世界を訪れてから、色々な場所に足を運んでいるけれど、そうした中でも指折りでファンタジーしている。ちなみに外に出ると、猛烈に吹雪《ふぶ》いている雪山の只中だったりするから、つい先程までは普通に凍えておりました。

先生の空間魔法がなければ、足を運ぶことにも躊躇する界隈である。

「なかなか神秘的な場所ですね」

「以前は別の場所にいらしたが、最近はここにいることが多い」

何気なく呟いた感想に、大精霊殿からお返事があった。

どうやら精霊王様のお気に入りの場所らしい。

「差し支えなければ、精霊王様のご趣味など伺いたいのですが」

「趣味？　……趣味か」

交渉を円滑に運ぶため、洞窟内を歩きながら事前のヒアリング。

すると早々にも、大精霊殿は口ごもってしまった。

そこまで親しい間柄ではないのかもしれない。

ただ、そうして考えたのも束の間のこと。

「趣味らしい趣味はお持ちでないが、強いて言えば勝負事の類《たぐ》いだろうか」

「え……」

これまた不穏なご趣味をお持ちですね。

一瞬、聞き間違いかと耳を疑ってしまったのだけれど。

「オマエたちの下まで私が足を運んだのも、王同士の力関係で常に優位を保ちたいという精霊王様の意思の現れだ。響きとしては危うくも聞こえるだろうが、この点についてはオマエたちにとって、決して悪いことばかりではないと思う」

「ひ、一つ確認するが、他所の王と争っていたりはしないか？」

すぐ隣でエディタ先生からも声が上がった。

朗らかであった表情が一変して、緊張したものに。

「引きこもってばかりであった先代の不死王や、どこにいるのかも定かでない海王と比べたら、他所の王たちとも関係をお持ちだ。しかし、オマエたちが心配しているようなことにはならないと、私も考えた上で案内をしている」

「それなら、ま、まあ、大丈夫か……」

「無駄に喧嘩を売って回るような方ではないから安心するといい。少なくとも先代の魔王のように好戦的な人物ではない。しっかりと大局を見る目をお持ちだ。まあ、いささか変わった性格のお方ではあるが」

「…………」

ここへ来て先生も不安を感じ始めたようだ。

精霊王様の下への訪問は、彼女の発案によるものだ。その責任をズシッと両肩に感じて、あれこれと頭を悩ませていることだろう。もしもヤバそうだったら、そのときは最低限の交流に止《とど》めて、すぐにでもお暇《いとま》させて頂こう。

　ニップル国王が我々に対して卑屈になっていた気持ち、今ならよく分かる。

　持てないものは持てるものに対して、どうしても頭《こうべ》を垂れてしまうものなのだ。

「着いたぞ、この先にいらっしゃる」

　我々の数歩前を歩いていた大精霊殿の歩みが止まった。

　彼の見上げる先には、洞窟というロケーションに不釣り合いな、金属製の大きなドアが設《しつら》えられていた。この先に強めのボスキャラがおりますよと、視覚的に訴えて止まない立派な観音開きである。

　その傍らにセーブポイントを探したくなるほど。

「…………」

　ブサメンは軽くノックなどしてみる。

　だが、反応はない。

　留守だろうか。

「オマエ、何をしている？」

「いえ、勝手に入ってよろしいものかと疑問に思いまして」

「ここまで足を運んだのなら、既に精霊王様も我々にお気付きだ」


「なるほど」

　そういうことならと、ノブに手を伸ばしてこれを押し開く。

　カギは掛かっておらず、ドアは簡単に開かれた。

　金属の擦れ合うギィという音が、洞窟内に反響する。

　その先には地下の岩洞《がんどう》とは思えないほど、広々とした空間があった。天井も一般的な家屋の二倍以上ある。岩を削って拡張したと思しき同所の天井や壁には、キラキラと煌く水晶のような宝石が随所に生えている。

　最奥は一段高くなっており、どちらから持ってきたのか、玉座《ぎょくざ》のようなものが設けられていた。その座面の上、数センチほど浮かび上がる形で、バレーボールくらいの大きさ、まるっこい光球がふわふわと浮かんでいる。

「精霊王様、件《くだん》のニンゲンをお連れしました」

　我々が一歩を踏み込むに応じて、大精霊殿が言った。

　直後に光の玉の輝きが強弱、何処《どこ》からともなく声が響いた。

「あぁん、ごくろうさまだよぉ！」

　めっちゃアニメ声。

　舌足らずで甲高い、キャピキャピとした声が向かって正面、玉座の方から響いてきた。そんなまさかと考えて隣を振り返ると、自分じゃないと訴えるように、ぶんぶんと首を横に振るエディタ先生の姿が目に入った。

ツインテールが勢いよく左右に振れる様子がコミカルである。

個人的には先生が声を高くして喘《あえ》いでいる姿を拝見したくて仕方がない。

「あんれぇー？　どうしたのかな？　入ってきてもいーんだよぉー？」

「……失礼します」

広々とした洞窟内、マイクでも通したかのように声が響く。

想定外の第一印象に気圧《けお》されつつ、フロアの奥に向かい足を進める。

数メートルほどを歩いて、玉座の手前で停止。床に片膝を突いて頭を下げてみることに。ブサメンの対応を受けて、エディタ先生も同じように振る舞って下さるの、本当にありがとうございます。

「いらっしゃーい。よく来てくれたね？　私は嬉しいよぉ」


先方からはすぐさまお返事があった。

ご機嫌そうな雰囲気だ。

しかし、素直に受け取ることは憚られた。

ファンのご機嫌取りに終始している地下アイドルのような、なんとも怪しい気配を背後に感じる。何故ならば力関係は先方の方が遥かに上。精霊王という肩書きも手伝い、むしろ龍王様よりも難儀な相手のように感じる。

「お初にお目にかかります。この度は謁見の機会を賜りましたこと、誠にありがたく存じます。また、以前にもお声がけを頂戴しておりましたところ、ご挨拶が遅れましたこと心よりお詫び申し上げます」

とりあえず、ご挨拶。

からの、ステータス確認である。

名　前：リアン
性　別：なし
種　族：精霊
レベル：7105
ジョブ：精霊王
ＨＰ：1330199000／1330199000

ＭＰ：６７１０００１００／６７１０００１００
ＳＴＲ：１０９８０００
ＶＩＴ：８９０００１０
ＤＥＸ：２２３０００８２
ＡＧＩ：３０１９９００
ＩＮＴ：４９００１０００
ＬＵＣ：１０００２９０

間違いない、玉座のキラキラは精霊王様ご本人のようだ。

以前、エディタ先生が言っていた。精霊にとって見た目とは、あまり意味があるものではないのだと。光の玉以外の何物でもない先方の姿は、そうしたお言葉を強く裏付けるものとして自身の目に映った。

「ふーん？　本当にハイエルフとニンゲンが一緒なんだーね」

「…………」

どう応えるのが正解だろう。

醤油顔は続く返事に躊躇する。

するとすぐ傍らでエディタ先生から声が上がった。


「精霊王殿は、我々のことをご存知なのだろうか？」

「うんうん、そこの精霊から聞いてるよぉ」

玉座の上で光球が小さく動いた。

大精霊殿を指し示してのことだろう。彼が控えた辺りに向かい、小さくクイクイと前後してみせる。これと合わせて声を発する都度、光が強弱する。強烈なアニメ声のおかげで、それだけでもなんとなく感情が察せられる。

とことん無愛想だった先代の不死王様とは対照的な王様だ。

「ドラゴンや魔族まで一緒になって、一つの町で暮らしているんだってねぇ？　しかもお互いに協力し合って、魔王まで倒しちゃったとか、私もびっくりだよー。どうやったの？　ねぇねぇ、どーやって魔王を倒したの？」

「魔王については、この男が倒した」

「え？　うっそー！　そっちのニンゲンが一人で倒したの!?」

エディタ先生の発言を受けて、精霊王様の声が一際大きくなった。

光の玉も声に合わせて、ぴょこぴょこと上下に動く。

なんかちょっと可愛い。

お持ち帰りしてソフィアちゃんに自慢したい衝動に駆られる。

その姿を視線で追いかけていると、矢継ぎ早に先方から声が上がった。

「あ、この姿だとやっぱり話し辛いよね？　ちょっと待っててー」

どうやらブサメンの視線の動きに気付いたようだ。

直後に光球から発せられる輝きが、一際強いものになる。薄暗い洞窟内に慣れていたこともあり、眩《まぶ》しさから思わず目を細めてしまう。そうして縦に狭まった視界の先で、精霊王様の掛ける玉座に変化があった。

座面に腰を落ち着ける形で、人の姿が像を結ぶ。

眩しくしていたのは、時間にして数秒ほどのこと。輝きが収まるに応じて、変化の仔細が我々の面前で顕《あらわ》となった。

「こんな感じでどーかな。似合ってる？　似合ってるよね？」

座面の上に浮いていた光の玉が消えていた。

代わりにそこには人の姿。

それも一糸まとわぬ素っ裸の美少女が掛けていた。


パッと見た感じ、外見年齢は中学生くらい。

腰下まで伸びた長い黒髪と、鮮やかな蒼色の瞳が印象的な女体である。胸の膨らみは控えめである一方、太ももは非常にムッチリとしている。玉座に座っている為、お尻の具合は窺《うかが》えないが、足の肉付きを思うとかなり期待ができそうだ。

特筆すべきは、遠慮なく開かれた両膝。

その先にブサメンはスージーを目撃。

童貞、大歓喜。ロリロリキュン。

性別欄には、なし、って書いてあったけど、こうなると些末な問題だ。

「とてもお似合いです。わざわざ我々の為に恐れ入ります」

「えぇー？　ほんとにぃ？　ちゃんと似合ってるか不安だなー」

咄嗟に課金したくなるお姿でございますね、精霊王様。

床に膝を突いた姿勢から見上げること、太ももの間より垣間見えるスージーに意識を奪われる。直立していたら危なかった、己《おの》が定めを思い起こした息子が、その責務を果たさんと旅立ちの支度を始める。

エディタ先生やロリゴンより少し年上、更に自身と同じ黒髪というのがポイント高い。より身近なエロスを感じさせる。絶対にセーラー服とか似合いそう。肌の色や目鼻立ちこそ異世界仕様ではあるものの、どことなく故郷を思い起こさせる。

ちょっと面倒臭そうな感じも、これなら意外と悪くないぞ。

夏休みの池袋《いけぶくろ》、公園でパパ活とかしてそうな感じが素敵でございます。

「おいっ……」

おっと、エディタ先生から肘で小突《こづ》かれてしまった。

醤油顔が向ける視線の先に気付かれてしまっただろうか。

いいや、隣からでは流石にそこまでは分かるまい。

それでも言い訳だけはしっかりとしておこうかな。

「懐かしい髪色を拝見して、ふと故郷に思いを巡らせておりました」

「……そ、そうか」

なにやら難しい面持ちとなったエディタ先生。

嘘は言っていないぞ、嘘は。

これに構わず精霊王様はトークを継続。

ブサメンに向き直り、先程と同じ質問を再度口にする。

「それで君さぁ、どうやって魔王を倒したのか私に教えてよ」

「我々が住まう町には、種族の垣根を越えて様々な住民がおります。今回の出来事はそうした皆々の協力の賜物であって、偶然の産物だと受け取って頂けたら幸いです。同じことをもう一度と言われても、まず不可能でしょう」

「ふーん？　ふぅーん？」

こちらのご回答がお気に召さなかったのだろうか。

ジッと値踏みするような眼差しを向けられる。

これがまた素晴らしい。

挑発的な雰囲気が感じられる眼差しは、まさにメスガキの風格。

世の中には彼女のような娘さんを、わからせたい人たちが多いらしい。けれど、こちらの童貞はむしろ、こういった娘さんにわからせられたい。わからせるより、わからせられたいのである。息子もそう言っている。父はわかるんだ。

「どうかされましたか？」

「ニンゲンは平気で嘘を吐く生き物だからなぁ、って思ったの」

「なるほど」

どのあたりに嘘を感じているのだろう。

エディタ先生の醤油顔ヨイショが響いているのだろうか。それとも魔王様を討伐した事実に疑問を抱いているのか。いずれにせよ精霊王様から疑われるような展開は避けたい。ただ、ソフィアちゃんのオシッコがどうのと説明を始める訳にもいかない。

どうしたら精霊王様の信頼を得られるだろうか。

ブサメンが頭を悩ませていると、先方から続けざまに声が上がった。

「一度はこっちからの誘いを断っておきながら、それでもこうして自分たちから訪れたってことは、君たちも私に用事があるってことだよね？　それも結構、急を要しているんじゃないのかな？」

「素直に申し上げると、まさにご指摘のとおりです」

「それってやっぱりあれでしょ。魔王を倒したことで、魔族や他所の王に目をつけられて、私のところに泣きついて来たんでしょ？　ちがう？　ねーねー、私の想像、間違ってる？　そんなことないよね？」

「当たらずとも遠からず、といったところでしょうか」

「うっそぉ？　本当に？　絶対に当たってると思ったんだけどなー」

事情はもう少し複雑だ。

変に勘ぐられても困ってしまうし、来訪の理由は早い内にお伝えするべきではなかろうか。それとなくエディタ先生に視線を向けると、彼女もコクリと小さく頷いて下さった。先生の承諾を得たことで、ブサメンは言葉を続ける。

不死王様の代替わりと、龍王様の登場を巡るあれこれだ。

一通り説明を行うと、先方は感心した面持ちで呟いた。

「あはぁん、流石に私もそこまでは想像できないよぉ」

半開きの口から舌をチロリと出すポージング。

精霊王様、絶対に狙っているでしょう。

ニンゲンの下半身事情、完璧に理解しておられませんか。

ずっと開かれたままのお膝とか、どう足掻いても気になる。可愛らしいお顔と大胆にも御開帳された太ももの間とで、童貞は眼球が上下に往復するのを止められない。段々と痛くなってきた。

　目の毒ってこういうことを言うんだろうな。

　眼筋的な意味で。

「誠に恐れ入りますが、どうか我々にご助力を願えませんでしょうか」

「それだったら一つ、私から頼まれてくれないかなー？」

「なんでしょうか？」

「ちょーっとだけ、困ってることがあるんだよねー」

　いきなり協力関係を得られるとは我々も考えていない。何かしら条件が出されるだろうことは想定の範囲内。

「もしも素直に頼まれてくれたのなら、そっちに付いてあげてもいーよ？　君たちの言う通り、不死王と私が味方に付いたなら、龍王だってそう簡単には攻めてこないと思うんだよね。当面は君たちの町に滞在してあげてもいいかなー？」

「仔細をお伺いさせて頂けますか？」

「うんうん、君たちみたいな素直な子、私は好きだなぁ！」

　ニコニコと笑みを浮かべて、繰り返し頷いてみせる。

　それから彼女はつらつらと、お願いとやらの説明を始めた。

＊

　精霊王様からのお願いというのは、どこかで聞いたような話だった。

　なんでも世の中には獣王なる存在がいるらしい。

　魔王様や不死王様のように、キングの肩書きを継承するのに、具体的な仕組みが動いている訳ではない。ただ、世の中にやたらと強い獣や獣人が度々現れて、幅を利かせることがあるのだという。

　これを便宜上《べんぎじょう》、一部の人たちは獣王と呼んでいるそうな。

　そして、精霊王様は先代の獣王と知り合いであったらしい。

　魔王様を打倒した我々に対して、大精霊殿を経由して声を掛けたのと同じように、彼女からアプローチして、互いに不可侵条約のようなものを結んでいたと説明を受けた。かれこれ数十年以上前のことだという。

それがここ最近になって、代替わりしたとの噂が耳に届いたのだそうな。

ソースはそこいらにふよふよと浮かんでいるらしい風の精霊とやら。

具体的にどういう形で伝わったのか、とても気になる出処だ。

彼女から我々に対するお願いとは、そうして届けられた噂の真偽を我々の目で確認して欲しいとのこと。また、もしも代替わりが行われていた場合は、次代の獣王について調査の上、可能であれば有効的な関係を結んできて欲しいと言われた。

「どーかな？　君たちにとっても意義があるでしょ？」

「たしかに精霊王様の仰ることは尤《もっと》もだと思います」

「でしょー？　でしょでしょ？　やっぱりそう思うよね！」

っていうか、ブサメンはつい最近、獣王なる役柄の人物と出会っている。

薬草ゴブリンのお兄さんの肩書きが、そんな感じだったような気がする。魔王様との一件でも危ないところを助けて頂いた。そういった意味では、既に当代の獣王様と我々は、円満な関係を築けていると思う。

ただし、彼らの所在は現時点で不明である。

我々が南部諸国で忙しくしている間に、ドラゴンシティから去っていた。

今はどこで何をしているのやら、まるで見当がつかない。

そこで今回、精霊王様から受けたクエストについては、町を発った彼らを探し出して、こちらまで同伴を願うことがクリア条件となりそうだ。誰かが損をするような話ではないし、お受けしても問題ないと思われる。

「先代の獣王が住まっていた集落についてお聞きしたいのですが」

「場所はそこの精霊に案内させるから、安心してくれていいよ！」

精霊王様からの視線を受けて、大精霊殿の尻尾がピクリと震えた。

上司に苦手意識とか、持っていたりするのだろうか。

「一方的に呼び出しておいて恐縮ですが、よろしいでしょうか？」

「あ、あぁ、任せてくれて構わない」

「あれこれと申し訳ありませんが、よろしくお願いします」

主人の手前での交渉となり申し訳ないが、大精霊殿からは承諾をゲット。

薬草ゴブリンの存在については、この場ではまだ黙っておくとしよう。

こちらの見立てが外れていた場合に困ってしまうし、そうでなくとも、お喋りしたところで得られるものはない。そういうことならと、追加でお仕事を増やされても大変なので、デキる社畜は事後報告を決めた。

「あ、それと先代の獣王だけど、私にはミケルって名乗っていたよ。種族的にはミノタウロスで、見た感じも他の同族と大差ないんだよね。ただ、中身はまるっきり別物だから、その点は注意した方がいーかな？」

「なるほど、ミケル様ですね」

「もしも存命だった場合、割と好戦的な性格だから、気をつけてね！」

「ご心配下さりありがとうございます」

異世界一年生のブサメンは、ミノタウロスなる種族と出会ったことがない。響き的にビジュアルを想像することはできるけれど、念の為にも目的地に向かいがてら、エディタ先生にご教示を願わせて頂こう。博識な先生なら、きっとご存知のはずだ。

自ずと醤油顔の意識は隣のエルフさんに向かう。

すると彼女からも精霊王様に向けて、改めて声があがった。

「精霊王殿、私からも質問をいいだろうか？」

「んー？　なぁーに？」

「過去に精霊王殿は妖精王と争っていたと記憶している。そちらについては現在、どのような関係にあるのだろうか？　妖精王の性格を思えば、龍王も含めて他所の王と合流するようなことはないと考えているのだが」

「そうだねぃ。仲良くはないけど、君の想像どおりだと思うよ？」

龍王や精霊王の他に、妖精王なる存在までこの世の中にはいるようだ。魔王や獣王、海王も含めて六体目となる王の存在をブサメンは知った。世の中にはいったいどれくらいの王がいるのだろうか。

そういえばいつぞや、陛下にも人王なる称号が付いていたような。

「君の指摘通り、妖精王は周りに敵ばっかり作っているからねー」

「う、うむ。そのような話を過去に聞いた覚えがあったのだ」

「妖精王が敵に回った場合、それを口実にして引っ張ってこれる王もいるから、そこについては考えなくても大丈夫かな？　あ、だけどその為には、君たちが私のお願いをちゃんと果たしてくれる必要があるけれど」

「承知している。すぐにでもミノタウロスが治める集落へ向かおう」

「うんうん、それじゃあ早速だけどお願いしようかな！」

そんなこんなで、精霊王様のおつかいに出発することになった。

＊

雪山の洞窟を発った我々は、その足で目的地を目指した。

メンバーはエディタ先生と大精霊殿、それにブサメンの三名である。道中は再三に渡って、先生の空間魔法のお世話になった。毎度のこと足として使ってしまい、申し訳ないばかりである。

そろそろ醤油顔も同じ魔法を取得するべきだろうか。

いやしかし、今後なにかしら王様絡みで問題が起こったとき、対処の手立てには選択の余地を残しておきたい。その為にも可能な限りスキルポイントは温存したい。魔王様との一戦でも、そうしてとっておいたポイントが役に立った。

「エディタさんは妖精王と面識をお持ちなんですか？」

「いや、面識というほどのものではないんだが……」

道中の九割を空間魔法で渡った上、残すところ細かな移動を飛行魔法。

ブサメンは空を飛びつつ、すぐ隣に並んだエディタ先生にお問い合わせ。

ちなみに正面には大精霊殿。

ケモっているお尻を眺めたい放題。そういうのが好きな人には堪らない光景だ。個人的には趣味じゃないから、どうでもいいのだけれど。

大精霊殿、人化の上、女体化とかしてくれないだろうか。

してくれないのだろうな。

「いずれにせよ関係は持たない方がいい。あれは危険だ」

「左様ですか」

洞窟でのやり取りを耳にした限り、過去には精霊王様とも喧嘩をしていたとのこと。きっと性格に難のある人物なのだろう。我々の目的からすれば、なるべく距離を設けたい相手である。

同時にその存在を耳にしたことで、一つ懸念が浮かんだ。

それは昨今の北の大国の動向である。

彼らはキング属性の方々を筆頭として、世の中の実力者たちに声を掛けて回っている節がある。その延長線上で妖精王様を相手に交渉を進めていたら、なんて考えるとブサメンは不安になる。

「ちなみにですが、その手の情報は割と知られているのでしょうか？」

「知っている者は知っている、といったところだろうか」

まあ、龍王様が一緒なら大丈夫だろう。エディタ先生がこうまでも語るくらいだから、選択肢に上がった時点で、彼の口から事情の説明を受ける可能性が高いと思う。というか、今はそのように考えておく他にない。

懸念事項が多いので、ちゃんと心の平穏を保たないと。

併せてミノタウロスについても、軽く話を伺わせて頂いた。

こちらは自分が想像していたとおりの生き物だった。身の丈が三メートルから四メートルほどで、筋骨隆々とした牛マッチョ系の獣人とのこと。種族としての強さはハイオークやワイバーンと同じくらいらしい。

「見えてきたぞ。あの森の中ほどに集落がある」

そうこうしていると、大精霊殿から声が掛かった。

エディタ先生に向けていた視線を地上に下ろす。

すると延々と続いていた荒野の先に、木々の茂りが見え始めた。かなり大きな森のように見受けられる。地平の彼方《かなた》まで樹木が鬱蒼と茂っており、その先には背の高い山々の連なる様子が窺えた。

ちなみに空間魔法の連発を受けて、ブサメン的には現在地も不明。

大精霊殿や先生と別れたら、まず間違いなく迷子になるだろう。

しっかりと二人に付いていかないと。

「しかしなんだ、ニンクの大森林に獣王がいるとは思わなかった」

「そちらも把握しているとは思うが、獣王の継承には確たる仕組みがある訳ではない。精霊王様が獣王として扱っているだけで、他により獣王らしい獣が存在している可能性も考えられることは覚えておいて欲しい」

「ああ、その点については我々も承知している」

高度はそのままに、森林の上空に差し掛かる。

あまり低い位置を飛ぶと、地上から攻撃を受ける可能性があるのだとは、エディタ先生と大精霊殿に共通した見解だ。暗黒大陸ではドラゴンがブイブイいわせていたので、むしろ高度を下げていたのだけれど、こちらはそうでもないみたい。

地域によって対応が違うの、ゲームのモブ分布みたいでちょっと面白い。

ニンクの大森林の近郊では、ロック鳥《ちょう》なる生き物が空の生態系の頂点にあるのだそうな。フレアワイバーンより強くて、レッドドラゴンより弱い。そんな生き物だとエディタ先生から説明を受けた。

大精霊殿も含めて、我々にとっては大した驚異ではない。

やがて、地上に少し開けた場所が見えてきた。

円を描くように木々が伐採されている。

ちょっとした広場って感じ。

中央には木材によって組まれた、周囲より一段高い舞台のようなものが見受けられる。また、同所に面した周囲の林中には、樹木の枝や葉に隠れて、家屋と思しき構造物がいくつも窺えた。

どうやら広場を中心とした界隈が、獣王様の治める集落のようだ。

「ミノタウロス以外にも、色々な種族が集まっているんですね」

「うむ、ニンクの大森林には、こうした獣族たちの住まいが点在している」

地上を行き来する人ならざる者たち。

事前に伺っていたミノタウロスのみならず、二足歩行の狼っぽいのや鳥っぽいの、君は絶対にクマだよねって感じの生き物まで、エディタ先生曰く、獣族たちの姿が見受けられる。かなりバリエーションに富んでいるぞ。

総じてケモ度が高いので、獣耳美少女的なのは望みが薄そうだ。

「このまま開けた場所に降りようと思う。それで構わないか？」

「相手は我々の来訪を知らないんですよね？　大丈夫なんでしょうか」

「こちらの集落の住民たちは、自分たちの身内にいる獣王の存在を認知している。先立って精霊王様の名を出せば、むやみに攻撃を受けるようなことはないと思う。むしろ林中に降り立っては、不意打ちを受ける可能性がある」

「なるほど」

大精霊殿の言葉に従い、我々は広場に向かい高度を落とす。

すると早々、先方から反応があった。

空を見上げて、広場に獣族の方々が集まり始める。

しかも手には武器を持っていたりするから、なんて物騒な光景だ。

「我々は精霊王の使者だ。この地を治める獣王に話があって参った」

広場の中央に設けられた舞台の傍ら、地上数メートルの地点に浮いたまま、大精霊殿は声高らかに伝える。エディタ先生とブサメンは交渉を彼に任せて、その傍らで待機。周囲の警戒に努める。

獣王様から先制して、一撃を受けたりしたら堪らない。

薬草ゴブリンのステータスを鑑《かんが》みるに、その強さは折り紙付き。

集落の住民の大半は我々にとって無害である一方、たった一人だけ致死性の相手が混在しているというドキドキ感。しかもこちらは対象の姿を知らないものだから、ロシアンルーレット的な危機感を覚える。

ミノタウロス全員が驚異に思えてならない。

「こちらに闘争の意思はない。どうか武器を収めて欲しい」

数十という獣族が我々を囲んで険しい面持ちをしている。

大精霊殿が訴えかけるも、状況は芳《かんば》しくない。

次の瞬間にでも攻撃魔法が飛んできそう。

当然といえば当然の状況だ。大手を振って歓迎してくれるようなら、精霊王様も我々に依頼したりはしないだろう。恐らく彼だけでは危うい状況が想定されているからこそ、こちらに協力を求めたに違いない。

　そうこうしていると、森の中から一体のミノタウロスが現れた。

　一人だけ鼻に輪っかを付けている。金属製のリングだ。他のミノタウロスは付けていないので、彼だけのファッションのようである。個体を特定するにはとても便利。便宜上、以降は彼のことを鼻輪と脳内呼称することにしよう。

　直後、広場に詰めかけた獣族たちに変化があった。

　自ずと鼻輪を避けるように、人垣が左右に割れて道が生まれる。

　通ずる先には空に浮かんだ我々の姿。

　先方はそうして生まれた道をズンズンと歩き近づいてきた。

「おい、精霊王の使者というのは本当か？」

　こちらの手前、三、四メートルほどの地点。

　足を止めた鼻輪から声を掛けられた。

　もしやこちらの彼が獣王様だったりするのだろうか。

「本当だ。言伝《ことづて》を預かり馳せ参じた。そちらは獣王で違いないか？」


「……いいや、俺はもう獣王なんかじゃねぇよ」

　大精霊殿からの問い掛けを受けて、鼻輪は不貞腐《ふてくさ》れたように言った。

　面白くない話題だと、言外に訴えんばかりの態度である。

「代替わりの噂は本当だったのだろうか？」

「わざわざそれを確認しに来たのか？」

「精霊王はこの地に住まう強き者たちとの友好な関係を望んでいる」

「…………」

　大精霊殿の確認から言質《げんち》が取れた。

　彼が先代の獣王なのだろう。

　脳筋を思わせるマッチョな体躯《たいく》や、腰巻き一丁といった出《い》で立《た》ちは、視覚的にも暴力的に映る。ただ、精霊王様と友好的な関係にあるというのは、どうやら本当みたい。大精霊殿からの問い掛けに応えた姿から、ブサメンはホッと一息だ。

　というのも、理由は彼のステータス。

名　前：ミケル

性　別：男
種　族：ミノタウロス
レベル：1572
ジョブ：ニート
HP：16500221／16500221
MP：170000／170000
STR：5000022
VIT：3311074
DEX：1022230
AGI：2999988
INT：180000
LUC：992000

肩書きこそ獣王ではないものの、非常に凶悪な値が並んでいる。

完全に脳筋ポジだ。

魔法とか、あんまり使ってこなさそうな雰囲気がある。

ちなみに他のミノタウロスはこんな感じ。

名　前：ナタリー
性　別：女
種　族：ミノタウロス
レベル：67
ジョブ：主婦
HP：21000／21000
MP：2010／2010
STR：9800
VIT：9912
DEX：4500
AGI：7800
INT：2190
LUC：3499

一人だけ抜きん出ている。同じ種族だとは到底思えない。

見た目はほとんど変わりがない点に恐怖を感じる。

ししとうの中に一本だけ青唐辛子が交ざっているような感じ。

っていうか、獣王を辞めたら次はニートとか、極端な生き様のミノタウロスだ。王の肩書きを失って心が挫《くじ》けてしまったのだろうか。祖国でも定年でリタイアした人たちが、社会的地位を失ったことで、鬱になる傾向があると聞いた覚えがある。

六十を過ぎて初めて喪失体験をする人生、それはそれで幸せだと思うけれど。

「精霊王との関係は継続する意思がある。それで構わないか？」

「是非とも頼みたい。ただ、次代の獣王とも面識を持ちたい」

大精霊殿が言葉を続けると、鼻輪の表情がくしゃりと歪《ゆが》んだ。

荒ぶる牛そのものな彼だから、これがまた恐ろしく映る形相である。図体もエディタ先生のご説明にあったとおり、三メートルから四メートルほど。手を伸ばして飛び上がれば、それなりに高い位置を浮かんでいる我々にも届くのではないかと。

「まさかとは思うが、俺に紹介しろって言うのか？」

「可能であれば頼みたい。だが、決して無理にとは言わない」

ひと睨みされたことで、大精霊殿の尻尾がピクリと震えた。

きっとビビっていらっしゃる。

醤油顔もビビっているから、その気持ちよく分かるよ。

それでも彼は我々に協力して、精霊王様のおつかいを果たさんとしてくれている。本来であれば一連のやり取りは、ドラゴンシティの安全を預かるブサメンの仕事だ。このまま丸投げという訳にはいかない。

「横からすみません。私からもよろしいでしょうか？」

「なんだテメェは？」

「タナカと申します。精霊王様とは懇意《こんい》にさせて頂いております」

「ニンゲンか？　いやしかし、それにしちゃあ妙に黄色いが……」

「次代の獣王なのですが、それはもしやゴブリンではありませんか？」

「っ……この野郎、どうしてそれを知ってやがるっ⁉」

取り急ぎ、獣王の肩書きの所在を確認させて頂く。

ステータスウィンドウのみならず、現場での認識においても、当代の獣王様は薬草ゴブリンで間違いなさそうだ。大精霊殿からは、オマエはいきなり何を言っているんだ？　みたいな視線を向けられた。

先代の獣王様に至っては臨戦態勢。

腰を低く構えて、次の瞬間にでも突撃してきそう。

「勘違いしないで下さい。我々に敵対の意思はありません」

「だったらどうして、あのゴブリンを知ってんだ！」

「以前からの知り合いです」

「っ……」

嘘を吐いても仕方がないので、この場は素直にお伝えする。

代わりにこちらからも質問をさせて頂こう。

「確認したいのですが、獣王の肩書きはどのようにして、次の代に渡っていくのでしょうか？　魔王や不死王などと比較して、獣王の継承には厳密な仕組みが備わっていないと耳にしました」

「んなもん、つえぇヤツが名乗るに決まってるだろうが」

「なるほど」

単純に喧嘩の勝敗で決定しているようだ。

もしくは当代が次代を認めた時点で、移り変わるのかもしれない。過去にもエディタ先生からご説明を受けたとおり、そうした外部からの認識で運用されているのだろう。

ステータス的にも、先方は薬草ゴブリンと近しい。

それなりにいい試合をした結果の王位継承であったと思われる。

ああでも、妹さんが協力していたらゴブリン兄妹の圧勝かも。

「タ、タナカ伯爵！　どうしてこのような場所にっ……」

そうこうしていると、広場の隅の方から声が上がった。

凜とした響きは女性のものだ。

皆々の意識が声の聞こえてきた方に向かう。先代の獣王様が現れたのとはちょうど反対側だ。ブサメンも大慌てで意識を向ける。するとそこには大勢の獣族に囲まれて、全身鎧《よろい》を着込んだ女性の姿があった。

これはどうしたことか、スペンサー子爵ではないですか。

ドラゴンシティでお会いしたばかりのお相手だ。

彼女の周囲には他に十数名、騎士たちの姿が見受けられる。

「……いいえ、考えるまでもありませんね。なんと機敏なこと」

　ちらほらと見覚えのある顔立ちが確認できるのは、恐らく暗黒大陸での活動を共にしていた者たちだからだろう。一人の例外もなく、中央に立った彼女を守るように武器を構えていらっしゃる。

　そうした態勢のまま、ゆっくりとこちらに向かい近づいてくる。

　居合わせた集落の住民たちは、これを囲みながら威嚇しつつも移動。

　牙や爪をむき出しにした獣たちが、そこかしこでグルルと喉を鳴らしている。

「なんだテメェはっ！　次から次へとなんだってんだ⁉」

「ニンクの大森林に君臨する獣王様に用あって参りました」

「っ……」

　スペンサー子爵の何気ない物言いが、ニート牛のメンタルを抉《えぐ》る。

　どうやら彼女は獣王様の代替わりをご存知ないようだ。

　これ以上の質疑応答は危険である。

　ただでさえ我々とのトークで怒りつつある先代だもの。


　醤油顔は大慌てで両者のやり取りに割って入る
「スペンサー子爵、龍王様はどうされたのでしょうか？」

「我々をこちらまで送り、居城にお戻りになりました」

　頭上を視線で指し示したスペンサー子爵につられて、ブサメンは空を見上げる。すると空の遥か高いところに、立派な飛空艇が浮いているのが確認できた。本日にも目の当たりにしたばかりの一隻である。

　たぶん、我々と似たような思惑あっての来訪だろう。

　こうまでも行動が被ると、お互いに意図は筒抜けだ。

　エディタ先生曰く、知っている人は知っている獣王様の存在である。ドラゴンシティから撤退して以降、龍王様から獣王様の存在を聞き出して、急ぎでやって来たに違いない。まさか半日と経たぬ間に顔を合わせる羽目になるとは。

「我が身が可愛くないのですか？　あまりにも無謀ですよ」

「お気遣い恐縮です。しかし、我々も龍王様という実績があります」

「左様ですか……」

　北の大国も焦り始めた、ということだろうか。

こうなるとスペンサー姉妹以外も、そこかしこで動いていると考えた方がいいかもしれない。ドラゴンシティで温泉三昧であったジャーナル教授が、重い腰を上げて学園都市に戻ったのも、こうした世の中の動きを受けてのことだろう。

我々としては龍王様が同行していない点にホッと一息。もしも彼が一緒に訪れていたら、大変なことになっていた。

「お、おいっ!」

おっと、エディタ先生にシャツの裾を引かれてしまったぞ。

クイクイって身体が圧迫される感じが心地いい。

ロリっ子にシャツを引かれるの快感。

その為だけに休日、郊外のショッピングモールを徘徊したくなる。

コンマ以下の確率の世界。

迷子の見知らぬ女児から頼られる役柄とか、そういうの。

ただ、そうして振り返ったところ、先生の顔色がよろしくない。

「クソッ! どいつもこいつも獣王だ何だと賑やかにしやがってっ……」

彼女が見つめる先では、先代の獣王様が顔を赤くして憤怒。

一瞥《いちべつ》で判断できる。

爆発寸前だ。

気付けばいつの間にやら、広場に詰めかけていた他の獣族たちまでもが、我々から距離を取っている。ちょっとちょっと、そういうの他所でやってよ、みたいな面持ちとなり、こちらの様子を遠巻きに窺っている。

どこからどうみてもクマな獣族が、口元に手を当てて不安そうにしている姿とか、非常にキュートである。お喋りとか普通にできちゃったりするのだろうか。動画を撮影してソーシャルメディアに投稿したい欲求に駆られる。

「落ち着いて下さい。彼女はこの手の事情に疎《うと》くてですね」

「獣王がなんだってんだ! テメェらまとめて殺してやるっ!」

「つ……」

精霊王様の言っていたとおり、かなり好戦的な性格の持ち主だ。

ブモォーッと耳が痛くなるほどの咆哮。

こうなると騒動は避けられない。

醤油顔は大慌てで自身のステータスを確認である。

できることなら、チェックすることなく済ませたかった。

ＬＵＣのマイナス値を見たくないというのもある。

人間ドックを嫌がる中年って意外と多いらしいよ。

二十代のうちから毎年の健診を習慣にしておくと、万全であった頃の記録が成功体験として残るから、年齢を重ねてからも自然とゴールを描けるようになりオススメだとは、現場のお医者さんのありがたいお言葉だ。

ただ、それ以上に思うことが一つ。

自身がステータスを照らし合わせてまで、一生懸命にならないといけない相手と喧嘩をしたら、周りへの被害は甚大。魔王様との騒動もそうだった。だからこそ今後は、戦うことを前提で考える訳にはいかないし、暴力に頼るような真似は控えたい。

駅にもそういうポスター、張ってあるじゃない。

名　前：タナカ
性　別：男
種　族：人間
レベル：６９１
ジョブ：錬金術師
ＨＰ：７９０１００／７９０１００
ＭＰ：１６９８８０００１／１６９８８０００１
ＳＴＲ：５２９９８
ＶＩＴ：１５００２０
ＤＥＸ：８９０００
ＡＧＩ：１２０１１０
ＩＮＴ：１０２０００７６５１
ＬＵＣ：－８８００１

しかし、ナルった思考も束の間のこと、急上昇したレベルにニンマリ。

今のブサメン、かなり気色悪い表情をしているだろうな。

そう、暴力に目覚めたイキリ童貞の顔である。

「エディタさん、下がっていて下さい」

「ま、待て！　私も手伝っ……」

「恐らくですが、私一人で対処できると思います」

こんなことを口にしたら、火に油を注ぐことになるので黙っておくけれど、獣王様は魔王様や不死王様と比べてワンランク弱い。ステータスの値が全体的に低いのだ。たとえばＳＴＲの値など、先代の魔王様の半分くらいしかない。

対してこちらは大幅なレベルアップの恩恵を受けて、ＩＮＴの値が桁一つ上がっている。魔王様の魔法にすら耐えてみせた回復魔法やストーンウォールを思えば、こちらの彼が相手なら完封も不可能ではない気がする。

「いやしかし、相手は元獣王だぞ!?　いくらなんでも危険だ！」

「うるせぇぇぇ！　元って言うなぁぁぁぁぁ！」

エディタ先生の発した元獣王なるワードが効いたようだ。

それはもうコンプレックスっていらっしゃる。

先代の獣王様に動きがあった。

地を蹴って空に舞い上がり、拳を突き出してくる。

我々人類の頭部よりも大きな拳骨《げんこつ》だ。先方とのステータス差を思えば、素直に受け入れたのなら首から上のみならず、上半身が吹き飛ぶことだろう。それがあっという間に目と鼻の先まで迫った。

既に発動中の飛行魔法を利用すれば、避けることは可能だ。

ここ最近はこの手の急制動にも磨きがかかってきた。

しかし、初撃は素直に受けることにした。

先方のガス抜きと、こちらの地力を示す為である。

ただし、直前に持続型の回復魔法は忘れない。

また、エディタ先生や大精霊殿にも併せて放たせて頂く。

また、身体を反らして受ける部位を左腕とする。頭部を失うと一時的に意識不明になってしまうから、それだけは避けたかった。ブサメンが倒れている間に、相手の敵意が他の面々に向けられては大変なことだ。

数瞬の後、鼻輪の拳骨が醤油顔の左肘を捉えた。

パァンといい音を立てて、腕が肩の辺りまで弾け飛ぶ。

間髪を容れず、持続型の回復魔法が効果を発揮。

消失したはずの左腕が、数秒と要することなく復帰し

た。

「なっ……」

　これには先方も驚いたようだ。

　っていうか、ブサメンも驚愕。

　以前とは比較にならないほど、治癒スピードが向上している。歯を食いしばって覚悟を決めた痛みも、ほとんど感じなかった。それこそ瞬きをしている間の出来事である。本当に攻撃を受けたのかと、疑問に思うくらいの治りっぷり。

　ただし、相変わらず衣服だけはその範疇《はんちゅう》にはない。見事に裂けてしまったシャツの袖が、相手の攻撃の痕跡を周囲に伝える。

　鼻輪からの攻撃は、たしかにブサメンの腕を吹き飛ばしたのだと。

「貴様、い、今のは回復魔法、なのか？」

「魔王様との騒動を受けて、性能が上がったようです」

「しかし、いくらなんでも治癒が速すぎるのでは……」

　エディタ先生も目を見開いて、こちらの腕を見つめている。

　大精霊殿やスペンサー子爵も例外ではない。

　居合わせた誰もが醤油顔に注目していらっしゃる。

　割となんでもありなファンタジー世界の魔法業界ではあるけれど、それでも今のは例外的な出来事であったようだ。唐突にもマジックを披露《ひろう》したかのような反応が、獣族たちからも返ってきた。

　こうなるとＶＩＴやＨＰといった耐久力に関係するステータスの値は、意味を成さなくなってくるかもしれない。持続型の回復魔法さえ行使しておけば、肉体的な欠損はそう大した問題ではなくなるのではなかろうか。

　いや、流石にそれは考えすぎか。

　相手の瞬発力次第では、確実とは言えない。

　試験を行う訳にもいかないので、驕《おご》るような真似は控えよう。

「……テメェ、本当にニンゲンなのか？」

　鼻輪からも突っ込みを頂戴した。

　拳骨を打ち込んできたのも束の間、地上に降り立ちブサメンとは距離を取っている。大仰に身構えた姿からは、それまでになかった警戒の色を感じる。こちらを驚異として認めたようだ。

「そのつもりですが、今のはちょっと説得力に欠けますね」

「…………」

自分が彼の立場だったら、絶対に信じないと思う。

むしろアンデッドか何かだと勘ぐる気がする。

相手が即座に距離を取ったのも、そうした危惧からではなかろうか。鳥さんと行動を共にするようになってから理解したのだけれど、ゾンビ化ほど厄介なものはない。

個人的には龍王様より不死王様の方が、敵対したときに大変だと思う。

過去、前者が後者に敗北を喫したのも、その辺りが理由ではなかろうか。

「次はこちらから攻めさせてもらいましょうか」

「っ……」

とはいっても、相手に怪我《けが》をさせるつもりはない。

広場の周囲には獣族の方々が住まいを設けられている。その近所でファイアボールとか、火事になる未来しか見えてこない。どれほどの規模で住まわれているのかは定かでないが、下手をすれば戦争が始まりかねない。

ただでさえ北の大国との関係が危うい昨今、それだけは避けなければ。


そういう訳で、醤油顔のチョイスはストーンウォール一択。

「ストーンウォール！」

別に技名を叫ぶ必要はない。無詠唱、無宣言で行使は可能である。

それでも安全な魔法であることをアピっておこうと思った。

直後にこちらの意図したとおり、対象の周囲で石の壁がニョッキする。それも相手の四方を囲うようにズドンと生えた。続けざま一辺から地面と水平に伸びた面が天井に蓋をする。三メートル四方、高さ五メートルほどの大きさの石棺が一丁上がり。

「な、なんだこりゃあっ！」

相手も閉じ込められるとは思わなかったようだ。

内部から唸《うな》るような声が聞こえてきた。

同時にドスンドスンと壁を殴りつける気配。

こちらのモノリス、一撃であれば先代の魔王様の魔法をも防ぐことができた。術者のＩＮＴの値が増大した現在、更に相手の攻撃力が彼女より格下とあらば、それなりに耐えることができるのではないか。

そうした醤油顔の想定どおり、壁は鼻輪を相手に健闘。繰り返し何度か殴られると、表面にひび割れが見られるも、ストーンウォールを重ねがけするとそれもすぐに元通り。当然ながら後者のほうが行うのも容易であるから、獣王様は一向に壁の向こう側から出られない。

「テメェ、だ、出しやがれっ！　こんなの卑怯じゃねぇか!?」

「元とはいえ、獣王を拘束するほどのストーンウォールとは……」

エディタ先生からも感心のお声を頂戴した。

相手のレベルが一定以下なら、ストーンウォールで閉じ込めるの最強伝説。これとファイアボールがあれば、大抵の敵は確殺できる。思い起こせばこういう感じのハメプレイができるネットゲーム、昔あった気がする。

ただし今回、ファイアボールは控えておこう。

醤油顔は土木魔法を繰り返し行使して、壁の一部を凹《ぼこ》する。

感覚的には小さめの窓を設けるような感じ。

するとそこから牛さんの顔がこんにちは。

「外へ出せ！　俺を馬鹿にしてやがるのかっ!?」

「でしたら申し訳ありませんが、拳を収めては頂けませんか？　できることなら、森に火を放つような真似はしたくありません。先程もお伝えしましたが、我々はこちらに住まう方々に敵意を持っておりませんので」

「っ……」

鼻輪が窓枠の部分にあたってカツカツと鳴っている。

面子《メンツ》もへったくれもない状況については申し訳なく思う。

けれど、先に殴りかかってきたのは彼の方だし。

「よろしいでしょうか？」

「……くそっ、好きにしやがれ」

繰り返し問い掛けると、石棺の中で鼻輪は大人しくなった。

どうやら素直に抵抗を諦めてくれたようだ。

窓枠から突き出ていた牛面も、ニュッと奥に引っ込んで見えなくなる。

魔法を使わずに殴り合った場合、死にこそしないものの、有効打を与えられないブサメンに勝ち目は皆無である。しかし、こうした搦《から》め手なら自身の方が一枚上手だ。

上手いことステータスの差異を勘違いさせることができ

た。

　それを確認したことで、醤油顔はストーンウォールを解除する。

　先方の周りを囲っていた壁が消えて、鼻輪の姿が皆々の前に戻った。

　先程までの血気盛んな態度とは打って変わって、意気消沈して思われる。広場に居合わせた集落の仲間たちの視線も手伝ってだろう。視線を明後日な方向に向けて所在なげに立つ姿には、今後の彼の生活を思うと申し訳なくも感じる。

　そうした直後の出来事であった。

　広場の隅の方から騒々しい声が聞こえてきた。

「大変だっ！　ゴブリンが来た！　喋るゴブリンがまた来たぞっ！」

　叫び声を上げているのは犬っぽい雰囲気の獣族だ。四足歩行で森の中から飛び出して来たかと思えば、すっと二本の足で立ち上がっての訴えだ。広場に集まった皆々に向かい、声も大きく吠えてみせる。その言動には異種族でありながらも、多分に恐れが窺えた。

　直後に彼の背後で木々の枝や葉が揺れる。

今度は何だよ、みたいな雰囲気が皆々から発せられた。

ガサゴソという気配に、居合わせた全員の意識が移る。すると我々の注目する先、姿を現したのは二体のゴブリン。

　それもブサメン的には、どことなく見覚えのある姿をしているぞ。

　片や剣を下げた剣士スタイル。

　スペンサー子爵が金属製の全身鎧で身を固めているのとは対象的に、革製のズボンやマントをベースとしている。ショルダーや盾の一部に金属が使われている程度で、かなり身軽な印象を受ける恰好だ。

　片や、杖を手にした魔法使いスタイル。

　こちらも革製のローブ姿を基本としており、普段着に近しい雰囲気を受ける。背中には大きなリュックを背負っており、見るからに後衛といった感じ。そして、前者が男性らしさを感じさせる一方で、こちらは女性らしさが窺える。

　そんな出で立ちのゴブリン二体が、獣族の間を割って広場に現れた。

　まさか見間違うはずもない、薬草ゴブリンの兄妹である。

「っ……ま、また来やがった！　今度は何の用件だテメェらっ！」

　ブサメンに対して身構えていたのも束の間、今度はゴブリンたちに向き直り、警戒する羽目となる鼻輪。千客万来とはまさにこのこと。なかなか忙しいミノタウロス殿である。得てして騒動とは重なったりするものだ。

　そういう場合は裏で何かしら、イベントが起こっていたりするから。

　スペンサー子爵や彼女が連れた騎士たちも、疑問の面持ちを浮かべている。

「マオウノ、シラセ。ヤクソク、ドオリ、ツタエニキタ」

「なんだと？」

　ゴブリン兄の発言を受けて、鼻輪の表情が変化を見せた。

　驚きから目が見開かれる。

　この短い間で、怒ってみたり、落ち込んでみたり、驚いてみたり、とても感情豊かな人物である。我々人類からしたら見慣れない牛面も手伝い、遭遇した当初の威圧感が薄れた一方で、お笑い芸人のような印象が芽生えつつある。

　そうした彼の下へ、ゴブリン兄妹が近づいてきた。自ずと醤油顔やエディタ先生の姿も彼らに捕捉される。

「……ニンゲン？」

「お久しぶりです。とはいっても、そこまではありませんが」

　空に浮いた我々を見上げて、ゴブリンの兄が言った。

　妹さんからも、おや？　といった眼差しが向けられる。

　過去にステータスウィンドウで確認したお兄さんの肩書きを思えば、こちらの兄妹が先代の獣王を訪ねるというのは、我々としても分からないではない。一方で彼らからすれば、こちらはニンクの大森林とは無関係の平たい黄色族。

　獣族との関係も皆無であるから、疑問は当然のことだろう。

「コンナ、バショデ、ドウシタ？」

「そちらの彼に用事がありまして」

　すぐ傍らに立った鼻輪を視線で指し示して言う。

　ゴブリン兄妹の注目は両者の間で行ったり来たり。

「ココ、ジュウゾクノ、シュウラク。ニンゲン、アブナイ」

「ええ、存じております」

「ジュウゾクニ、ナニカ、ヨウジカ？」

「こちらで獣王様の代替わりについて伺っていました」

知らない間柄ではないので、素直に伝えることにした。

我々のやり取りを眺める先代は、苛立たしげな眼差しをこちらに向けている。ただ、先程のストーンウォールが効いたのか、それ以上は何を言ってくることもなかった。当代との関係を示すには絶好の機会だろう。

これで彼にも、我々の立場を理解してもらえたのではないか。

「ニンゲン、ジュウオウ、タオスノカ？」

「そんな滅相もない。友好関係を結びに参りました」

「ナルホド……」

素直に事情を説明すると、想像した以上にすんなりと納得してもらえた。

魔王様と争っていた時分、彼の肩書きに獣王なる記載があったのは、決して伊達ではなかったようだ。恐らく先代の獣王様、鼻輪との間でなにかしら、拳を交えての確執があったものだと思われる。


せっかくの機会だし、そのあたりも確認してみようか。

「当代の獣王を受け継がれたと聞いたのですが、どうでしょうか？」

「タシカニ、ソンナハナシ、キイタオボエ、アル」

「そちらの彼との間で、何か問題でもあったのでしょうか？」

「そうなのですか？」

「タイシタ、コトジャ、ナイ」

「チョットシタ、イサカイ。カンチガイ」

「差し支えなければ、当時の出来事をお伺いしたいのですが……」

「お、おいっ！」

我々の会話を受けて、鼻輪から抗議の声が上がった。

しかし、一歩を踏み出し荒ぶっては見たものの、それ以上は何をするということもなかった。悔しそうな表情となり、ギリリと歯を食いしばり拳を握るばかり。力がすべての世界で生きているだけあって、このあたりの反応は顕著なものだ。

周囲からは絶えず、集落の住民たちより視線が向けられている。

エディタ先生やスペンサー子爵も、黙って我々の会話を見守っておられますね。

そうした只中、薬草ゴブリンから事の顛末を聞いた。

彼のお口から続けられた言葉に従えば、どうやらお兄さんにとって獣王の肩書きは、偶然から得た産物のようであった。というのもゴブリンの兄妹に対して、先んじて喧嘩を吹っ掛けたのは、鼻輪の方であったのだとか。

ニンクの大森林にのみ生えるという貴重な薬草。

これを採集に訪れた薬草ゴブリン。

その行く先に立ちはだかった鼻輪、といった構図だ。

人語を解するゴブリンの存在に興味を覚えて、軽く小突いてやろうと考えたのだろう。本人の言葉に従えば、森の薬草を得るのに相応《ふさわ》しいかどうか、腕試しをしてやった、とのこと。けれどまあ、要はそういうことなんだろう。

結果、逆にやり込められて、獣王の名を譲る羽目になったのだとか。

集落の皆々の手前、引くに引けなくなった鼻輪の姿が容易に想像された。

完全に自業自得のミノタウロスである。


「ジュウオウ、ベツニ、イラナイ。ヒツヨウナラ、カエス」

「ふざけんじゃねぇ！　そんな施しみてぇな真似、受けられるかよっ！」

心優しいゴブリンから鼻輪に与えられたのは温かな気遣い。

本当は返して欲しいだろうに、プライドの高い牛さんは声も大きく突っぱねる。身の丈三メートルを超える筋肉の塊のようなモンスターが、我々人類よりも小柄なゴブリンを相手に一生懸命になっている姿は、見ていて違和感も甚だしい。

妹さんなど、お兄さんの後ろに隠れて怯えてしまっているよ。

「当代の獣王はテメェだ。ちゃんとその名に見合った誇りを持ちやがれ」

「ダケド、ゴブリンモ、ジュウオウ、イラナイ。モチグサレ、ヨクナイ」

「な、なんだとっ⁉」

これに対して、どことなく申し訳なさそうなゴブリンが可愛らしい。

粛々と意見を伝える姿には、なんら敵意も感じられない。

「ジュウオウ、ツヨキモノ。ナラ、ソレハ、コノニンゲン」

「この野郎、俺から獣王の座を奪っておきながら……」

「サッキノ、ハナシ、ツヅキスル」

さっきの話とは、薬草ゴブリンが出会い頭に語っていた、魔王の知らせがどうのといったやり取りだろう。多分だけれど、魔王様の動向を伝えに訪れる約束でも、事前にしていたのではなかろうか。

わざわざこうして足を運んだあたり、ゴブリンの兄妹と鼻輪の関係は、少なくとも前者にとっては、それなりに友好的なものと思われる。ニンクの大森林にのみ生えるという薬草の存在と、これを分け与えられたことが影響してだろう。

もしかしたら友情とか感じていたりするのかも。

「マオウ、タオシタノ、コノニンゲン」

「あぁ!?　なにふざけたことを言ってやがる」

「コノニンゲン、ゴブリンヨリ、ツヨイ。ジュウオウ、フサワシイ」


「……テメェ、まさか本気で言ってるのか？」

ブモォーっと唸るように声を上げて、睨みを利かせる鼻輪。

直後にその視線がブサメンに対しても向けられた。

今すぐにでも殴りかかって来そうだ。

飛行魔法で空に浮かび上がっていてよかった。もしも地上に立っていたのなら、両者の圧倒的な身長差も手伝い、激しく威圧されていたことだろう。ステータスの値はさておいて、怖いものは怖いのだ。

「コノメデ、ミタ。マチガイ、ナイ」

「っ……」

そうこうしている間にも、両者の間では会話が進む。

ただし、それは醤油顔としても口を挟みたくなるやり取り。

「あの、それはちょっと無理があるような……」

こちらの世界を訪れて以降、なにかと平たい黄色族扱いを受けて、人類枠から一歩はみ出しがちな立場にある。オークやらリザードマンやら、人外認定を受けることも多い。けれど、せめて肩書きくらいは人でありたい。

いや、決して獣族を下に見ている訳ではない。

訳ではないのだけれど、それがブサメンの人として最低限の尊厳。
信じているよ、ステータスウィンドウ。

名　前：タナカ
性　別：男
種　族：人間
レベル：691
ジョブ：獣王
ＨＰ：790100/790100
ＭＰ：1698800001/1698800001
ＳＴＲ：52998
ＶＩＴ：150020
ＤＥＸ：89000
ＡＧＩ：120110
ＩＮＴ：1020007651
ＬＵＣ：188001

なんてこった、ぜんぜん無理じゃなかった。

どうしてそこにいるんだい、獣王の称号。
それじゃあゴブリンの彼はどうなっているのよ。

名　前：ランスロット
性　別：男
種　族：ゴブリン
レベル：3401
ジョブ：英雄
ＨＰ：270001023/270001023
ＭＰ：309800/309800
ＳＴＲ：898811
ＶＩＴ：6700191
ＤＥＸ：1305653
ＡＧＩ：6001910
ＩＮＴ：340555
ＬＵＣ：2001932

え、なにそれ恰好いい。
醤油顔もそっちがいい。
しかも驚いたことに、魔王様との争いで助力を得たときより、更にレベルが上がっているじゃないですか。ブサメンと同じように、あのときの出来事が影響してだろうか。いやしかし、それにしても凄い上昇率である。

っていうか、見惚《みと》れている場合ではないな。

どうにかして平たい黄色族の獣王就任を回避しなければ。

「ドウシタ？　ニンゲン、ヘンナカオヲ、シテイル」

「私には他に立場があります。獣王を名乗ることはできません。そもそも、そのような大層な肩書きには、王たる実力を伴った方が就くべきでしょう。そういった意味では、ニンクの大森林を治める彼こそ、私は王の器にあると思います」

ブサメンの顔が変なのは元からである。

考えごとをしていると、変度も急上昇。

「な、なんでテメェがそんなことをっ！」

「見たところこちらの集落では、様々な種族がお互いに手を取り合いながら暮らしています。当然ながら諍《いさか》いも多いことでしょう。これを見事にまとめあげている手腕は類稀《たぐいまれ》なるもの。天賦《てんぷ》の才能と称しても過言ではないかと」

「つ……」

こうなったらヨイショだ。

ヨイショするしかない。

ただでさえここ最近は、身の回りが不死王の肩書きを巡って面倒なことになっている。これに加えて自身が獣王に就任しました、などとなっては周りからどのような目で見られるか分かったものではない。

すぐ近くにはエディタ先生やスペンサー子爵の目もあるし。

「しかも、それでいて武力にも秀でていらっしゃる。いいえ、秀でているどころではありません。周囲から突出しております。少なくとも私は、先代の魔王やこちらの彼を除いて、ここまで強大な力を手にした獣族と、出会った覚えがありません」

「テメェ、だったらどうしてっ……」

「先程は技量による勝負であったが故、こちらの有利となりました。しかし、面と向かって殴り合いをしたのなら、私に勝機はなかったことでしょう。そういった意味では、私のやり方はかなり卑怯なものです」

「…………」

「なによりも、王とは他者を導いてこその存在です。己の力を正しい方向に向かい、正々堂々と振るうことができる貴方は、まさしく日々を王して生きている。これほど獣王の名に相応しい方は、他にいないと強く感じております」

途中で段々と褒めるのが楽しくなってきた。

おかげで後半は勢いに任せて、あれこれと言葉を重ねてしまっていた。それでも決して嘘は言っていないつもり。本人もそれなりに覚えがあるようで、こちらの文句に対して段々と反論の声を小さくしていった。

そうして繰り返し、お褒めの言葉を並べ立てることしばらく。

一方的にヨイショされまくった鼻輪は――

「……まあ、そこまで言われちまったら、し、仕方がねぇよな」

デレた。

デッレデレである。

なんてちょろいミノタウロスだ。

「当代の獣王の座、どうか君臨しては頂けませんか？」

「念の為に確認スっけど、テメェ、本当に魔王を倒したんだよな？」

「私が倒したというよりは、皆々で協力しての行いとなります」

「そんなヤツに求められちまったら、もう少しくらい、や、やってもいいぜ？　俺としちゃあ、その、なんだ？　そろそろ隠居してもいいかなって思ってんだけどよ。でも、こうまでも言われたら、森のヤツらの為にも頑張ってやらねぇとな？」

ニヒルを気取りながらも、口元がにやけそうになっているぞ。

これを隠そうとして、頬がピクピクと小刻みに震えていらっしゃる。ミノタウロスは口元が大きいから、筋肉の動く様子もつぶさに窺える。更にはこれと連動して、唇がプルプルしていたりする。

そんなに嬉しいのかよ、なんて思わないでもない。

きっと凄く嬉しいのだろう。

こういう人物が手にしていた方が、獣王の肩書きも意味を成すと思う。

「ありがとうございます。是非ともお願いしたく思います」

「あぁ、この俺にドンと任せておきな！」

鼻輪が頷いた直後に、改めてステータスウィンドウを確認した。

するとブサメンの肩書きは以前のものに戻っていた。代わりに先方の肩書きが、ニートから獣王に変化していた。

魔王や不死王といった他所の王とは異なり、アニマル属性のキングはこうした当事者間の承認行為によって、その存在が継承されているようだ。要は我々人類が扱う王族の称号と同様である。過去にエディタ先生から確認したとおりである。

ところで、せっかく当代の獣王様とお近づきになれたのだ。

この機会にニンクの大森林とも、友好的な関係を結びたい。

スペンサー子爵が一緒というのも都合がいい。

この場でペニー帝国は、獣族との円満な関係を対外的に主張させて頂こう。

「獣王様、早速ですが我々から一つ、よろしいでしょうか？」


「っ……な、なんだ？　言ってみろ」

「せっかくこうしてお話をする機会に恵まれたのですから、どうか我々と友好的な関係を結んでは頂けませんでしょうか？　具体的に何がどうするという訳ではありませんが、私どもはニンクの大森林の皆様と仲良くしたいのです」

「それは貴様らニンゲンと、ということか？」

鼻輪改め、獣王様に若干の警戒が見られた。

けれど、この場はグイグイと行こう。

決して疚《やま》しいことはないのだ。

何より先方としても、我々と組むことは魅力的なはず。

「ニンゲンがというよりは、我々と、といった形です。実は我々もこの大陸に集落を構えております。そこではニンゲンの他に、ドラゴンやエルフ、魔族といった者たちが、共に生活を営んでおります」

「ほぅ……」

「規模でこそニンクの大森林には大きく劣りますが、その在り方はこちらと似ているのかなと存じます。先達に学ぶという意味でも、お互いに共栄を目指すという意味でも、今後は争うことがないように仲良くして頂けたらなと」

「たしかにテメェは強い。しかも精霊王とは共通の知り合いだ」

チラリと大精霊殿に視線を向けて、獣王様は語る。

見つめられた彼はコクコクと小さく頷いた。

長い耳が前後に勢いよく揺れる様子がとてもラブリーである。

「彼女には当代の獣王について、しっかりと伝えさせて頂きます」

「あぁ、そういうことなら、こっちとしても決して悪い話じゃやねぇ」

「前向きにご検討して頂けますでしょうか？」

「分かったよ、テメェのことは信用する。仲良くしようぜ？」

「ありがとうございます。そう言って頂けて、とても嬉しく思います」

よかった、これでニンクの大森林の獣族たちと、我々ドラゴンシティは仲良しこよしである。少なくとも北の大国についた獣王様と、彼に率いられた獣たちが、ペニー帝国に攻めてくる、といった状況は避けられる。


それとなくスペンサー子爵に目を向けると、悔しそうな面持ちとなりブサメンを見つめる姿が目に入った。自分たちが考えていたところ、敵国に一歩先を行かれたのだから、当然と言えば当然か。

ある意味ではギリギリセーフとも言える。

精霊王様からのお使いは、我々にとっても非常に実入りの大きなものだった。

王なる存在(二)

King Being (2nd)

当代の獣王の肩書きを巡る問答は、最終的に元の鞘に収まった。

これと共に我々は、精霊王様から頂戴したクエストを無事に完遂。あとはニンクの大森林であった出来事を報告しに戻るばかりとなった。当初は薬草ゴブリンにご足労を願おうかとも考えたけれど、その必要もなさそうだ。

騒動に居合わせたスペンサー子爵は、これと言って何を語ることもなく、お連れの騎士たち共々、飛行魔法で空に浮かんだ飛空艇に戻っていった。今回の一件を受けて、向こうしばらく北の大国が静かになったら幸いだ。

そうして集落の広場に静けさが戻ってからしばらく。

我々は獣王様のご厚意を受けて、同所で一泊することになった。

歓迎する、是非泊まっていけ、とのこと。

空では既に日も傾きつつあったので、そういうことならと、本日はご厄介になることを決めた。彼らとの円満な関係はドラゴンシティにも益がある。一晩お邪魔して親睦《しんぼく》を深めることには、意義があると判断した。

エディタ先生と大精霊殿も承知して下さった。

ちなみにゴブリンの兄妹も一緒である。

そうして訪れた獣王様のお宅は、なかなか立派なものだった。

まず何よりも建物自体が大きい。身の丈が三、四メートルほどあるミノタウロスだから、住まいも相応のものである。ドア一つとっても、取っ手が我々の頭のあたりに配置されていたりして、異世界感が半端ない。

家屋は基本的に木造の平屋で、ログハウス的な雰囲気が漂っている。周囲を木々に囲まれている都合上、材料となる木材には事欠くことがないようで、集落の建造物はどれも贅沢な使い方をしていた。

水回りこそ井戸を基本としているが、意外と生活の質は高そうである。

そうした思いは食卓を囲むことでも感じた。

あまり期待はしていなかった、などとは決して言わないけれど、食生活の違いとでも言うべきか、その手の不安は少なからず抱えていた。しかし、いざ臨んだ夕餉《ゆうげ》の席では、かなり手の込んだ、それでいて美味しそうな献立が、我々の前にお目見えした。

集落の女衆が腕によりをかけて作った、とは鼻輪の言葉だ。

実際に食べてみると美味しくて、不安を感じていたことが申し訳なくなった。なかには人類と相性が悪い食生活の獣族がいる一方で、それでも比較的、我々と近しい食生活を送っている獣族もいるらしい。

そのあたりの話を聞いたことで、醤油顔は今後の交流に希望を見出《みいだ》した。

食肉についてはジビエが主流である一方、野菜や穀物は畑作を行っているとのこと。少なくとも獣王様直下の集落では、飢えとも無縁の生活が送れていると話を伺った。どこぞの貧乏王国と比べても、遥かに豊かな生活をされている。

お酒も日常的に醸造しているようで、一杯やらせて頂いた。

これがまた美味であった。

そして、食後はそのまま獣王様のお宅で、今晩の寝床をご用意して頂いた。客間だという一室は、やはりミノタウロス仕様で非常に大きい。四十平米はありそうな空間に、キングサイズを超える大きなベッドが二つ並ぶ。

大精霊殿には別途、専用の寝台が運び込まれた。端的に申し上げると、ペット用のベッド。彼のような小型で四足歩行の獣族も、こちらの集落にはそれなりに数がいるようで、そう苦労することなく調達していた。

ゴブリン兄妹は別室である。

流石に五人で寝泊まりするのは狭かろう、との先方の心遣いだ。

本日はこちらの三名で、一泊一間をお借りする運びと相成った。

ブサメンはエディタ先生との同室に胸がドキドキ。

「しかしなんだ、今回は随分と上手いこと話が進んだな」

「ええ、そうですね」

ベッドの縁に腰を落ち着けて、醤油顔と先生はお互いに向かい合わせのポジション。また、その脇にはご自身のベッドに腰を落ち着けて、大精霊殿の姿が見られる。俗に言うエジプト座りで、我々を横から眺める位置関係だ。

「ところで貴様は、何故あのゴブリンが当代の獣王だと知っていた？」

「本人と話をする機会がありまして、もしやと思ったのですよ」

湯浴《ゆあ》みから戻り、ベッドに座った直後の出来事である。エディタ先生から質問を頂戴した。

ステータスウィンドウの存在を説明するのは面倒なので、申し訳ないけれど、この場は誤魔化させて頂こう。彼らと事前に面識があったのは事実だし、ブサメンが勝手に思い至ったことにしておけば、誰に迷惑が掛かることもない。

「そういえば魔王との一件以前から、知り合いだと言っていたな」

「ええ、そうですね」

思い起こせばエステルちゃんやソフィアちゃんにも先んじて、こちらの世界で出会った相手だ。彼らよりも以前に面識を持った人物となると、メルセデスちゃんくらいだろうか。そうして考えると、彼の近衛《このえ》レズとの関係には感慨深いものがある。

今はどこで何をやっているのやら。

願わくば王女様の面倒をしっかりと見ていて欲しいものだ。

「魔王の打倒には、あの二体のゴブリンも貢献していたのだろうか？」

「危ういところを助けられました。彼らの存在なくしては語れません」

「そうか……」

大精霊殿からも質問を頂戴した。

精霊王様と同じ王の名を冠する存在。今となっては肩書きこそ鼻輪に移ってしまったけれど、事実上、彼よりも強大な力の持ち主である。

その存在を報告したら、大精霊殿の上司もきっと、アプローチを行うのではなかろうか。

「あの者たちについては、私も以前から気になっていた。貴様とはどこで知り合ったのだ？　いつぞや暗黒大陸を訪れた際だろうか？　魔王と事を構えるまでは、町で見かけることもなかったように思うが」

「首都カリスの近くにある森ですね」

「そ、そのような場所に、あれほど強力なゴブリンがいたのかっ……」

エディタ先生、めっちゃ驚いていらっしゃる。

目を丸くして声を上げる姿が愛らしい。

ただ、当時はそんなでもなかったように記憶している。お兄さんは怪我をしていたし、妹さんも矢を受けて瀕死の重傷だった。以降、顔を合わせるたびにステータスが上昇していく様子を確認していたので、この点についてはは間違いない。

「彼らとの交友は円満なものです。精霊王様へのご報告については、どうかよしなに扱って頂けると幸いです。その方が精霊の方々にとっても、きっと良い方向に転がるのではないかなと思います」

「承知した。その言葉と共にしっかりとお伝えしよう」

「ご配慮下さり、ありがとうございます」

こちらからの要望を受けて、ご快諾の姿勢をみせた大精霊殿。

その姿を眺めてエディタ先生のお顔にも笑みが浮かぶ。

「不死王と精霊王、更には獣王とまで円満な関係を築けたのだ、いかに龍王といえども、下手に手出しはしてこないだろう。その上であの者が治めている町の位置を確認したのなら、当面は安泰だと言えそうだ」

「町と言えば、私もエディタさんにお尋ねしたいことが」

「なんだ？」

「ニンクの大森林ですが、ペニー帝国との地理的な位置関係は、どのような感じでしょうか？　人の足で気軽に行き来できるようなものなのか、飛空艇を利用しなければ往来は不可能なのか、感覚的にでも知っておきたいなと」

「ざっくり言うと、南部諸国に出かけるのと大差ないくらいだな」

「意外と距離があるのですね」

「直線距離はそうでもないが、途中に山脈地帯が広がっているからな」

「山越えのコストが大きい感じですか」

「うむ、そういうことだ」

流石は金髪ロリムチムチ先生、非常に博識であらせられる。

南部諸国との間柄とは異なり、こちらの獣族との関係は、タナカ伯爵の手元で止めておく予定だ。陛下や宰相殿に声を掛けたところで、碌なことにならないのは目に見えている。代わりに我々の方で定期的に国交を結んでおこう。

移動については飛行魔法のお世話になりそうだ。

大森林とペニー帝国の間に所在している他国については、ドラゴンシティに戻り次第、縦ロールやノイマン氏に確認させて頂こう。

南部諸国との間にある国々と合わせて、我々としては優先度の高い国家、ということになる。国交の確認と、宮中への進言を進めたい。

「貴様も随分と、貴族という役柄が板に付いてきたな」

「そうでしょうか？」

ブサメンを眺めて、エディタ先生が感慨深げに言った。

あれこれと手を出し過ぎただろうか。

ところで先生ってば、南部諸国で再会して以来、衣服に変化が見られますね。より具体的に申し上げると、スカートが短パンに替わっていらっしゃる。当然ながらパンチラを拝見するにも、難易度が上昇している。

思い起こせばロリゴンも出で立ちを新たにしていた。

どことなくフォーマルというか、全体的にパリッとした感じ。

「それであの者の好いた町が平穏であるのなら、良いことなのだろう」

「…………」

ドラゴンシティを離れている間に磨かれた、ブサメンのチラ見技術が試されるシーンではなかろうか。今は遠きご主人様の下にて鍛えた眼球運動、この場で試さずにはいられない。宿泊スペースを共にしたことで、童貞は血が滾るのを感じている。

せめて一回でも、チラリとでも、垣間見たい世界がそこにはある。

「ああ、すまない。一方的に偉そうなことを言ってしまって」

「滅相もない。クリスティーナさんの為にも頑張りたく思います」

決して首を動かすことなく、僅かな目の動きから、焦点を下方に移動させる。周辺視力を利用して狙いを定め、先方の意識がブサメンから逸れた瞬間を狙い、的確にチラリを拾わせて頂くスタイル。

なんたってエディタ先生はガードが弱いのだ。

今も心なしか膝が開いており、お肉とお肉の間に暗がりが窺える。

先にあるのは安定の黒か、レアリティの白か。

しかしなんだ、ミニスカも最高だが、短パンもなかなか悪くない。常に一定の深度で内股が見えており、これが何気ない身動《みじろ》ぎに応じて、深部まで一気にお目見えする。そのメリハリの利いた感じが、俄然チラ見意欲をそそる。

ただ、そうしたブサメンの挑戦も束の間のこと。

「なにやら眼球が震えているが、大丈夫か？」

「っ……」

すぐさま大精霊殿から突っ込みを受けた。

咄嗟に声の聞こえてきた方を振り返ると、ジッと醤油顔のことを見上げている。実態はどうだか知らないが、パッと見た感じの彼は、汚《けが》れを知らない純粋無垢な獣、みたいな雰囲気がある。

だからどうしても、罪悪感を刺激される物言いでございます。

っていうか、そんなにプルプルしていただろうか、童貞の目玉。

「……すみません、目にゴミが入ったようでして」

「大丈夫か？　水で洗い流すのなら、私も手伝うが……」

「いえ、そこまでではないので、放っておけば勝手に取れるかなと」

エディタ先生の気遣いが胸に痛い。

腹の中に邪《よこしま》な思いを抱えた童貞野郎は心が痛むのを感じる。

今日のところはこれくらいで控えておこう。

けれど、いつの日か必ずや攻略してみせよう、先生の新衣装。

＊

【ソフィアちゃん視点】

タリカさんとエルフさんが町を出発してから一晩が過ぎました。

どうやら今回はお泊まりで仕事に当たられているようで、昨日はお帰りになった様子がありません。エステル様などは夕食の席で、とても心配されておりました。ドラゴンさんは終始不服そうな面持ちでしたね。

　そうして明けた翌日、メイドは普段どおり執務室に向かいました。

　デスクに着いて書類と睨めっこでございます。今後こちらの町で何かしら大きな問題が起こったとき、住民の方々に疎開して頂くことを考えた場合に発生する、諸々の費用を整理しております。

　向こう数日は、こちらの作業で時間を取られそうですね。

「こんなことなら、わたくしも付いて行けばよかったわぁ」

「ご主人、当代の精霊王は何かと噂の多い存在です」

「そうなのぉ？」

「交渉はあの者たちに任せて、我々は距離を設けるべきかと」

　デスクの正面に設けられたソファーセットでは、縦ロール様がくつろいでおられますね。傍らには下僕のイケメンさんも一緒です。退屈そうにされている前者を後者が宥《なだ》めるという、普段と変わらない光景であります。

　相変わらずとても自由なお方でございます。


「ねぇ、ソフィア。彼はどの程度で帰ってくるのかしらぁ？」

「すみません、私も細かい予定は伺っておりませんでして……」

「あらぁ、そうなのぉ？」

　そこまで長く留守にすることはないと思います。

　町長さんの機嫌もありますし、どれだけ時間が掛かっても、数日ほどで戻ってくるのではないでしょうか。空間魔法を使うことができるエルフさんも一緒ですから、精霊王様との交渉はさておいて、戻るだけならすぐだと思います。

『ふぁ……』

　デスクの隅の方で、鳥さんが大きく欠伸《あくび》をしました。

　朝食の席を終えて執務室に移動した当初は、メイドの手元を眺めて興味深げにしていた彼です。けれど、それもしばらくすると、うつらうつらとし始めました。お腹が膨れたことで、眠くなったのでしょう。

　エルフさんの言葉によれば、生まれて間もない幼鳥とのことです。

　人の子と同じように、沢山眠る必要があるのではないでしょうか。

その愛らしい姿を横目に眺めつつのお仕事は、なかなか素敵なものです。

ちなみに昨晩は一緒のベッドで眠らせて頂きました。フカフカの羽毛、とても気持ちが良かったです。お風呂も一緒に入らせて頂きました。今晩もタナカさんが戻らなかったら、ご一緒しようと考えております。

「あまり留守にしていると、その鳥も主人を忘れてしまうのではないかしらぁ」

「そ、そんなことはないと思いますけれど……」

そうして縦ロール様と他愛ない会話を交わしていた最中のことです。

廊下からドタバタと賑やかな足音が聞こえてきました。もしやドラゴンさんがやって来たのでしょうか。

我々の意識は執務室のドアに向かいます。

すると直後に届けられたのは、ゴンザレスさんのお声でした。

「嬢ちゃん、ちょっといいかっ!?」

「あ、はい、なんでしょうか？」

こちらが声を上げるのに応じて、すぐさまドアが開かれました。

姿を現したのは声色に違いない人物です。

しかし、どうしたことでしょう。肩を上下させて、ハァハァと息を荒くしている様子は、常に余裕を忘れないゴンザレスさんらしからぬ登場シーンです。額にはじんわりと汗まで浮かんでおりますよ。

「なによぉ？　ハァハァしちゃって暑苦しいわねぇ」

「町の一大事だっ！　龍王のヤツが攻めてきやがったっ！」

ゴンザレスさんのお声を受けて、執務室の雰囲気が一変です。

縦ロール様のお顔からも笑みが失われました。

私も上手いお返事が浮かびません。

頭の中が真っ白になってしまいました。

「お嬢ちゃん、タナカの旦那はまだ出ていったままか？」

「は、はい、まだお戻りになられていません……」

「仕方がねぇ、こうなったら町に居るヤツらでなんとかするしかねぇな」

「ちょっとちょっと、それって本気で言っているのかしらぁ？」

「ご主人の言葉通りだ。我々でどうにかなる筈《はず》がないだろう！」

縦ロール様と下僕の方の反応は尤もなものです。

相手は魔王様に比肩する龍族の王とのことですから、我々にできることは非常に限られております。先方がその気になったのなら、何気ない腕の一振りで、いとも容易《たやす》く絶命してしまうことでしょう。

「しかし、そうは言ってもこのまま放っておく訳にはいかねぇだろう？　何も真正面から喧嘩を売ろうって話じゃねぇんだ。旦那たちが精霊王との交渉を終えて戻ってくるまで、こっちで時間を稼ごうって算段さ」

「龍王というのは、話が通じる相手なのかしらぁ？」

「既に正門がぶっ壊されてんだ。放っておいたら他にも飛び火しちまう」

「えっ……こ、壊されちゃったんですか？」

「ああ、見事に粉々だ。放っておいたら町長が一人で突っ込みかねない」

「…………」

どうやら既に被害が出ているようです。

状況は緊迫しておりますよ。


しかも町の正門は、ドラゴンさんが手間暇込めて造られた力作です。並の魔法では傷一つ付けることができないとは、エルフさんも仰っていました。それが既に粉々とは、メイドは龍王様の本気を垣間見た気分です。

「だとしても、最低限の武力が必要ではないかしらぁ？」

「アンタの言わんとすることは理解できる。しかし、現状だと……」

ゴンザレスさんも辛そうなお顔をされています。

ギュッと握られた拳に彼の内面を感じます。

ただ、そうした面持ちにも次の瞬間、顕著な変化が。

ふと何かに気付いた様子で、彼の意識が他所に移りました。

これに倣って我々の視線もまた、彼のそれを追いかけます。

すると皆さんの意識が向かったのは、メイドが座ったデスクの上です。

より具体的に言いますと、そこに座った鳥さんでございます。

『ふぁー？』

間延びした鳴き声が、静かになった執務室に大きく響きました。

睡魔に襲われて船を漕いでいた彼の意識は、ゴンザレスさんの登場を受けて我々に移っておりました。皆々から一様に見つめられたことで、その首が傾げられます。疑問を覚えているかのような反応が、とても可愛らしいですね。

「たしかに当代の不死王を頼ることができたのなら、相手が龍王であっても、時間を稼ぐことができるかもしれないわねぇ？　ここの町長から聞いた話だと、過去には高位の龍族を相手に、いい勝負をしていたそうじゃないのぉ」

「ご主人、それはあまりにも不確実な方法です」

「不確実ではあるが、それ以上に確実な手立てが浮かばねぇんだ」

「ぐっ……」

こちらのメイドとしましても、できることなら危ないことには首を突っ込みたくありません。しかし、相手が龍王様とあっては、この町のどこにいても大差ないのではないか、とも感じてしまいます。

魔王様とタナカさんの戦いを見た後だからこその感慨でしょう。空の高いところでドンパチと交わされていた魔法合戦は、それはもう恐ろしいものでした。空一面が炎に覆われた際など、腰を抜かすかと思いました。

相手が本気になったのなら、きっと町ごとズドンでしょう。

それならお強い方々の隣にいたほうが、まだ生存確率は高そうです。縦ロール様とか、この手の判断に定評がありますので、彼女と行動を共にするのは、なかなか悪くない選択ではないかとメイドは思います。

「旦那もこういった状況に備えて、コイツを町に残していったはずだ」

「たしかに思い返すと、そんなことを言っていたような気もするわねぇ」

『ふぁー？　ふぁー？』

皆さんの顔色を窺うように、キョロキョロと視線を巡らせる鳥さん、大好きです。こんな愛らしい子を矢面に立たせて、魔王様と類するような方との対応をお願いするのは、個人的には気が引けてしまいます。

自然とメイドの手は伸びて、彼の身体を抱きしめておりました。

頭部をナデナデさせて頂きます。

　羽毛のふわふわした感触が堪りません。

『ふぁぁぁぁ……』

「嬢ちゃん、悪いが不死王に出張ってはもらえねぇか？」

「あ、あの、この子は本当にそんな凄い子なんでしょうか？」

「たしかに言わんとすることは理解できる。素直に言えば、俺も未だに信じられねぇ。ただ、旦那が嘘を吐くとも思えねぇんだ。それに町長の引きっぷりを思えば、多少は実感も湧いてくるんじゃねぇか？」

「あのエルフも言ってたわよねぇ？　代替わりがなんだかんだと」

　この場の誰もが、鳥さんの戦っている姿を目撃したことがありません。

　きっと私が覚えている疑問は、皆さんも抱えていることでしょう。

　しかし、他に縋る先がないのが、現在の町の置かれた状況となります。

「……はい、分かりました」

　小さく頷いて、メイドはデスクの椅子から腰を上げました。

　私の我儘《わがまま》で皆さんに迷惑を掛ける訳にはいきません。しかし、鳥さんに無理強いをして、自分ばかり隠れている訳にもいきません。そういうことであれば、せめて現場までは同伴させてもらいましょう。

　私に何ができるということもありませんが、せめてそのくらいは。

「いや、嬢ちゃんはここで待っていてくれて構わないんだが」

「無理を言ってすみません。わ、私もご一緒させて頂けませんか？」

「……本気か？　嬢ちゃん」

「ご、ご迷惑をお掛けして申し訳ありません。ですが、龍王様が本気で攻めて来たのであれば、町のどこにいても同じだと思うんです。それでしたら私も、み、皆さんと一緒に、その、こ、事の次第を見届けさせて頂けたらと……」

「…………」

　居合わせた皆々からジッと見つめられました。

　早まった気がしないでもありません。

これまでの経験を思い起こすと、こういう現場の勢いから、みたいなノリ、過去にも散々ございました。その度に繰り返し酷い目に遭っておりますね。流されやすい自らの感性が恨めしくてなりません。

けれど、町に対して感じている愛着は本物です。

「そういうことなら、皆で行こうかしらぁ？」

「ご主人っ⁉　い、いけません！　この場は私の魔法で遠方までっ……」

「あの男に恩義を売る絶好の機会よぉ？　ソフィアばかりに良い恰好をさせていられないわぁ。それにもしものときは、貴方がなんとかしてくれるのでしょう？　だったら少しくらい顔を出しても、大丈夫だと思うのよねぇ」

「っ……しょ、承知しました。この身に替えてでも、必ずや」

もしやメイドは、縦ロール様から気を遣われてしまったのでしょうか。ニンマリと笑みを浮かべて、堂々と語ってみせる彼女の姿に力強さを覚えました。下僕の方には申し訳ないばかりでございます。

『ふぁきゅ』

鳥さんだけが事情を飲み込めずに、キョトンとしております。

その丸っこくてフワフワとした身体をギュッと抱きしめて、メイドは居合わせた方々に深々とお辞儀です。そうした我々のやり取りを確認したことで、ゴンザレスさんが覚悟を決めたように頷かれました。

「分かった、そういうことなら皆で来てくれ」

皆さんと一緒に町の正門に向けて、町長さんのお屋敷を出発です。

＊

【ソフィアちゃん視点】

目的地となる正門前にはすぐに到着しました。縦ロール様の下僕の方が、空間魔法を用いて下さったおかげです。移動先は門から少し離れた建物の裏手、といった感じですね。そこから慎重に歩いて、我々は物陰から問題の地点に臨んでおります。

正門はたしかに崩れてしまっておりました。

根本の上がりから見事に倒壊しており、元の形をほとんど残しておりません。一部、屋根のあたりの造形が、大きめな破片として残っている感じでしょうか。石製のそれが粉々になって地に落ちた光景は、眺めていてだいぶ危機感を煽《あお》られますね。

ところで、その正面には可愛らしい少年の姿があります。

倒壊した門を背後にして、続く町並みを眺めています。頭に生えた角と、お尻から伸びた尻尾が特徴的な男の子です。

ドラゴンさんやエルフさんと、そう大差ない年頃に思われます。

「あ、あの、まさかとは思うのですが、龍王という方は……」

「旦那から聞いたとおりの風貌だ。あの子供で間違いねぇな」

「えっ……」

たしかに偉そうな雰囲気を感じます。

身にまとった衣服は王侯貴族さながら、ひと目見た限りであっても、お金がかかっているように思えます。腕を組んで悠然と佇《たたず》んでいる姿も、正門を破壊した後だとすれば、非常にらしく映ります。

ただ、子供です。

こんな小さな子共が、本当に龍王様なのでしょうか。疑問に思わざるを得ません。

あと、かなりのイケメンですね。

将来が楽しみな顔立ちをしておられます。

「中身に関しては、この町の町長と同じような感じなのかしらぁ？」

「ご主人、龍王は先代の魔王に比肩します。十分にご注意を」

「あの頑丈な門がここまで壊れていると、説得力があるわねぇ……」

以前は龍王様と一緒に、北の大国の方も町を訪れていたそうです。

その点がふと気になって、メイドは頭上を見上げます。

しかし、今回は空に飛空艇が浮かんでいることはありません。倒壊した門の先にも、騎士や兵が並んでいたりはしません。居合わせた町の人たちも、既に現場から逃げ出したのか、近隣一帯は閑散としております。

どうやら龍王様は、お一人でやって来たようですね。

門が壊れていなかったら、丁重にお出迎えする、という選択肢もあったのかもしれません。以前は先代の不死王様との禍根から足を運んだと話に聞いておりました。本日の来訪はどういった意図があってのことなのでしょうか。

　もしも鳥さんを狙っているとあらば、メイドは悲しいばかりです。

「それでこれから、どうするつもりなのかしらぁ？」

「アンタたちはここで待っていてくれ。用件を聞き出してくる」

「あら頼もしいこと。けれど、貴方が死ぬと彼が悲しむのよねぇ……」

「俺はヤツの騎士団長だぞ？　ここで出張らないでいつ出張るってんだ。そういう訳で申し訳ないが、嬢ちゃん、不死王殿を任せてはもらえないか？　喧嘩をさせるつもりはねぇ。交渉の材料に使わせて欲しい」

「……わ、わかりました」

　ゴンザレスさんにそのように言われたら、メイドは断れません。

　ただ、そうした直後の出来事です。

　不意に大きく響く声がありました。

『オマエ！　まさか、オマエが壊したのかっ⁉　それっ！』

　ドラゴンさんです、ドラゴンさんがやってきました。

　空をピューと飛んで、龍王様の下まで一直線です。

　恐らく我々と同じように、正門の倒壊を知ってやって来たのでしょう。ゴンザレスさんがご存知であったことから、黄昏《たそがれ》の団の皆さんの間では、一連の騒動は既に周知の事実と思われます。

「ふむ、昨日も賑やかにしていた娘か」

『ぐるるるる、こ、この町を壊すつもりかっ⁉　何しにきた！』

　ドラゴンさん、非常にピリピリとしておられます。

　メイドも見ていて怖いくらいです。

　唸るように喉を鳴らして、臨戦態勢で龍王様に向き直る姿は、仲良くなる以前、タナカさんの下を訪れて間もない頃の彼女を彷彿《ほうふつ》とさせます。次の瞬間にでも、飛び出していきそうな雰囲気が感じられます。

　そんな彼女に対して、龍王様は厳《おごそ》かにも言い放ちました。

「余は昨晩、まったく眠れなかった」

『っ……な、なんだよ、それ』

「先代の不死王に意趣返しが叶わぬと知って、苛立ちが収まらぬ。過去の出来事があれこれと、脳裏に浮かんでは消えて、浮かんでは消えて。そうして過ごすうちに、いつの間にか夜が明けていた」

『…………』

ドラゴンさんと龍王様との間で問答が始まりました。お二人のやり取りは、我々の耳にまで鮮明に届けられます。

本来なら人で賑わう同所でございますが、本日は正門の倒壊を受けて、人気《ひとけ》が完全に捌《は》けております。そのため先方の淡々とした物言いも、距離をおいているこちらにまでしっかりと響いてまいります。

町の住民は建物や壁の強度をよくご存知ですから、その倒壊を受けて一目散、といった感じですね。遠目にはチラホラと様子を窺う姿も見受けられますが、それも片手に数える程度でしょうか。

魔王様との戦いでも、ほんの少し崩れた程度でしたから。

「……余は昨晩、まったく眠れなかったのだ」

『く、繰り返さなくてもちゃんと聞いてる！　だからなんだよっ！』

ところで龍王様は、ちょっと変わった感性をお持ちのようですね。

そういうのはご自身の胸に秘めておいて頂けたらと存じます。誰しも眠れない夜の一晩や二晩、あるものではないのかなと。こちらのメイドなど、身の回りで何か問題が起こる度に、夜通しガクブルとしております。

「余の感じている苛立ち、娘はどう考える？」

『そんなの自分で考えろよ！　どうして私に聞くんだ!?』

「その方の言う通り自らの意思で考えたのなら、余はこのように思う。あの骨が逝き際に残した町を滅ぼすことで、余は胸のうちに溢れた苛立ちを晴らすことができるのではないかと。今晩、気持ちよく床に就くことができるのではないかと」

『っ……』

龍王様がドラゴンさんに向かい、一歩を踏み出しました。

前者がなんら動じた様子もなく悠然と受け答えをしているのに対して、後者は彼の接近を受けてビクリと全身を震わせました。ピンと伸びた尻尾からも、彼女の緊張は手に取るように伝わってまいります。

『ちょっと待てっ！　ここは関係ない！　不死王とは関係ないんだぞ!?』

「昨日にもそのように聞いた。しかし、事実か否かを余が知る術《すべ》はない」

『けどっ……』

「大切なのは余がどのように感じるかだ」

王と名の付く方だけあって、とても大胆な物の考え方をお持ちです。

巻き込まれる側としては堪ったものではありませんね。

『そんなことをしたら、わ、私たちだってオマエの町を滅ぼす！』

龍王様の物言いを受けて、ドラゴンさんの発言も段々と過激なものになっていきます。建物の陰からやり取りを窺う我々としては、眺めていてヒヤヒヤとする光景です。一触即発の事態ではありませんか。

「……だとしたら、余はこの苛立ちをどうすればいい？」

『だ、だから、そういうのはっ……！』

結果的に、お話は堂々巡りでございますね。

聞き役に回って困惑するドラゴンさん、新鮮な感じがします。

普段はタナカさんやエルフさんが隣に控えていて、交渉事を引き受けているからでしょう。彼女はどちらかというと、肉体労働を担当されている場合が多いですね。ご本人もそれを良しとしているきらいがあります。

「その方を痛めつければ、余の苛立ちは解消されるだろうか？」

『っ!?』

次の瞬間、龍王様に動きがありました。

何気ない振る舞いから一歩を踏み出したかと思えば、あっという間にドラゴンさんに肉薄しているのです。そして、彼女の胸部に対して、拳を当てておりました。腹部にめり込むほどの一撃です。

目にも留まらぬ早業でございました。

お腹を殴られたドラゴンさんは、後方に飛んでいきます。

足が地面から離れたまま、背後にあった建物に衝突しました。

ズドンと大きな音が鳴って、外壁にヒビが入ります。

そのまま尻餅をついた彼女は、ぐったりとして動かなくなってしまいました。ピクリピクリと尻尾や指先の震える様子から、存命であることは間違いなく思います。しかし、容態はよろしくないように映ります。

「っ……」

メイドは思わず声を上げそうになりました。

これは縦ロール様やゴンザレスさんも同様でして、息を呑む気配がすぐ近くから伝わってまいりました。下僕の方に至っては、足元に魔法陣を描いております。たぶん、空間魔法のそれでしょう。

まさか彼女を放って逃げるなどできません。

馬鹿なことだとは思います。

私が出ていって何になるのだと。

むしろ足を引っ張るばかりではありませんか。

けれど、気付けばいつの間にやら身体は動いておりました。

建物の陰からドラゴンさんの下に向かい走り出します。

「何者だ？　しかも、そのフェニックスの幼生はもしや……」

龍王様の意識がこちらに移りました。

直後、メイドの胸の内で鳥さんに反応がありました。


モゾモゾと身じろぎをしたかと思えば、ぴょんと腕から飛び出して、シタっと地面に着地でございます。そして、私やドラゴンさんの前に立ち、龍王様に向かって挑むように、その身を構えられました。

『ふぁっきゅー！　ふぁっきゅー！』

続けられた鳴き声は、それまでの穏やかなものから打って変わって、険しさの感じられる威嚇にございます。愛らしさのなかにも野性味の感じられる声音が、繰り返し龍王様に向かい届けられました。

彼も目の前の人物を敵と認識したようです。

まんまるのお尻が左右にふりふりと動く仕草、とても愛らしくございます。後方からですとその様子が鮮明に窺えて、抱きしめたい衝動に駆られます。けれど、相手は不死王様ですから、この場はお任せさせて頂きます。

代わりにメイドはドラゴンさんの下に駆けました。

自由になった両手で、倒れてしまった彼女を抱きかかえます。

このまま撤収させて頂けませんでしょうか。

『お、おいっ、ばか！　はやく逃げないとっ……』

直後、意識を取り戻した彼女から声が上がりました。

身体を包んでいる淡い輝きは回復魔法でしょう。

タナカさんの魔法と似たような温かみを感じますね。

「先代の不死王の咎《とが》、当代であるその方に与えるも一興か」

『ふぁっ!?』

そうこうしている間にも、龍王様の意識に変化が見られました。

ドラゴンさんに向けられていた視線が、鳥さんに移ったのです。先程と同様、目にも留まらぬ勢いで駆け出した先方が、まんまるふかふかの彼に迫ります。気付けばいつの間にやら、足蹴《あしげ》にしているからどうしたことでしょう。

地面に転がった鞠《まり》でも、蹴りつけたが如くであります。

しかし、続く展開はこれまでと様相を変えておりました。

『ふぁっきゅぅぅぅう！』

「ぬっ……」

間髪を容れず、鳥さんの正面に魔法陣が浮かびました。

龍王様の足先は彼の肉体を前にして静止。

ドラゴンさんが殴られた際とは異なり、前者の身体が後方に飛んでいくことはありません。むしろ代わりに、攻撃を仕掛けた後者の肉体にこそ、傍目《はため》にも顕著な変化が見られ始めました。

膝から先がドロリと、一瞬にして腐ったのです。

短パンから見えていた若々しい脛《すね》が、あっという間にシワだらけとなり、更には皮下に隠れていた筋肉や骨が顕となりました。ほんの僅かな時間にもかかわらず、人体のジクジクと膿んでいく様子は、眺めていて恐怖を感じます。

これには龍王様も危機感を覚えたようです。

後方に跳躍して、鳥さんから大きく距離を取りました。

「代替わりしてこの威力、先代は随分と力を溜め込んでいたようだ」

『ふぁっきゅう！　ふぁっきゅぅぅぅう！』

鳥さん、凄いです。

繰り返される牽制の声にも、これまで以上の力強さを感じます。

本当に凄い力をお持ちだったのだと、メイドは今更ながら、彼が備えた不死王様としての在り方に驚愕を覚えております。気軽に抱きかかえて、そこかしこへ好き勝手に連れて回った上、昨晩は抱き枕の代わりにしておりました。

その事実に背筋が冷える思いです。

ですが本人は決して、嫌そうにはしておられませんでした。

きっと大丈夫だと、今はただそのように信じていたく存じます。

そうでなければメイドも、龍王様の脛と同じようにドロドロですよ。

「相変わらず厄介極まりない。これにどれだけの同胞が倒れたことか」

距離を取った龍王様は、腐ってしまった自らの足に向かい、軽く腕を振るいました。何事かと眺める我々の面前、その膝から先が切断されて地面に落ちます。断面からはドバッと大量の血液が噴出しました。

しかし、それも束の間のこと。

傷口はすぐさま塞がり、更には失われた部位が生えてまいりました。

タナカさんと同じように、龍王様も強力な回復魔法をお使いのようです。思い起こせば先代の魔王様も、同様にパワフルな回復魔法をお使いでした。王の名を冠する方々ともなれば、その手の魔法一つとっても、習熟されていらっしゃるのでしょう。

「かかって来い。余が相手をしてやろう」

『ふぁあっきゅぅぅぅ！』

龍王様の声に応じるかのように、鳥さんが飛び出されました。

地を蹴った小さな身体が、まるで弾丸のように突撃です。

以降、お二人の間では激しい争いが始まりました。

龍王様は鳥さんに対して、容赦なく魔法を撃ち放ちます。

肉体を腐敗させる魔法を恐れてのことでしょう、空に浮かび上がり、地上に立った彼に対して、距離を設けつつの攻勢であります。放たれる魔法は様々なもので、炎の塊であったり、地面を深く穿《うが》つ雷撃であったりします。

対して鳥さんも、龍王様に向かい魔法を放ち返します。

こちらについては一貫して腐敗の魔法です。

たぶんですが、周囲へ被害を出さないように、彼なりに気遣ってくれているのではないでしょうか。事実、龍王様の魔法が近隣の建物を壊すごとに、ギョッとした感じで驚くような素振りが見られます。

立ち回りも背後をチラチラと気にしているような気がしますね。

彼はきっと我々が考えている以上に、賢い鳥さんなのではないでしょうか。

「あなたが抱いていた鳥、意外と凄まじいわねぇ」

「アハーン様……」

気付けばいつの間にやら、隣に縦ロール様がおられました。

傍らには下僕の方やゴンザレスさんの姿もございます。

「ご主人、ですから私は言ったのです。あの鳥は危険なのだと」

「そうは言っても、わたくしたちの為に頑張ってくれているわよぉ？」

「何がどう転ぶとも知れません。最低限の距離は設けるべきかと」

「しかし、どうにも鳥らしくない戦いっぷりよねぇ？　思い起こせばこの町にやってきてから、わたくしはあの鳥が飛んでいるところを一度も見ていないのだけれど、フェニックスという生き物は、空とは無縁の鳥類なのかしらぁ」

縦ロール様のご意見には私も同意です。

鳥さん、走ってばかりでございます。

短い足で地面をトトトと縦横無尽に走り回っております。

一方で龍王様が空に浮かんでいることを思うと、彼が備えた翼の存在意義に、少しばかり疑問を覚えないでもない昨今です。羽ばたくことこそ叶わずとも、魔法で空を飛ぶという選択肢もあるのではないかなと。

『ぐるるるる、どうしてあの鳥が町の為に……』

鳥さんの戦う姿を眺めて、ドラゴンさんも彼の意思を感じているようです。

そして、メイドの素人判断ではありますが、状況は拮抗して思えます。

魔王様から放たれる魔法はそのほとんどが、鳥さんに直撃する寸前、目に見えない壁のようなものに防がれております。一方で鳥さんの魔法についても、なかなか相手に当たりません。また、当たっても切断と回復から、元通りでございます。

お互いに決定打を欠いている、といった雰囲気を感じますね。

おかげで一連の状況は、龍王様としては甚だストレスであったようです。

「あぁ、なんて煩《わずら》わしいことだろう」

『ふぁっきゅー！　ふぁっきゅー！』

「このままでは、余の苛立ちは溜まるばかりだ」

空を飛んでいた龍王様が、不意に高度をカクンと落としました。

彼の視線が地上を駆け回る鳥さんから離れます。

改められた先には、ドラゴンさんのお姿がございました。

我々もすぐ近くにまとまって待機しておりますから、こちらに先方の意識が向けられたことは、すぐさま理解できました。縦ロール様のお隣では、下僕の方が空間魔法の支度を始めました。

「同族の娘よ、余の役に立つのだ」

『っ……』

直後、我々の面前に龍王様が肉薄しております。

身構えていたドラゴンさんは、咄嗟に攻撃魔法を撃ち放ちました。頭上から迫った相手に向けて、正面に浮かべた魔法陣から、キラキラと煌く光の帯のようなものが、一瞬にして放出されます。

人人数名を飲み込んで余りある太さでございますね。

しかし、龍王様はこれを空間魔法で回避。

ドラゴンさんの背後へ、即座に場所を移します。

『ふぁぁぁぁっきゅぅぅぅぅぅう！』

一際大きく鳥さんの声が響きました。

こちらに向かい、怒涛《どとう》の勢いで彼が近づいてきます。

まんまるフカフカがトトトトと向かってきます。

その到着を待つかのようにして、龍王様の手元から魔法が放たれました。必死に我々の下へ向かい駆けてくる鳥さん。その横腹を狙って、彼の手元に浮かんだ魔法陣から、七色に輝く魔法が放たれました。

幾十本もの輝きが、次々と鳥さん目掛けて飛んでいきます。

けれど、見えない壁に防がれて、成果はゼロです。

鳥さん、凄いです。

しかしながら、それも輝きの向かう先が変化を見せたことで、大きく状況が転じました。鳥さん以外、ドラゴンさんを筆頭として、縦ロール様や下僕の方、ゴンザレスさん、更にはメイドにまで、虹色の輝きが矛先を向けたのです。

『ふぁっ！　ふぁ！　ふぁぁぁあああああ！』

あわや直撃という瞬間、メイドは目撃しました。

鳥さんが身の回りに浮かべていたのと同じ、目に見えない何かが、龍王様の魔法を弾いておりました。それは自身に限らず、ドラゴンさんや縦ロール様など、居合わせた他の方々についても同様です。

例外があったとすれば、それは鳥さんご本人です。

『ふぁっ、ふぁぁぁぁあああああっ！』

我々の守りに対して、力を割いたのが原因と思われます。

数多《あまた》放たれていた七色の輝きのうち一つが、彼の身体を貫いておりました。それまでは完璧に防げていた龍王様の魔法が、鳥さんの身体を翼の上から、ズドンと大きく抉っておりました。

バランスを崩した彼は、地を駆ける勢いもそのままに、地面をコロコロと転がっていきます。そして、我々のすぐ傍らをあっという間に過ぎて、延長線上にあった建物の外壁にぶつかり止まりました。

どうやら致命的な一撃であったようです。

ピクリピクリと痙攣を繰り返すばかりで、起き上がる気配がありません。

『お、おいっ！』

咄嗟にドラゴンさんが、鳥さんに向けて手を伸ばしました。

即座、手元に魔法陣がブォンと浮かび上がります。

そうして慌てる彼女に対して、龍王様から声が掛かりました。

「娘よ、回復魔法など使っていいのか？　相手はアンデッドだぞ」

『っ……』

「不死王の座を継いで間もないこともあって、不死者としての肉体の扱い方に理解が足りていないようだ。更に見ての通りの鳥頭とあっては扱いも容易。この様子であれば、余にとっては脅威たり得ない」

そういえば以前、タナカさんも我々に対して周知しておられました。鳥さんはアンデッドなので、回復魔法は絶対に使わないようにと。なんでも回復が行われるどころか、怪我をしてしまうらしいのです。

教会にお勤めされている聖職者の方々が、ゾンビやスケルトンに対して、回復魔法を用いた牽制を行うことがあるとは、私も話に聞いたことがあります。それが鳥さんに対しても、同様の効果を発揮してしまうのだそうです。

見た感じアンデッドっぽくない姿をしているので、ついつい忘れそうになります。恐らくドラゴンさんも、咄嗟に身体が動いてしまったのではないでしょうか。そして、こうなると我々ができることは限られてきます。

私は大慌てで彼の下に駆け寄りました。

ぐったりとした小さな身体を、地面から抱き上げさせて頂きます。

『……ふぁ……ふぁぁ……』

ピクリピクリと小刻みに震える姿から、メイドは鳥さんの存命を確認しました。アンデッドなので正しい表現なのかどうか、いささか疑問の残る判断ではございますが、反応があるのはいいことです。

しかし、再び立ち上がることは難しそうな容態ですよ。

自身にできることはといえば、身につけていたエプロンを裂いて、包帯代わりに患部へ巻きつけるくらいでございます。ただ、それも彼のアンデッドなる立場を思うと、どれほど意味のある行為なのか分かりません。

一方で龍王様に向き直り、声も大きく訴えて見せるのがドラゴンさんです。

『ひ、卑怯だぞ！　それでもオマエは龍族なのかっ⁉』

「その方は自らの為に、他者を利用したことがないのか？」

『ないっ！　そんなの当たり前だっ！』

お二人のやり取りを受けて、ふと思い起こされたのは、過去にペペ山でドラゴンさんと初めて出会った際のことです。タナカさんと争っていた彼女が、途中でエステル様を人質にしたことは、私も未だちゃんと覚えてしまっております。

そうしたメイドの記憶と、同じことを思い起こしたのでしょうか。

『っ……！』

ドラゴンさんが何かに気付いたように、ハッとされました。

そうかと思えば、言葉を改めるように吠えます。

『ほ、ほとんど！　ほとんど、ないっ！』

こういう彼女の律儀なところ、メイドは大好きでございます。

ただ、今はそんなことを考えている場合ではありません。我々の生命どころか、ドラゴンシティ全体のピンチです。このままではタナカさんが戻ってくるまでに、町がなくなってしまうかもしれません。

「娘よ、同族のよしみだ。その方に機会を与えよう」

『機会って、な、なんだよっ⁉』

「その方が余を僅かでも傷付けられたのなら、この町は放っておいてやる」

『え、おい、それは……』

「だが、その方がこれを諦めたとき、余はこの町を跡形もなく消し去る」

『っ……』

ドラゴンさんの表情に顕著な変化がありました。

これまで以上にクワッと目を見開いて、龍王様のことを見つめています。

そのまま瞳がこぼれ落ちてしまいそうなほどの反応ではありませんか。


ピンと立った尻尾は、プルプルと小刻みに震えております。

『……ほ、本当だな？　本当に町には何もしないって、約束するな？』

続けられたお返事は、ドラゴンさんらしからぬ腰の低さでした。

普段であれば、即座に喧嘩を買って挑みに向かわれたことでしょう。上等だなんだと声を上げて荒ぶる姿が、メイドは自ずと脳裏に浮かびました。けれど、それも今回に限っては鳴りを潜めております。

なんせ目の前の相手は、同じ龍族の王様です。魔族という枠組みにおいても、縦ロール様の下僕の方が、先代の魔王様に手も足も出なかったように、彼女もまた龍王様には、絶対に勝てないのではないでしょうか。

先程の一撃を受けての光景が、メイドの不安を肯定してなりません。

こうしたやり取りは彼女にとって、事実上の死刑宣告ではないかと。

「ああ、約束しよう。王の名にかけて」

『分かった！　わ、私がオマエをこの町から追い払ってやるっ！』

しかし、それでもドラゴンさんは力強く頷かれました。

こちらの町は彼女にとって、そこまで大切なものなのでしょうか。

ただ見守るしかない自身に、メイドは不甲斐《ふがい》なさを感じるばかりです。

＊

鼻輪たちの歓迎を受けた翌日、我々はニンクの大森林を出発した。

ドラゴンシティの様子も気になるので、朝一での出立だ。

また来いよ、とは別れ際に与えられた彼の言葉である。ツンケンとした態度で語ってみせる姿は、紛《まが》う方なきツンデレであった。これほどありがたみのないツンデレを醤油顔は他に知らない。でも、近い内にまた足を運ぼうとは考えている。

移動については往路と同様、復路もエディタ先生の空間魔法のご厄介になった。メンバーは先生の他に大精霊殿とブサメンの三名である。薬草ゴブリンの兄妹は、他にやることがあるからと、妹さんの魔法でどこへともなく去っていった。

精霊王様の待つ宝石の洞窟まで、移動は一瞬である。

移動先は洞窟内に設けられた、大きな観音開きの扉の正面だ。

その先に謁見の間が続いていることは、我々も昨晩のうちに確認済みである。ドアを開くと最奥の一段高くなった場所に、立派な王座が窺える。そして、我々を待ち構えていたかのように、これに座した精霊王様の姿があった。

先方はこちらの姿を確認して、我先にと声を上げた。

「ちょっと君たちぃ、帰ってくるの早くなぁーい？」

訝《いぶか》しげな面持ちで我々を見つめていらっしゃる。

どうやら手前どもの仕事に疑問を感じているようだ。

ちなみに本日の彼女は、こうしてお出迎えを頂戴した当初から、人の形《なり》をしていらっしゃる。中学生ほどの小柄な肉体は、以前にお話をした際と何ら変わりはない。

自身と同じ黒い色の長髪が印象的である。

それでも違いを探すなら、衣服を着用している。

どこから調達してきたのだろう。

ゴスロリを思わせるデザインのワンピース姿で、それはもう目を引かれる。スカートの丈も短めで大変ありがとうございます。細かなレース細工など、こちらの世界ではかなりお高い代物ではなかろうか。

あと、髪の結い方がエディタ先生と似ている。

彼女のスタイルを参考にされたのかもしれない。

その上からベレー帽っぽい帽子を被っていらっしゃる。

「ご依頼のとおり、獣王の代替わりについて確認を行ってまいりました」

「本当かなぁ？　ちゃんと代替わりした獣王とお話しできたのかなぁ？」

玉座の手前まで歩み、以前と同様に膝を突いて頭を垂れる。

この場はブサメンが代表して、精霊王様と受け答えさせて頂こう。

薬草ゴブリンとのくだりなど、背後関係まで事情を理解しているのは自分だけである。彼女の性格的に考えて、何かしら突っ込みを頂戴する可能性は高い。エディタ先生や大精霊殿にご負担を強いる訳にはいかない。

「結論から申し上げると、獣王の代替わりは事実でした」

「適当なこと言ってもすぐにバレるよー？」

チラリチラリ、大精霊殿に視線を送ってみせる精霊王様。

大丈夫、彼も現場には居合わせていたから。

続く面倒なご説明についても、醤油顔は安心して行える。

「しかしその一方で、今回行われたニンクの大森林での代替わりは、先代と当代の間で話し合いが行われた結果、なかったことになりました。当代の獣干は引き続き、精霊王様と面識のあるミノタウロスが務めます」

「えぇぇぇ？　それってどーいうこと？　なんでそーなるの？」

「先代と当代が居合わせて、その場でのやり取りの結果です」

「嘘を言っても駄目だよ？　そんなことしたら、私は君たちにプンプンしちゃうぞ？　獣王の代替わりが決闘で行われているのは、私もちゃーんと知っているんだから。どうして当代が先代に立場を譲っちゃうんだよもう」

「精霊王様の耳に届いた代替わりの噂は、当代にとって不本意なものでした」

「はぁーん？」

君たち何を言っているの？　みたいな表情で先方から見つめられた。

そこで醤油顔はニンクの大森林であった出来事をお伝えした。

紹介を受けた先代の獣王様と無事に面識を得たこと。これと時を同じくして、当代獣王の肩書きを持つ人物が訪れたこと。両者の間で獣王の肩書きを巡り、やり取りが行われたこと。そのあたりの諸々である。

ただし、スペンサー子爵の存在については、敢えて黙っておくことにした。万が一にも目の前の相手に、北の大国に与されては堪らない。彼女のスカウトを受けてドラゴンシティまでやって来た龍王様の例もある。決して油断はできない両国間の情勢だ。

けれど、ブサメンの報告は精霊王様に刺さらなかった。

「嘘はよくないなぁ、嘘は。そんなんで先代が承諾する訳ないじゃん」

彼女はこちらを苛立たしげに見つめて、不服そうな口調で言った。


玉座に座したまま、足を大仰にも組み直してのこと。際しては太ももの間に肌色がチラリ。

謁見の間にノーパン特別警報が鳴り響く。

目の前の人物との会話に集中しなければいけないのに、童貞の意識はスカートの奥、下着の存在がまるで感じられなかった暗がりに向けられて止まない。薄暗い謁見の間、光源としてファイアボールを浮かべたくなる。

ンチュ的に考えて、完全に無自覚でのマンチラではなかろうか。

確信犯のエディタ先生とは、また違った良さみを感じてしまう。

恐らく人の姿を扱うのに、意識が足りていないのだろう。

結果的にガードの緩い女の子が一丁上がり。

童貞は狂喜乱舞である。

「そもそもどうして、先代が君たちの言葉に耳を貸したりしたのかな？　あの暴れん坊がニンゲンの言うことを素直に聞くなんて、到底思えないんだよね。まさかとは思うけれど、君たちってば私の部下のこと、抱き込んでいたりしないよね？」

精霊王様の視線が大精霊殿に向けられた。

するとと見つめられた彼は、淡々と声を上げた。

「精霊王様、私からもよろしいですか？」

「いいよー？　じゃんじゃん指摘しちゃって欲しいな」

「そういった意味ですと、こちらのニンゲンは先代獣王による先制を無防備に受けておきながら、これを完全に無効化した上、一方的に討ち滅ぼす手前までいっています。先代獣王はこの者の武力に屈しました」

「……繰り返すけど、嘘は同族でも許さないよ？」

「また、先代を破って当代の獣王となった個体とは、お互いに面識を持っていました。魔王の打倒に際して協力を求めていたようです。以前から友好的な関係にあったようです。魔王の打倒に際して協力を求めていた点についても、現場で言質が取れました」

「…………」

わざわざ説明することもないだろうと、黙っていた昨日の出来事の仔細が、大精霊殿のお口から精霊王様に伝えられた。他者の口から伝えられているとはいえ、完全に自慢話みたいになってしまっているのが痛々しい。

エディタ先生の面前とあって、恥ずかしさが半端ない。

同時に目の前の人物が、魔王様の打倒について我々を疑っていたことを理解した。それもかなり顕著な形で、なにかしら他者の介在があったのではないかと、確信に近いレベルで勘ぐっていたようである。

今回のお使いでボロが出ることを期待していたのだろう。

大精霊殿はそんな我々に対するお目付け役、といった立場に思われる。

ただ、それにしても彼の発言は、ヨイショが過ぎるのではなかろうか。

下手にこちらの存在を訴えて、精霊王様の反感を買っては大変だ。軽快な語り口調に対して、その端々《はしばし》に自尊心の高さを感じさせる彼女だから、有能さをアピールするより、従順な協力者として、適度な距離感でのご関係を願いたい。

その上でご寵愛を頂けたら幸いだ。

定期的なマンチラを是非。

「お待ち下さい。我々の存在はそこまで大したものではありません。だからこそこうして、精霊王様の下までご助力を賜りに参りました。その点については、どうか思い違いがないように申し上げたく存じます」

「……へ、へぇー？」

ここへ来て、先方の表情に変化が見られた。

口元がヒクヒクしているぞ。

どういった感情の現れなのかは、あまり考えたくない。

鼻輪とは異なり、彼女は先代の魔王様と同じくらい危険だ。しかも脳筋だった彼と比較して、総合的にお強くあらせられる。空間魔法や持続型の回復魔法も、まず間違いなくお使いになるだろう。ストーンウォールによる無力化も不可能だ。

「君たち、私に助力を求めて来たんだよね？　龍王が怖いから」

「そのとおりでございます、精霊王様」

「何かよからぬこととか、企《たくら》んでいたりするんじゃないよね？」

「滅相もない。精霊王様を謀《たばか》るつもりなど毛頭ございません」

「……本当かなぁ？」

「本当でございます。どうか我々を信じては頂けませんでしょうか？」

「…………」


不死王様の存在も考慮しての疑念だろう。

数の上で言えば、当初からご説明していた鳥さんに追加で、薬草ゴブリンの兄妹が獣王としてカウント。これで先方とは二対一。また、大精霊殿の言葉を素直に捉えたのなら、後者に比肩するポジションでブサメンが並ぶ。

精霊王様があれこれと考えてしまうのも無理はない。

このあたりはステータスが確認できていない分だけ、自身が感じている以上に、こちらの戦力を大きく見積もっているのではないかと思う。その上で彼女が当代の龍王様を、どの程度として考えているのか。

「精霊王様が感じられている疑念は、尤もなものかと存じます。ただ、我々が欲しているのは決して争いではありません。血の一滴も流れることがない平和です。その為にはどうしても、精霊王様のご助力が必要なのです」

「ふぅーん？　そうして世界征服でもするつもり？」

「結果としてそうならざるを得ない場合は、精霊王様を頂点として、そのお手伝いをさせて頂いても構わないと考えております。しかし、あくまでも我々が欲しているのは、身の回りの平和に他なりません」

「ほぉーん？」

こちらの返答を受けて、精霊王様の眉がピクリと動いた。

まさか興味があるのだろうか、世界征服。

精霊ってもう少し穏やかな存在だと思っていたのだけれど。

昨日今日とお話をしてみた感じ、これまでお会いしたどちらの王様よりも、世情に対して敏感な気がする。趣味が勝負事というのも、決して無関係ではないだろう。他所の王様たちと率先して交流を得ている点も然《しか》り。

それからしばらく悩んだところで、精霊王様は頷いてみせた。

「いいよ？　そういうことなら是非とも、仲良くしてもらいたいな！」

「不躾《ぶしつけ》な願いとは思いますが、ご助力を願えますでしょうか？」

「そうだよね！　大切なのは実力よりも、王としての肩書きだもんね！」

「いいえ、決してそのようなことはないのですが……」

「私が断ったら、次はどこに話を持っていくつもりだったのかなぁ？」

「…………」

そう言われると、上手い返事が浮かばない。

我々は早まっただろうか。

ご意見を伺うべく、エディタ先生に視線を向ける。

お顔はフルフルと横に振られた。

とても申し訳無さそうな表情である。

ワンマン企業の社長営業と商談を進めているような気分だ。精霊業界にブラック企業の気風を感じる。大精霊殿とか、完全に中間管理職のポジション。可愛らしい顔立ちの向こう側に、有無を言わさぬ意思を感じた。

けれど、こちらが彼女の肩書きを欲しているのも事実だ。

「どうか末永く、仲良くして頂けたら幸いです」

「そうだねー！　私も君たちとは仲良くしたいと思ってるよ？」

事前に聞いたとおり、かなりネチッこい性格の人物かもしれない。

＊

【ソフィアちゃん視点】

予期せぬ龍王様の襲来から、しばらくが経過しました。

我々は依然として町の正門付近にございます。

界隈ではドラゴンさんと龍王様の争う光景が、絶え間なく繰り広げられております。場所を地上から空に移して、正門から町の外に向かい少し進んだ辺り、ズドンズドンとそれはもう賑やかなものです。

これを我々は悲痛な面持ちで見守っております。

何故ならば、戦況が一方的だからです。

ドラゴンさん、ボロボロでございます。

『こ、このぉぉぉっ！』

「余を相手にするには、まだまだ研鑽《けんさん》が足りぬな」

歯を食いしばり、両手を正面に掲げて、魔法を撃ち放ったドラゴンさん。

光の帯のようなものが、あっという間に龍王様まで伸びました。

これを後者は片手で軽く弾き飛ばした上、前者に向かい急接近。

相手の頭部に向かって、大きく踵《かかと》を振り下ろしました。

ドラゴンさんは大慌てで避けようとしますが、龍王様の動きのほうが遥かに速くて、これを肩に受けてしまいました。遠目にも彼女の半身が、大きく凹む様子が窺えました。まるで踏み潰された人形のような有様です。

『ぎゃっ……』

身体を強く打たれて、ドラゴンさんは地上に真っ逆さまです。

そのままドスンと地面に落ちてしまいました。

かれこれ何度目になるでしょうか。

「嬢ちゃん、不死王の具合はどうだ？　意識は戻ったか？」

「す、すみません。まだ辛そうにされていまして……」

メイドの胸の内には依然として、ぐったりとした鳥さんがおります。

龍王様の一撃から、未だに復帰される様子がありません。

タナカさんの言葉に従えば、彼は不死王を継いでから間もないとのことです。その関係から上手く力を扱えていないのだとは、龍王様も仰っていたとおりなのだと思います。目を瞑《つぶ》ってピクピクと震えるばかりでございます。

「すまないな、嬢ちゃんまで巻き込んじまって」

「いえ、そ、そんなことはありませんっ……」

申し訳なさそうな表情で、ゴンザレスさんが仰いました。

こちらこそ何の役にも立てずに、申し訳ないばかりです。

戦力外のメイド風情よりも、今はドラゴンさんが大変でございます。私はこれ以上、彼女が傷つく姿を見ていたくはありません。そして、こうした思いはゴンザレスさんも抱かれていることでしょう。

けれど、我々にできることは他に何もなくて、おふた方の争う光景を眺めるばかりでございます。これは縦ロール様や下僕の方も同様で、現場から逃げ出すことなく、ことの成り行きを窺っておられます。

ギュッと強く握られた拳が、言外に彼女の感情を表して思われます。

ここ最近は段々と、ドラゴンさんと交流の機会も増えてきたお二人ですから。

「ご主人、こうなれば私の魔法で、屋敷の住民だけでも安全な場所に」

「ええ、そうねぇ。もう他に取れる手は、ないかもしれないわねぇ……」

それは我々にとって最後の選択でございます。

普段ならこういったとき、我先にと逃げ出している縦ロール様が、それでもこうして現場に残ってまで、判断を下そうとしておられます。その事実にメイドは、過去になく危機感を募らせております。

できることなら、ドラゴンさんをお助けに向かいたいです。

しかし、彼女であっても歯が立たない相手に、我々が出ていっても何の意味もありません。むしろ足を引っ張るばかりです。こうしてドラゴンさんが生き長らえているのも、ひとえに同族であるが故です。

龍族ではない邪魔者など、早々に屠《ほふ》られてしまうことでしょう。

「娘よ、立たぬのか？　立たぬのであれば、その方の町もこれまでだな」

『……ま、待てよっ……まだだ！　まだまだ、だっ！』

プルプルと震える足に鞭打《むちう》って、ドラゴンさんが立ち上がりました。

その姿は遠目にも如実に窺えるほど、満身創痍でございます。頭に生えた角は片方が根本から折れてしまっております。チョロンと伸びた可愛らしい尻尾も所々が抉れています。更に身体は血まみれで、そこかしこに怪我が窺えます。

　これが回復魔法によって癒えたのも束の間。

　すぐさま新たに怪我を負って、といった繰り返しです。

「たった一撃入れることもできないか」

『っ……!?』

　龍王様にお腹を殴られたドラゴンさんが、後方に向かい飛んでいきます。

　殴られた勢いから宙に浮かび、ポテッと落ちて、コロコロと。

　艶やかな黒髪も土埃《つちぼこり》にまみれて久しく、ボサボサでございます。ここ最近になって新調した可愛らしい衣装は、既に見る影もありません。町長らしくていい感じだと、ご本人もお気に召していた一着でした。

「この調子では最早、どう足掻《あが》いても不可能ではないか？」

『……そ、そんなこと、ないっ！』

　龍王様の言葉を突っぱねると共に、彼女は立ち上がってみせます。

　何度繰り返したとも知れないやり取りでございます。

　そうした彼女の反応を受けてのことでしょう。

　龍王様の口から続けざま、とんでもない提案が為されました。

「次にその方が地に膝を突いた時、余はこの町を滅ぼそうと思う」

『えっ……』

　ドラゴンさんの面持ちが愕然としたものに変わりました。

　直後に発せられたのは、今まで以上に大きなお声での非難です。

『そんなことをしたら、わ、私たちだってお前の町を滅ぼすぞっ!?』

「当代の不死王の程度は知れた。その方の言葉は現実的ではない」

『だったら、それだったらっ……！』

「その方に恨みはないが、不死王に与した己が判断を嘆くといい」

淡々と呟いて、龍王様が一歩を踏み出しました。

ドラゴンさんに対して片腕が掲げられます。正面に向けられた手の平より少し先に、魔法陣がブォンと浮かび上がりました。一連のやり取りから考えて、それが攻撃魔法を放つためのものであることは疑いようもございません。

そして、彼女の背後にはドラゴンシティがございます。

『ぜ、絶対に壊したら駄目だ！　ここは凄く大切なところなんだからっ！』

両手をバッと左右に大きく広げて、ドラゴンさんが言いました。

自らの背中越し、町を守るように立ちはだかってのことです。

「そんなにこの町が大切か？」

『私は町長だ！　この町を守る義務があるっ！』

なにかにつけて町長を主張される彼女ですが、このような状況でも一貫している姿を目の当たりにして、思わず目元がウルッと来てしまいました。タナカさん、ドラゴンさんが大変です。どうか早く戻ってきては下さいませんでしょうか。

祈ることしかできない自身が、メイドは不甲斐なくてなりません。

私が争いの場に出ていったら、何か状況が変わったりするでしょうか。

この期に及んで交渉など、行えたりするものなのでしょうか。

たった一言、行けと指示を下さる方がいたら、どれほど気が楽でしょう。

「それは己が生命を懸けるほどのことか？」

『ここで駄目になったら、きっと私はこれからもずっと、駄目なままになる気がする。オマエがいなくなってからも、ずっとずっと駄目なドラゴンになってしまう。それだけは絶対に許せないっ！』

「同族のよしみ、その方だけは逃してやろうと考えていたのだが」

『だれが逃げるか！　オマエだけは絶対にゆるさないっ！』

グルルと喉を鳴らして、ドラゴンさんが挑むように言いました。

牙を剥き出しにして、今にも飛び掛かっていきそうです。

他方、その正面では龍王様の魔法陣が輝きを増していきます。

円を描くように形作られた、その中央に向かい、得体の知れないキラキラとしたものが収束していく様子が窺えます。多分、そうして溜めた何かをドバーッと撃ち放つような魔法なのでしょう。

「そうか、ならば町とともに滅ぶといい。それも上に立つ者の定め」

『私が滅んでも、町だけは、この町だけは絶対に滅んだりしないっ……！』

そうこうしているとドラゴンさんにも、急激な変化が現れました。

その身体が力強くギラギラと輝き始めたのです。

タナカさんの回復魔法も対象を淡く光らせますが、そちらと比較して強烈に感じられる輝きでございます。それこそ直視することも憚られるほどとなり、メイドも思わず目元に手が向かいます。

「この場で散るか……」

龍王様の呟きに不穏な響きを覚えます。


何が行われようとしているのでしょうか。学のないメイドにはまるで理解が及びません。ただ、ドラゴンさんにとってよくないことが起こりそうな雰囲気を感じます。

今すぐにでもお止めするべきなのではないかと。

「その方は力量こそ劣れど、上に立つ者としての器は備えていたようだ」

『この町は大切な町なんだ！　アイツにも守るって約束したんだっ！』

ああ、どうしたらいいのか。どうするべきなのか。

私は段々と考えるのが億劫《おっくう》になってまいりました。

町がなくなるのは嫌ですが、ドラゴンさんが居なくなるも嫌です。

「ゴンザレスさん、鳥さんをお願いします！」

「お、おいっ、嬢ちゃん、何をするつもりだっ⁉」

こうなったらもう、破れかぶれでございます。

なんでもこちらのメイドは、他所の人より少し幸運な生まれにあるとのことです。魔王様との騒動の折、ゴッゴルさんから伺いました。だとしたら今この瞬間、私の存在が少しでも彼女の為にならないものでしょうか。

傍らに寄り添うだけでも、意味があって欲しいもので

す。

タナカさん、あとはお任せしましたよ。

＊

無事に精霊王様の協力を取り付けた我々は、その足でドラゴンシティに戻ることになった。なるべく早いうちに、町で顔見せを行えないかとご相談したところ、それなら今からどうかと、彼女から承諾を頂いた次第である。

不死王様や龍王様に対しても思ったけれど、とてもフットワークが軽い。

むしろ腰が重い王様に出会ったことがない。

これはブサメンの勝手な想像だけれど、恐らく精霊王様も我々との関係に対して、それなりに価値を見出しているのではなかろうか。もし仮にそうだとしたら、今後とも幻滅されることがないように頑張っていきたいものである。

龍王様が治めている町の所在云々については、ドラゴンシティの皆々にご紹介を終えてから、細かな事情の説明と併せてご相談する予定だ。このあたりはロリゴンを

交えて確認した方が確実だろうとの判断である。

「さてさて、それじゃあ君たちの町に案内してもらおうかなー」

「う、うむ。では早速だが私の魔法で送迎しよう」

精霊王様の発言を受けて、エディタ先生からお返事があった。

昨日から足代わりに利用してばかりで本当に申し訳ない。我々の足元にブォンと浮かんだ魔法陣、これを眺めて心中で謝罪を繰り返す。龍王様との騒動が一段落したら、何かお礼とか考えたほうがいいかも。

そうこうしていると、玉座から立ち上がった精霊王様がすぐ傍らまでやって来た。手狭な魔法陣の上、手を伸ばせば触れられる距離にノーパンの娘さんがいると思うと、童貞は心が浮つき始めるのを感じる。

丈の短いワンピース。

薄い生地の先に肉体の凹凸を感じる。

大きめなお尻のふっくらとした盛り上がりが、目の細かい生地の陰影として窺える。心做《こころな》しか割れ目のあたりにシワが寄って、裸体を拝見しているかのような錯覚が、今晩のおかずに決定だ。

「んー？　どうしたのぉ？　この恰好に何か問題があるのかな？」

「いえ、大精霊殿とは些か趣《おもむき》が異なっているなと思いまして」

ジロジロと見ていた訳ではないけれど、即座に突っ込みを受けた。

ブサメンの一挙一動をよく観察していらっしゃる。

もしや我々を警戒しているのだろうか。

そうなると今後はチラリを狙うにも、難易度が上がりそうだ。

「精霊にとってはモノの形なんて、大して意味があるものじゃないよ」

「大精霊殿からも以前、そのようにご説明を受けました」

「人はモノの形を重んじる生き物だから、色々と面倒臭いよねー」

ところで、彼女の足元には大精霊殿の姿がある。

こちらを見上げる彼のポジショニングは、どう足掻いても視界にスカートの内側を捉える位置関係。まさか楽しんでいるのだろうか。上司の股間を見上げて、楽しんでしまっているのだろうか。


空間魔法もいいが、小動物に変身する魔法も魅力的に感じる。

モノの形を重んじないが故の無防備さが童貞的には大変魅力的です。

「それではいくぞ」

「ええ、どうぞお願いします」

エディタ先生の号令を受けて、空間魔法が発動した。

一瞬にして視界が暗転する。

真っ暗になっていたのはほんの僅かな間である。

間髪を容れずに周囲の光景が変化を見せた。

随所に宝石の煌く薄暗い洞窟の只中から、サンサンと陽光の降り注ぐお天道様の下、見慣れた草原地帯の只中へ。少し先にはドラゴンシティの町並みが窺える。移動した先は、正門から少し離れた丘の上のようだ。

精霊王様に町の全景を確認してもらおうという、先生の粋な計らいだろう。

そうした直後にブサメンは、ふと予期せぬ光景を目の当たりにした。

なんと町の正門が崩れているのだ。

それもかなり盛大に倒壊しているぞ。

魔道貴族やジャーナル教授でも傷をつけることが困難な代物である。マゾ魔族やゴッゴルちゃんであっても、どこまでダメージを与えられることか。倒壊せしめるほどともなれば、それを行える手合いは限られてくる。

エディタ先生からもすぐさまお声が上がった。

「お、おい、なんか町の様子がおかしくないか？」

「なにかしら問題が起こっているようですね」

我々の見つめる先で、ズドンと大きな音が鳴り響いた。同時に地上から空へ向けて、光の帯が伸びていく。

まず間違いなく攻撃魔法だろう。

誰かが正門の近くで争っているみたい。続けざまに豆粒ほどの大きさで、人影の飛び交う様子が確認できた。数の上では少数のようだけれど、周囲に対する被害は現時点でも無視できないものだ。

これを目の当たりにしては、精霊王様からも声が上がった。

「君たちの町、攻撃されてるよね？　門とか崩れちゃってない？」

「早速ですが、精霊王様にご助力を願うことになりそうです」

ドラゴンシティに対して敵対的で尚且《なおか》つ、正門を粉砕できるような人物など、醤油顔は一人しか思いつかない。けれど、昨日の今日で攻めてくるとは思わなかった。周囲に北の大国の飛空艇が見られない点も気になる。

どういった意図での侵攻なのだろうか。

「事前に話は聞いていたけど、こうまでも真正面から、龍王とやり合っているとは思わなかったよ。こっちが考えていた以上に、君たちは過激な集団だったりするのかな？　だとしたら精霊王も、ちょーっと膝が震えちゃうよ」

「あちらに龍王がいると分かるのですか？」

「近くにいる精霊たちが怯えているからね－」

「なるほど」

精霊センサー、めっちゃ便利だ。

他にも色々と応用できそう。

いいや、今はそんなことに感心している場合じゃない。

「エディタさん、すみませんが急ぎであちらまでお願いします」

「うむ。ま、任せろっ！」

エディタ先生の力強い頷きと共に、再び視界が暗転した。

エレベータに乗り込んだかのような、一瞬の浮遊感。

次いで足元に地面の感触が戻った時、視界には見知った姿があった。

移動した先はドラゴンシティの周りを取り囲む外壁の上だ。倒壊した正門をすぐ傍らにおいて、入ってすぐのところに設けられた広場を眼下に眺める地点。おかげで我々は一瞥して、現場の状況を把握することができた。

正門の前には醤油顔が想像したとおり、龍王様の姿が窺える。

また、彼から数メートル先には町を背後にして、両手を広げたロリゴンの姿がある。キラキラと全身から輝きを発しているのは、どのような魔法の効能だろうか。満身創痍の出で立ちからも、退っ引《のっぴ》きならない雰囲気が感じられる。

「その方は力量こそ劣れど、上に立つ者としての器は備えていたようだ」

『この町は大切な町なんだ！　アイツにも守るって約束したんだっ！』

間髪を容れず、両者のやり取りが耳に飛び込んできた。


クライマックスを予感させる響きが、これでもかというほど不穏である。

そうかと思えば、別所でも人の動きが見られた。

「ゴンザレスさん、鳥さんをお願いします！」

「お、おいっ、嬢ちゃん、何をするつもりだっ⁉」

ロリゴンより後方で様子を窺っていたメイドさんが、何を考えたのか、争いの場に向けて飛び出したのである。抱きしめていた鳥さんを、すぐ近くにいたゴンちゃんに受け渡しての特攻だ。

彼女が出ていってどうにかなるものなのか。

いやいや、どうにかなる訳がないだろう。

本人だって重々承知しているはず。

それでも出ざるを得ないほどに、切羽詰まった状況ということか。

そんなのもう、絶体絶命ってことじゃないの。

「ま、待てっ！」

「エディタさん、ここは私が」

一歩を踏み出した先生に先んじて、ブサメンが突撃させて頂く。

相手は龍王様だ。

出し惜しみをしている場合ではない。

事情はよく分からないけれど、ロリゴンやソフィアちゃんに勝るものなど、この世には存在しない。今後のドラゴン業界の都合だとか、彼と仲がいい王様たちの存在だとか、その手のあれこれも気にしている余裕は皆無である。

飛行魔法で現場に向かい一直線。

すると相手方もこちらに気付いたようだ。

「なんだ？　その方は以前にも、余に楯突《たてつ》いてみせたニンゲンでは……」

何かを言いかけた龍王様、その口上を遮っての一撃である。

「ファイアボール！」

全身全霊を込めて、真っ黒なファイアボールを撃ち放つ。

魔王様との一戦で利用したモノだ。

拳ほどの大きさで灯った、極々《ごくごく》小さな真っ黒い火球。以前も思ったけれど、ひと目見て身体に悪いだろうと感じる。それが今回は数を増やして、いくつもブサメンの周りに浮かび上がり、一斉に龍王様へ向かっていく。


「っ……」

どうやら先方も黒い炎の威力を悟ったようである。目を見開いて驚いたかと思えば、飛行魔法で空に飛び上がった。

「タ、タナカさんっ！」

『あっ！　あぁぁあぁっ、オマエッ……！』

ブサメンの姿を目の当たりにして、居合わせた面々から反応があった。

すぐにでも駆けつけて、登場をアピールしたいところである。

けれど、この場は龍王様の対応を優先しよう。

日の届く範囲で回復魔法を放ち、こちらも空に飛び上がる。

ブサメンの見つめる先で、黒いファイアボールは龍王様を追いかける。モバイルFランを筆頭にした他のスタイルと同様、ホーミング方式でのご提供。その軌跡に気付いた先方からは驚愕の声が上がった。

それでも彼は落ち着いて、一つ一つ炎を処理していく。

飛行魔法を器用に扱い、炎同士の接触による誘爆を狙ってみせた。炎に触れた炎は、互いに飲み込み合うように黒い輝きを散らして消失。こちらのブサメンも曲芸飛行には一家言あるが、龍王様もなかなかのものである。速度、キレ、加減速、いずれも申し分ない。

しかし、すべてを処理することはできなかったようだ。それは足先を掠《かす》った最後の一つ。

ぶわっと膨れ上がった真っ黒な炎が、対象を飲み込まんとする。

「くっ……」

これに対して龍王様は、自らの足を切り飛ばして侵蝕を回避した。

黒炎は落ちていく足にまとわりついたまま、地上に向かい落下していく。その間際に燃え上がった炎は、切断面から垂れた体液を焦がすばかりで、太ももより上の残った部位にまでは燃え広がらなかった。

当然のように無傷な短パンに、ブサメンは憧れを覚える。

切断された部位は、次の瞬間にも回復魔法で癒されて復活。

ステータスを確認するともれなく全回復していた。

魔王様と戦ったときと同じ反応である。

このあたりはもうキングな方々にとって、当然の対応だと考えたほうがよさそうだ。確実に打倒するには、事前に魔力を枯渇させるなど、一手間を掛けなければどうにもならない。そして、これが非常に大変な行いである。

本格的な争いとなったら、たぶんブサメンの勝機は半分もない。

ＩＮＴ一辺倒が魔王様にバレた際には、それはもう手痛い反撃を受けた。

だがしかし、今回の流れはなかなか悪くないと思う。不意を衝《つ》いて一撃を入れた事実、これを確かなものとして印象づける為、ブサメンはすぐさま真っ黒なファイアボールを追加発注。先程と同じ数を自らの周囲に浮かべる。すぐにでも発射できますぞと、全力で威嚇させて頂く。

今この瞬間こそ、ハッタリの仕掛けどころ。

持続型の回復魔法で守りを固めることも忘れない。

そうして町の上空、空の高いところで龍王様と対峙する運びとなった。

「その方、本当にニンゲンか？」

「貴方には私が人間に見えませんか？」

「…………」

数メートルほどの距離感でお互いに見つめ合う。

先方は既に町に危害を加えている。この場で下手に出て、我々の戦意を低く見積もられる訳にはいかない。細かな事情はさっぱり分からないけれど、ロリゴンが傷ついていたのは事実だし、この場はイキらせて頂こう。

「町に危害を加えるつもりなら、刺し違えてでも貴方を倒します」

魔王様との騒動を経たことでレベルアップしたからだろう。黒いファイアボールを結構な数でバラ撒いたにもかかわらず、魔力的な余裕は十分にある。持続型の回復魔法を併用しても、回復量の方が多いみたい。

ということで、ファイアボールを追加発注。

龍王様の周囲を取り囲むように、おかわりで黒い火球をいくつか生み出す。

「っ……」

すると昨日お会いしたときと同様、先方の腕がこちらに向かい振るわれた。

周囲の景色を歪ませるようにして進む、目に見えない何か。

そのような代物が、二度、三度と立て続けに放たれる。

これに対して醤油顔は、先んじて浮かべておいたファイアボールをぶつけることで、目前まで迫った驚異を相殺。どうにか龍王様の初撃をやり過ごす。直後には消費してしまった分だけ、火球を生み出すことも忘れない。

「余は、その方のようなニンゲンを知らぬ」

「でしたらこの機会にでも、お知り合いになれたらと」

先方の表情が目に見えて強張った。

やはり、こちらの魔法は王様属性が相手であっても十分脅威みたいだ。当面はブサメンの主力として頑張ってくれそうな予感がする。龍王様に対するハッタリとしても、それなりの立ち回りを示せたのではなかろうか。

そして、贅沢な話ではあるけれど、これ以上の争いは避けたい。

なんたって我々の下にはドラゴンシティがある。

そもそも王の名を冠する相手と、本格的にことを構えるつもりはないのだ。魔王様との騒動では大変な苦労を強いられた。場合によっては全てを失っていたかもしれない。だからこそ、同じ轍《てつ》を踏むような真似は控えたい。

大切なのはお互いがお互いに手を出せないような状態

を永らく維持すること。皆が皆仲良くできる訳ではない世の中、平和ってそういうものじゃなかろうか。オセロの盤面を一色に染めるような真似は、自分にはできそうにないから。

「まさかとは思うが、その方はニンゲンたちの王たる存在か？」

「滅相もない、私は家臣に過ぎません。君主は他におります」

「…………」

意味があるか否かは定かでないけれど、それとなく陛下のこともアピールしておこう。ブサメンよりもヤバい人間がいると勘違いして頂けたら幸いだ。一時はステータスウィンドウにもそれっぽい肩書きが記載されていたし、嘘はついていない。

そのようなことを考えていると、すぐ傍らに人の気配が生まれた。

いいや、人ではなくて精霊か。

空間魔法によって、精霊王様が醤油顔の隣にこんにちは。

「やっほぉー！　お久しぶりだねぇ。元気にしてたかなぁー？」

「このような場所まで、精霊たちの王が訪れるとは何事だ？」

どうやら精霊王様と龍王様は、お互いに面識があるようだ。

取り分け気さくな前者の挨拶を受けて、ブサメンは続く口上を控える。当初の予定通り、彼女の存在を龍王様にプッシュしていこう。自身がオラつくよりも、その方が大きな影響を与えることができるはず。

それにしても精霊王様、絶妙なタイミングで割って入って下さった。

恐らくこの手のやり取りに慣れているのだろうな、なんて思う。

「そも余が元気であろうとなかろうと、その方には関係あるまい」

「えぇー？　そんな寂しいこと言わないでよ。悲しくなっちゃう」

龍王様の対応を精霊王様に任せたブサメンは、地上の様子をチラリチラリと窺う。するとそちらでは、ロリゴンたちの下に駆け寄るエディタ先生の姿があった。醤油顔に代わって彼女たちの対応に当たって下さっている。

碌に示し合わせた訳でもないのに、こちらの思いを汲んで動いて下さる金髪ロリムチムチ先生、本当にありがとうございます。やはり、結婚するなら先生のような処女がいいと、童貞は声を大にして訴えたい。

ロリゴンも無事なようでなによりだ。

回復魔法を受けて復帰した姿が遠目に確認できた。

彼女に何かあったら、童貞は心が挫けてしまうよ。

他方、依然として動きの見られない鳥さんには不安を覚える。アンデッドである彼には回復魔法が使えない。ヒール依存症のブサメンとしては、弥《いや》が上にも危機感を煽られる。すぐにでも駆けつけたい衝動に駆られる。

「まさかとは思うが、余の行いに不服を申し立てるつもりか？」

「君のお城だけど、昨日になって急に移動を始めたよね？　そこいらを漂っていた精霊たちから報告が上がっているんだけれど、どうしちゃったのかな？　ここ最近はずっと同じ場所で、近隣の町々と貿易をしていたのに」

「…………」

ニコニコと笑みを浮かべながら、精霊王様が問うてみせる。

すると龍王様は続く言葉を失った。

貿易云々に対する言及を思えば、前者が常日頃から後者の動向を窺っていた点は間違いない。その上で昨日、我々とのやり取りを受けたことで、そこいらを漂っていた精霊とやらに確認を行わせたのだろう。

恐るべきは精霊を利用した情報伝達能力である。

「あ、勘違いしないでね？　私は君とも仲良くしたいんだから」

「ならばそこを退《ど》くといい」

「聞いたよー？　なんでも不死王が代替わりしたんだってねぇ」

「それがどうしたというのだ」

「君が先代の不死王に対して、鬱憤を溜めていたことは有名だからね。過去に龍族との間で何があったのか、部外者の私だって、多少なりとも理解しているつもりだよ？　色々と大変だったみたいじゃないかい」

「だったら何だというのだ」

「その上で相談なんだけれど、この辺りで手を引いてもらえないかなー？」

「何故それをその方が口にする」

「こうして見たところ、もうそれなりに暴れた後だよね？」

「…………」

精霊王様の視線が地上に向けられた。

彼女には当代の不死王が、フェニックスの幼生であることは事前に伝えてある。その意識が向けられた先には、ゴンちゃんに抱かれてグロッキー状態となった鳥さんの姿が見受けられた。血まみれでぐったりとした姿は、間違いなく龍王様の仕業だろう。

そうです、彼が当代の不死王様です。

肩書きが示すところ、決して死ぬことはないと信じている。

けれど、それと不安に思うこととは別問題だ。

「今ならまだ町の人たちも、君のことを許せると思うんだよね。だけど、これ以上はどうだろーね？　怨恨が残るのは間違いないと思うんだ。先代の不死王との一件、あれと同じことが、今度は君とこの町の間で起ころうとしているよ？」

「だったら何だというのだ？」

「次に痛い目を見るのは、もしかしたら君かもしれないねぇ」

「…………」

過去に龍王様と不死王様の間で何があったのか。ブサメンは細かな事情までは知らない。龍族を巻き込んでまで争っていたとはロリゴンの言だ。その関係で彼は未だに、同族から爪弾《つまはじ》きに遭っているという。

精霊王様の発言を受けて、咄嗟に何かを口にしようとした龍王様が、それでも続く言葉を呑み込んだ姿からも、胸の内に秘めた思いの大きさは窺えた。我々には理解の及ばない歴史があるのだろうさ。

「ここ数百年ほど所在の確認されていなかった魔王が、急に現れたかと思えば、あっという間に倒されたこと、君は知ってる？　知らなかったのなら、この場で覚えて帰った方がいいよ？　その立役者がこのニンゲンなんだから」

「……そのような話は以前、余も別のニンゲンから耳にした」

「信じてなかったでしょー？　でも、今なら信じざるを得ないよね？」

すぐ傍らに浮かんだブサメンを視線で指し示して、精霊王様は語る。舞台役者さながらの文句がスラスラと出てくるあたり、この手のやり取りに慣れて思われた。口下手だった先代の不死王様とは雲泥の差だ。

個人的には彼女のキャッキャとした物言いに郷愁を感じる。黒色の髪と相まって、下校途中の女子中学生、みたいな雰囲気を感じているのです。セーラー服とか着せたら、絶対に似合うと思うんですよ。

「…………」

畳み掛けるように言われて、龍王様は黙ってしまった。共に外見は年若い男女であるから、傍目には小学生の少年が中学生のお姉ちゃんから、めってされているような感じ。その光景を傍らで窺っているブサメンは、場所が場所なら完全に不審者枠だろう。

そして、僅かばかりの沈黙の後、先方に反応があった。

「……分かった。その方の言葉に従おう」

渋々といった態度で龍王様は頷いた。

こちらに向かい身構えられていた肉体が、返事と共にフッと弛緩する。これまでのやり取りを思えば、彼は騙し討ちをするような人物ではないと思う。今のお返事が

最終的な合意だと考えて差し支えないだろう。

「本当？　そう言ってもらえると嬉しいなぁ！」

「だが、その方らが余の町を攻めたのなら、報復は徹底して行う」

「あーもー、そういうこと言わないの！　攻めたりしないから」

「…………」

やたらと軽い精霊王様の言動には不安を覚えないでもない。

ただ、これといって龍王様が反発することはなかった。終始ドンと構えている態度も含めて、そういうところで妙に寛容なの、正しく王様って感じがする。これで見た目がそれなりに歳を召していたのなら、もう少し恰好もついたことだろう。どうしてショタをチョイスしてしまったのか。

思えばロリゴンもロリロリしているし、ドラゴン業界的には子供ムーブが来ていたりするのかもしれない。もしもそうだとしたら、ブサメン的にはエンシェントドラゴンが大好きになってしまいそうだよ。

その集落には、いつかお邪魔してみたいものだ。

ところで彼には一つ、自身からも確認したいことがある。

「龍王様、私からもよろしいでしょうか」

「……言ってみよ」

「前に一緒だった女性は、本日はいらしていないのですか？」

「本日、余は一人でこの町を訪れた。連れはいない」

「左様ですか」

どうやら北の大国の思惑がどうというよりは、龍王様の個人的な私怨が来訪の理由みたいだ。彼の国がそれも含めて利用している可能性は考えられる。けれど、いずれにせよ向こうしばらく、町の安全は確保できたと考えてよさそうだ。

精霊王様との協力関係がある限り、先方から手出しはないだろう。

その点を確認したことで、ブサメンは内心ホッと一息である。

「……帰る」

そうこうしていると、龍王様が誰に言うでもなくボソリと呟いた。

直後には彼の足元に魔法陣がブォンと浮かび上がる。

見慣れたデザインは空間魔法のそれだ。

「またねーっ！」

「…………」

キラキラとした笑みを浮かべながら、元気良く手を振る精霊王様。キャピキャピとした言動が非常に胡散臭《うさんくさ》い。けれど、身じろぎに応じてふわふわと揺れるスカートの裾を眺めていると、まあいいかと思ってしまうのは童貞の習性のようなもの。

これに返事をすることもなく、龍王様は無言で町から去っていった。

＊

龍王様を見送った我々は、すぐさま空から地上に降り立った。

場所は倒壊してしまった正門付近。

同所で空を見上げていた皆々の下まで直行である。

そこでは一団の前に立ったエディタ先生を筆頭に、ロリゴンに寄り添うようにメイドさん、縦ロールとキモロンゲ、鳥さんを抱いたゴンちゃん、少し距離を設けて大精霊殿の姿が見受けられる。

各々は我々の登場からこちらの動向に注目していたようだ。

高度を下げるのに応じて、即座に声を掛けられた。いの一番に反応を見せたのはロリゴンである。

『お、おい！　アイツはどうなったんだ!?　龍王はっ！』

「お帰り願いました。当面はこちらを訪れることもないと思います」

『……本当か？　また襲ってきたりするんじゃないのか？』

それはもう不安そうな面持ちを晒していらっしゃる。

土埃や血肉にまみれて激しく汚れた髪や肉体、ボロ布さながらにまで消耗した衣服を眺めたことで、ブサメンは自らの留守中、彼女にとんでもない苦労を押し付けてしまったことを理解した。

帰還直後の光景を思えば、鳥さんでさえ撃沈を余儀なくされた状況で、それでも一人立ち上がり、龍王様の相手を務めてくれていたのだろう。そうして考えると、胸の内で罪悪感が膨れ上がるのを感じた。

理由は出発の間際、彼女に伝えたお願いだ。

我々が留守の間、町を守って欲しいと軽くお頼みしていた。

自分も一緒に行くと拗ねるロリゴンを町に引き止める為の口実であったのだけれど、それがこんなことになるとは思わなかった。同時に彼女がいなければ、町はもっと大変なことになっていたのだろうな、とも。

名実ともに町長として、身を張って下さった訳である。

「エディタさんから既に説明を受けているかもしれませんが、精霊王様との交友を先方に示すことができました。龍王がどれだけ強大であっても、不死王の存在と合わせて、複数の王を相手に喧嘩を売ってくることはないでしょう」

すぐ隣に立った彼女を視線で指し示してご説明。

自己紹介的な行いについては、町長宅に戻ってからでもいいだろう。本日のランチタイムにでも、他の面々が居合わせたタイミングで実施しよう。精霊王様に同じようなことを何度も繰り返して頂くのは申し訳ないから。

『だけど、アイツは夜も眠れないとか、そんなことを言って……』

「本人から言質を取りました。個人的な感覚での判断となり申し訳ありませんが、龍王はこの手の約束をちゃんと守る方だと思います。彼とは旧知の仲として、クリスティーナさんはどのように考えていますか？」

『言質って、な、なんだよ？』

「今後はもう二度と、我々の町を攻めることはしないそうです。彼の治めている町に何かあった場合は、その限りではないと言っていましたけれど、こちらから打って出ない限りは問題ないでしょう」

『本当か？　アイツが本当にそんなこと言ったのか？』

「ええ、本当です」

『…………』

空の上での出来事を掻《か》い摘《つま》んで説明する。

ロリゴン以外、居合わせた皆々も不安が募っていることだろう。

なんたって昨日の今日で、我々の本丸まで攻めてきた龍王様だ。

『……オマエがそう言うなら、わかった』

「ありがとうございます」

どうやら納得して頂けたようだ。

小さく頷いた彼女に対して、ブサメンは深くお辞儀をする。

今回ばかりはもう、我らが町長殿に頭が上がらない。

町を頼むだなんて、今後は二度と言わないようにしよう。

「それと今回は本当にすみませんでした。クリスティーナさんにばかり負担を掛けたこと、とても申し訳なく思います。私の軽率なお願いごとから、大変な思いをさせてしまいました。今後はもっとご自身を大切にして頂けたら幸いです」

『べ、別にあれくらい、大したことないっ！』

「そうは言っても、見るからに大変そうでしたが……」

『私は町長だからなっ！　これくらいは当然だ！　当然っ！』

腕を組んで胸を張り、声も大きく語ってみせる。

背後でピシピシと動き回る尻尾が印象的だ。

すると直後にエディタ先生から補足が入った。

「だとしても、先程の輝きは看過できるものではない。貴様、まさか町を庇ってくたばるつもりだったのか？　あのまま行使を続けていれば、エンシェントドラゴンの耐久力がどれだけ優れていようとも、決して無事では済むまい」

先程の輝きというのは、正門前を訪れた直後に目撃したキラキラか。

ロリゴンがめっちゃ光っていたことは醤油顔も覚えている。

思い起こせば先代の魔王様も、ＭＰの代わりにＨＰを削って魔法のようなものを行使していた。いいや、彼女に限った話ではない。西の勇者様も武道大会で、似たようなことをしていたような気がする。

そうした行いを突き詰めた先に自爆があることは、なんとなく想像できた。

そして、こうした先生の物言いは恐らく、町長殿に対する突っ込みというよりは、彼女の行いを他の面々に説明する為だろう。事実、これを耳にしたブサメンはビックリである。眩しいほどに輝いていたけれど、そこまでの代物とは思わなかった。

自身の胸内に浮かんだ後悔も二倍である。

彼女がドラゴンシティに向ける愛情を侮っていた。

『そ、そんなことはないぞっ⁉　オマエの勘違いだ！』

「本当だろうか？」

『あれくらい普通だ！　町長にとっては、あんなの普通っ！』

「まあ、それでも私の気持ちに変わりはない。貴様の行いに感謝する」

ペコリとお辞儀をするエディタ先生が可愛い。

深々と腰を曲げてのこと。

するとお礼を受けた町長殿は、え、なにそれ、と面食らった表情を浮かべた。エディタ先生が力を取り戻して以来、なにかと競い合うように接している彼女たちだから、一変して形式張った対応に驚いたのだろう。

『な、なんだよっ！　普通って言ってるだろ⁉　普通っ！』

「いや、決して貴様を責めている訳ではなくてだな……」

ちょっと混乱気味のロリゴンである。

先生との急な距離感の伸び縮みに、困惑を覚えているのだろう。

あるいは予期せず与えられた好意に照れているのか。

いずれとも、そうした感覚は分からないでもない。

ブサメンも似たような経験がございます。

例えばコンビニの店先に立った、若くて綺麗な女性の店員さん。

　これは間違いなく、お釣りを渡すときに上から落とされるな、なんて覚悟をしてレジに挑んだ直後、笑顔と共に手を包み込むようにお釣りを頂戴したとき、童貞は驚愕から頭が真っ白になったものである。

「ところで、そちらの方が精霊王様でよろしいのかしらぁ？」

　そうこうしていると、縦ロールから突っ込みの声が上がった。

　彼女の疑問を耳にして、皆々の視線が醤油顔の傍らに向かう。

　そこには指摘通り精霊王様のお姿がある。

　角が生えていたり、耳が長かったりといった、人間以外の何かであることを示唆するような身体的な特徴は皆無である。事情を知らない彼女たちには、普通の人間と大差なく映っていることだろう。

「ええ、そのとおりです」

　お客様を放置して、内輪ネタで盛り上がる訳にはいかない。この場は縦ロールのフォローを素直に受け入れよう。言動こそ剽軽《ひょうきん》に感じられる精霊王様だけれど、自尊心は相当なものだと感じておりますとも。わざわざご足労を願っている手前、扱いを軽んじる訳にはいかない。

「精霊王様、改めてご紹介の場は設けさせて頂きますが、この場で簡単にご説明をさせて下さい。そちらの龍族の彼女が、この町の代表となります。また、他の面々は町の運営において、主だった役についております」

　ところで、説明を行うのと前後してブサメンは気付いた。

　精霊王様の名前、お伺いしていなかった。

　ステータスウィンドウで一方的に確認できてしまう弊害だ。

「どぉーもー！　私が精霊王です、よろしくねー？」

『っ……』

　やたらと軽い感じの挨拶を受けて、ロリゴンがビクッてなった。

　この人、いいや、この精霊、かなり響くタイプのアニメ声だから。

　ブサメンも初回、ちょっとビクってなったから分かる。

　しかもつい昨日には、オマエとは性格が合わないだろうと、大精霊殿から指摘を受けていたロリゴンである。多少力関係の上でも、相手の方が遥かに強大とあって、多少なりとも緊張していたのだろう。

「龍族がニンゲンの町を治めているなんて珍しくなぁーい？」

『た、助けてくれたこと、感謝する。ゆっくりしていくといい！』

彼女の存在が町に有益であることは、町長殿にも事前に説明している。

新参者に対して、珍しくも殊勝な態度をとってみせるロリゴン。

その突《つ》っ慳貪《けんどん》な物言いを目の当たりにして、エディタ先生がハラハラするところまで、ブサメンの想像したとおりである。ここ最近は一緒に行動することが増えた二人、なにかと心労の絶えない先生だ。

「彼女は口下手でして、今後ともご容赦頂けたら幸いなのですが……」

「わかるー！　龍王もそうだけど、龍族ってそういう子が多いよねー？」

おぉ、わかられてしまった。


元気いっぱいである。

彼女が身動きするたびに、ふわふわと上下するスカートの裾が最高。

「私、そういうのはあんまり気にしないから、適当でいいよー？　畏まられても困っちゃうからね！　龍王みたいな堅苦しいやつ、苦手なんだよねぇ。そもそもニンゲンの文化とか、ぜーんぜん分からないし」

またまたご冗談を。

いつの間にやら彼女の後方に移動していた大精霊殿。

彼にチラリと視線を向ける。

すると小さく首を横に振る姿が確認できた。

今後とも精霊王様の扱いは、十分に気を付けようと思う。

「ところで精霊王様、お話を遮るようで申し訳ないのですが、一点急ぎで解決したい問題がございます。すみませんが我々の都合を優先させて頂いてもよろしいでしょうか？　そちらとの関係にも、多分に影響するお話となりまして」

「それってもしかして、そこで死に損なっている不死王のことかな？」

ゴンちゃんに抱かれた鳥さんを見つめて、精霊王様が言った。

今も辛そうにぐったりとしている。傷口はひと目見て分かるレベルで残っている。ブサメン的には回復魔法を放ちたくて仕方がない光景だ。もはや職業病とでも言うのか、見ていると全身がウズウズしてしまう。

ソフィアちゃんも先程から、チラチラと視線を向けて止まない。

「ええ、まさに仰るとおりでして」

「不死者としての肉体を、上手く扱えてないみたいだね。これなら代替わりから間もないっていう君の説明にも納得しちゃうよ。放っておいても死にやしないけど、本人からしたらこれほど辛い状況もないだろうね」

「そうなのですか？」

「本来ならすぐに治せるよーな怪我だもん。見ればわかるよぉー」

そういえば先代の不死王様が逝き際に言っていた。

鳥さんが己の身体を学んでいけば、そのうち回復魔法に頼らずとも、対処できるようになるだろうと。具体的な方法を事前に教えておいて下さいよ、とは行く当てを失くしたブサメンの切なる思いである。

「できることなら、すぐにでも介抱したいのですが……」

「うーん」

口元に人差し指を当てて、悩む素振りを見せる精霊王様。

これでもかと言うほど、キャラを作っていらっしゃる。アイドル活動中のゾフィーちゃん並にインパクトがある。

隣に並べて競わせたい衝動に駆られた。

そうして待つことしばらく、精霊王様が言った。

「まあ、相手は鳥だし？　しかも見たところ生まれてから間もないよね？　口で言って分かるような相手でもないから、こういう場合はこっちから、無理矢理にでも働きかけた方が早いんじゃないかなぁ？」

「どういうことでしょうか？」

「ちょっとその鳥、貸してもらってもいい？　悪いようにはしないから」

ゴンちゃんに向き直り、スッと腕を伸ばす。

予期せず声を掛けられた彼は、緊張に顔を強張らせつつのご対応。

「あ、ああ……」

精霊王様に歩み寄り、両手に抱いていた鳥さんを差し出した。

やり取りに際しては、醤油顔に視線を向けて下さった騎士団長殿。

他に頼る当てもなくて、素直に頷かせて頂いた次第である。

「それじゃあ、ちょっと試してみるねー！」

精霊王様の元気の良さに不安を覚える。

ごめーん、失敗しちゃった！　みたいな展開が脳裏を過《よ》ぎった。それもこれも彼女の言動があまりにも軽快だから。学校近くのファミレスで賑わいを見せるＪＫグループ、その手の雰囲気がひしひしと感じられる。

鳥さんを託したゴンちゃんも、心配そうな表情をしている。

おいおい、本当に大丈夫なのか？　みたいな。

これに構わず精霊王様の足元では、魔法陣が浮かび上がる。

皆々が注目する面前、変化は訪れた。

鳥さんの身体がピクリピクリと、胎動するように反応。

直後には特徴的な鳴き声が、断続的に発せられ始める。

『ふぁっ……ふぁっ!?　ふぁっ……』

羽々しい鳴き声に危機感を煽られる。事前に何をするのか、ご説明を願っておけばよかった。そうして不安を募らせる我々の見つめる先、鳥さんの丸っこい身体を優しくナデナデしながら、精霊王様は穏やかにも語って聞かせる。

「びくびくどーん。びくびくどーん」

なんだそれ。

疑問に思った直後に変化は始まった。

鳥さんのまんまるボディーから、ビデオの巻き戻しでも眺めているかのように、怪我が消えていくではないか。羽毛にこびり付いた血肉こそ変わりないものの、その先に窺えていた怪我が、目に見えて癒えていくからどうしたことか。

「おっと、それを止めたら駄目だぞー？」

『ふぁっ!?　ふぁっ……ふぁっ！　ふぁぁぁぁ！』

時間にしてほんの数分ほどの出来事である。

鳥さんの怪我は完全に癒えた。

意識もしっかりと戻ったようで、精霊王様に抱かれたまま、キョロキョロと周囲の様子を窺い始めた。何がどうしたと言わんばかりの反応が愛らしい。どうやら我々の心配は杞憂であったようだ。

次いで自らの身体をくちばしでクイクイと弄《いじ》くり始めた。毛づくろいを思わせる挙動である。どうやら身体の具合を確認しているようだ。怪我が急に癒えたことに疑問を覚えているのではなかろうか。

「精霊王様、これは一体どういったことでしょうか？」

「アンデッドは外法を自らへ与えることで、治癒が促進されるんだよ」

そうして語る精霊王様の指先は、いつの間にやら腐っていた。まず間違いなく鳥さんによる行いだろう。

直後には合点がいったとばかり、エディタ先生から声が上がった。

「不死王の力を反射したか。確実ではあるが、あまりにも危うい行いだ」

「よく見ているねー？　そのとおりだよ」

どうやら鳥さんの力を跳ね返して、本人に与えていたようだ。

指先が腐ってしまったのは、それでもすべてを反射することはできなかった、ということなんだろう。彼女ほどの力量であっても完璧とならなかった手前、我々が手を出しては全身ゾンビ化も免れないような気がする。

たしかに危うい行いだ。

今回の経験が鳥さんにとって、為になっていることを祈りたい。

恐らく我々の手で、同じことを繰り返すような真似は不可能だろうから。

「先代の不死王は随分と力を蓄えていたみたいだね。ちょっと焦ったよぉ」

何気ない調子で呟いて、自らの手首から先を切り飛ばす精霊王様。

ボトリと落ちた美少女の手のなんと艶《なま》めかしいこと。断面は凍りついており、血液が吹き出すことはなかった。

オナホとして持ち帰りたい。

居合わせた面々は、予期せぬ彼女の挙動にギョッとした。どこからともなく息を呑む音が聞こえてくる。しかしそれも束の間のこと、間髪を容れずに生えてきた欠損部位を目の当たりにして、誰もが納得の表情を見せた。

ゾンビ化してしまった部位は、回復魔法では癒せないのだ。

「そういえば本人も逝き際に、そんなことを言っておられました」

「もーちょっと早めに、代替わりして欲しかったなぁ」

精霊王様は不死王様の代替わりについて、それなりに知見をお持ちのようだ。鳥さんの怪我も治して下さったし、色々とお尋ねしてみてもいいかもしれない。対価を求められるかもしれないけれど、それだけの価値はあると感じた。

そうこうしていると、鳥さんが精霊王様の腕の内から飛び出した。

『ふぁっ！　ふぁきゅ！　ふぁっ！』

シタッと地面に着地の上、ブサメンに向かい駆け寄ってくる。相変わらず空を飛ぶ素振りは欠片《かけら》も見られない。短い足をタタタタと高速で動かして駆け足。そして、こちらの足元でピタリと静止した。

上目遣いがこれまたラブリー。

抱き上げろということだろうか。

素直に応じた醤油顔は、彼の羽毛の感触をナデリナデリと楽しむ。

『ふぁぁー……』

町のために頑張ってくれた鳥さんには、今晩にでもご褒美を用意しよう。美味しいお肉料理をたっぷりと召し上がって頂きたい。一緒に甘いお菓子とか用意したら、喜んでもらえるだろうか。

ソフィアちゃんに相談して、共同作業を楽しむ絶好の機会である。

「町のために頑張ってくれたそうですね。ありがとうございます」

『ふぁ！　ふぁ！』

相変わらず何を言っているのかサッパリだ。けど、可愛いからいいじゃないの。

なにはともあれ、これで胸中にあった憂いはすべて消えた。長期的に見たら不安しかない社会情勢ではあるけれど、当面は安心して日々を過ごせそうだ。取り急ぎ精霊王様におかれましては、町長宅で存分におもてなしさせて頂こう。

これでブサメンも落ち着いて、彼女のチラリを狙うことができる。

大聖国の主（一）

Lord of the Great Holy Land (1st)

精霊王様を町にお迎えした日、夕食の席で皆々に彼女を紹介した。

食卓を共にしているのは、龍王様との騒動で現場に居合わせた面々の他、エステルちゃんを筆頭としたチーム乱交の三名、ゴッゴルちゃん、ショタチンポにピーちゃん、東の勇者様といった塩梅だ。

先月と比べると些か人数が少ない。

ボッチ対策として用意した食堂唯一のテーブル、大きな円卓に空席が目立つ。

魔道貴族とノイマン氏は首都カリスで活動しており不在。獅子身中の虫であった王女殿下も、遂に陛下にお呼ばれして王城に戻られた。メルセデスちゃんが留守なのも、恐らく彼女に付き合ってのことだろう。

その一方で普段なら見られない褐色ロリータさんが同席しているのは、今後とも長いお付き合いになるだろう精霊王様との顔合わせの場、ブサメンが無理を言って本日の食卓にご招待させて頂いた。

夕餉の席についた皆の反応は、一様に緊張したもの。

やたらと軽い精霊王様の言動が、むしろ彼女との距離感に頭を悩ませる羽目となったようだ。事情の説明と共に、お礼の言葉が交わされたりもしたけれど、これを口にする皆々の態度は目に見えて強張っていた。

「いつも思うんだけど、ニンゲンの糧に対する情熱って凄くなーい？」

「そうでしょうか？」

「喉元すぎればどれも同じでしょ？　こだわりが溢れているよぉー」

本日の献立について、精霊王様の反応は悪くない。

感心した面持ちで食事を口に運んでいる。

精霊が我々と同じ食事を口にするのかと、この場に臨むまでは不安を覚えていたのだけれど、いざ席に着いた彼女は普通に料理を口にしていらっしゃる。どうやら精霊は雑食のようだ。まずはその事実にホッと胸を撫で下ろした。

居合わせた皆々は、そうした彼女を意識しながらのディナータイム。

当然ながらいつもとは打って変わって、私語が激減している。

それはもう静まり返っておりますとも。

ふと思い起こされたのは以前の勤め先、職場でのランチタイム。社員たちが和気藹々《わきあいあい》とお弁当を広げているフロアへ、現場との交流だなんだと豪語して、なんの前連絡もなく社長が乗り込んで来たときのような、ピリピリとした雰囲気を感じる。

キーワードは無礼講。

社長、マジ邪魔なんスけど。

そう呟いた新卒のU君は翌月に退職した。

社畜は無礼講という言葉を辞書から削除した。

ショタチンポとピーちゃんの二人なんて、お互いに顔を合わせれば、なにかに付けて口論をしているのに、本日に限っては共に黙って静かにしている。それでもお互いにチラリチラリと視線を送り合っているあたり、仲がいいなぁ、なんて思うよ。

「あ、あの、精霊王様に尋ねたいことがあるのですが……」

「んー？　なーに？　なんでも聞いていいよー？」

おっと、そうかと思えばピーちゃんが声を上げたぞ。

彼が敬語を喋る姿とか、学園都市以来ではないか。

どういった質問をするつもりだろう。

ブサメンのみならず、皆々の視線が彼に向けられる。

「精霊には性別がないと聞いたことがあります。ただ、本日こうして姿を拝見した限り、我々人の女性として映るのですが、そのあたりは何か理由があってのことなのでしょうか？　差し支えなければ教えて下さい」

伊達《だて》に学園都市で主席を務めていない。とても学術的な発言。

同時にそれは、自身も非常に気になっておりました。

個人的には今のお姿こそ、最高だと思いますけれども。

「君は男の恰好をしている方がよかったのかなぁ？」

「え？　あ、はい。ど、どちらかと言えば……」

予期せぬ問い掛けを受けて、咄嗟に素の返答が出てきたピーちゃん。

やっぱりそうなんだ。

　精霊王様の一挙一動と同じくらい、居合わせた皆々に顕著な反応を起こさせているあたり、醤油顔は素直に凄いと思った。誰もがギョッとしている。多分、アプローチするべき器官の不在を受けて、彼も困っているのではないかなと。

「っていうか、性別なんて別にどっちでもよくなーい？」

「っ……そ、そうですよね！　僕もそう思いますっ！」

　直後、ピーちゃんの精霊王様を見つめる眼差しが変化を見せた。

　不安気であった面持ちが、一変してキラキラとしたものに。

　そして、彼の発言を皮切りに他の面々からも、チラホラと質問が出始めた。

　交流の取っ掛かりを作ってくれたピーちゃんには感謝したい。

　そうして食事を共にすることしばらく。

　ふと部屋の隅の方を眺めて精霊王様が言った。

「ところで君さぁ、あの子だけ隅っことか扱い酷くなーい？」

「はい？」

　先方の視線を追いかけると、そこにはゴッゴルちゃん。部屋の隅で床の上、正座でお食事を摂っている。

「ご指摘の通り一人だけテーブルを異にしております。

　大きな円卓を皆で囲んでいる我々とは完全に別卓である。ちなみにそうして声を上げた彼女は、ブサメンのすぐ隣に座している。反対側にはエディタ先生が座って下さった。

「いえ、彼女は少々特殊でして……」

「知ってるよ？　ゴッゴル族でしょ？」

「その上位種となります」

　位置関係こそ爪弾き状態ではあるが、過去には専用のテーブルをご用意させて頂いた経緯もある。床の上に正座というのは、あまりにも寂しい光景だ。しかし、頑《かたく》なに現状を維持せんとする彼女に突っ返されて、今はキッチンの隅でホコリを被っている。

「……へぇ、なかなか珍しい種族と仲良しなんだねぇ」

「普段はあまり顔を出しませんが、精霊王様も意識して頂けたらと」

　話題に上ったことで、皆々の注目が褐色ロリータさんに向かう。

彼女においても、手元の食事から我々に対して視線が移った。

続けざまにボソリと、クールなお声が食堂に響く。

「どうも」

短くも心に響くフレーズではなかろうか。

ペコリと小さく頭を下げる仕草が愛らしい。

その下に駆け寄り、心を丸裸にされたい衝動に駆られる。

「どうもよろしくねー！　あ、でもでも、明日には帰るんだけどさ！」

「え、そうなんですか？」

予期せず耳にした今後の予定にブサメンは驚いた。

だって洞窟内でお話をしていた感じ、彼女もドラゴンシティの視察には前向きであったから。我々という存在に興味を持っている素振りが端々に感じられた。滞在に向けても肯定的なコメントを頂戴していたと思う。

向こう数日はお泊まりして頂けるものだとばかり。

つまり、チラリに挑むのであれば、それは今晩限り。

「代わりと言ってはなんだけど、そこの大精霊を君たちの手元においておくから、伝令にでも使ってよ。必要があればちゃーんと足を運ぶし、そっちから遊びに来てくれても全然構わないからさ！」

「……」

大精霊殿、向こうしばらくの予定が一方的に決まってしまったぞ。

事前説明もなかったようで、驚愕の面持ちで精霊王様を凝視。

ちなみにそんな彼は、現在メイドさんの腕に抱かれている。お食事の面倒を見るのだと、お世話の役を買って出た彼女に捕捉されて、哺育中の赤ちゃんさながら、ご飯を食べさせてもらっている。なんて羨ましい。

ちなみにブサメンの太ももの上には鳥さんが座している。

ソフィアちゃんが自身の行いに触発されただろうことは、なんとなく想像できた。

「承知しました。定期的にご挨拶に伺わせて頂きます」

「そうだねー！　そのときは私が君たちを接待しちゃおっかな！」

「お心遣いありがとうございます」

これまた魅力的なご提案ですね。

キャバクラ的な意味で。

これまでの人生、接待することはあっても、接待された経験など皆無。俄然、期待してしまう。いいや、それだと嘘になるか。接待された経験はある、こちらの世界で。ただし、アサシンメイドから始まって、少年、少年、美少年。

普通のでいいんだよ、普通ので。

「だけど、あんまり大勢で来られても困っちゃうからね？」

「それはもう、重々存じておりますとも」

そうして語る精霊王様の視線が、チラリとゴッゴルちゃんに向かう。

間違っても褐色ロリータさんは連れてくるな、ということだろう。なにかしら探られては困るものを腹の中に秘めているのは間違いない。彼女との交友関係が拗《こじ》れても困るので、その点については十分に注意したい。

どのような秘密を隠しているのかは定かでないけれど、今後とも友好的な関係を継続してくれるなら、我々は細かいことに拘《こだわ》らない。何故ならばこの町は、仲良くする相手を選べるほど、恵まれた状況にはないから。

彼女との関係が消えたら、龍王様がカムバックしかねない。もし仮に本人が意趣返しを諦めていたとしても、北の大国との関係を思えば、精霊王様との円満な交友はペニー帝国を守る上で必須だろう。

場合によっては他の国々も、我々と似たような政策を始めるかも。

「…………」

そうして考えると、碌でもない未来ばかりが思い浮かんだ。

いや、そんな先のことを心配しても仕方がないか。

「あの、わ、私からも一つ、精霊王様にお尋ねしていいかしら？」

そうこうしているとエステルちゃんから声が上がった。

皆々の視線が彼女に向かう。

「はいはい、なにかなぁー？」

「同じ精霊であっても、そちらの大精霊は動物の姿をしているようですけど、どうして精霊王様は人の姿をしているのですか？　なにか決まりのようなものがあるなら、この機会に学びたいと考えているのですが」

「あぁ、これ？　これは別に意味なんてないよ？」

「そうなのですか？」

「強いていえば君たちが人だから、人の形をしているだけ。もしも龍族に呼ばれたのなら、龍の形を模したんじゃないかな？　純粋な精霊にとって、外観はあまり意味がないから気にしなくていいよ」

「そ、そうなんですね……」

醤油顔も精霊王様の住まいで同じ説明を受けた。

どうやらショタチンポやピーちゃんといった面々も、同様の疑問を抱いていたようで、彼女の話を受けて納得したように頷いていた。ステータスウィンドウに従えば、性別さえも定かではなかった精霊王様の肉体事情である。

だからこそ、童貞は頭を悩ませている。

まばゆく輝いていた球体の姿を思うと、息子も困惑を隠し得ない。

次に会ったとき少年の姿になっていたら、あぁ、どうしよう。

そして、エステルちゃんから声が上がったのも束の間、二人の会話はすぐに終えられて、食堂は静かになった。以降はこれといって誰からも発言がなく、皆々の食事を摂る音ばかりが淡々と響き始める。

その少しピリリとした雰囲気に気遣ってだろう。口を開こうとして、止めて、やっぱり口を開こうとして、と繰り返しているエディタ先生が愛らしい。

普段なら率先して声を上げているロリゴンも、危ういところを一方的に救われた経緯が手伝ってか、何を語ることもなく大人しくしている。モグモグとご飯を食べつつも、しきりに盗み見るような視線を向ける仕草が印象的だ。

彼女たちがそんな具合だから、他の面々は殊更に静かである。

賑やかな食卓の席が、本日に限って粛々と過ぎていく。

精霊王様の存在がプレッシャーとなっているのは間違いない。

でもまあ、無理に盛り上げる必要はないだろう。

明日にも帰宅するとは本人の言だ。

魔道貴族やジャーナル教授が同席していたのなら、状況は違っていたのだろうけれど、彼らは数日前から町を留守にしている。後日、本日の出来事を耳にして悔しそうにする二人の姿が、ブサメンの脳裏に浮かんだ。

＊

精霊王様の来訪から数日後、首都カリスからお手紙が届いた。

差出人はリチャードさんだ。

なんでも急ぎで首都カリスに戻ってきて欲しいとのこと。詳しい事情については記載がなかったので、それなりに大切なお話があるのだろう、とは察することができた。こうなるとご用命通り、早急に足を運ぶ必要がある。

「ソフィアさん、すみませんがしばらく町を留守にします」

「え？　あ、はい、おでかけでしょうか？」

ということで、場所は町長宅の執務室。

同所でデスクに掛けたメイドさんに、ブサメンは今後の予定をご報告させて頂いている。ことドラゴンシティにおいては、なにかと人や情報が集まりがちなソフィアちゃんである。取り急ぎ彼女に連絡をしておけば大丈夫だろう。

こうして考えると、完全に町機能の中枢だ。


自分なんかよりも余程のこと領主っぽい。

「リチャードさんに呼ばれまして、首都カリスに向かう予定です」

「は、はい、承知しました！」

「それとソフィアさんにご相談なのですが、向こう数日はお仕事の手を休めて、ゆっくりとして頂けたら幸いです。ここのところ働き詰めかと思いますので、ここいらでまとまったお休みを取って頂けたらと」

「え、いいんですか？」

「これといって急ぎの仕事もありませんし、ちょうどいい機会ではないかなと。また少ししたら南部諸国の関係で忙しくなる可能性もありますので、今のうちに羽を伸ばしておいてもらえたら嬉しいです」

「そういうことでしたら、あの、お、お休みを頂いても……」

「ええ、是非そうして下さい」

こちらのメイドさん、ワーホリの気質がある。

放っておくとずっと働いている。

たまの休みも、普通に実家の手伝いとかしているし。

「ところであの、と、鳥さんはどうされるのでしょうか？」

「顔見せも兼ねて、一緒に連れて行こうと考えております」

「……そ、そうですか」

ソフィアちゃんが目に見えて残念そうな表情になった。

きっと休日を一緒に過ごしたかったのだろう。

ちなみに話題に上った彼は、本日もブサメンの腕に抱かれている。

『ふぁ？』

自身に注目が移ったことを受けて、声を上げる姿がラブリーだ。

龍王様からフルボッコにされたことで、肉体的な損傷にも増して、精神的なダメージが心配された彼ではあるが、今のところ影響は見られない。ここ数日ほど様子を見ていたけれど、普段どおり振る舞っているように思われる。

そういうことなら町に残していこうかな。

首都カリスでの顔見せはいつでもできるし、ドラゴンシティ的には鳥さんが常駐している状況こそ望ましい。

それになによりブサメンは、メイドさんのお休みが充実したものになることを望みたい。

「ただ、ソフィアさんがお手隙《てすき》のようであれば、お世話を頼めませんか？」

「え、いいんですか？　首都カリスでの顔見せというのは……」

「そう急ぐものでもありませんので、また今度でも問題はないかなと」

こちらの返答を受けて、パァと笑顔になるメイドさん。

めちゃくちゃ嬉しそうだ。

醤油顔の勘違いでなくてよかった。

「あの、で、でしたらお任せ下さい！　お世話させて頂きます」

「せっかくのお休みなのに、お手を煩わせてしまいすみません」

「いえいえ、滅相もありません！」

ふんふんと鼻息も荒く頷くソフィアちゃん。

その姿を確認して、鳥さんをデスクの上に置いた。

彼の視線はブサメンと彼女の間で行ったり来たり。

『ふぁ？　ふぁー？』

「少しの間ですが、そちらの彼女と一緒にいて下さい」

デスクに座したメイドさんを視線で指し示してお伝えする。

するとにさんは彼女をチラリと眺めて小さく鳴いた。

『ふぁきゅ』

デスクの上をポテポテと歩いて、ソフィアちゃんの傍らまで移動。

こちらの勝手な想像ではあるけれど、ブサメンの言わんとすることを理解してくれたのではなかろうか。ここ最近は彼女に鳥さんをお任せする機会も何度かあったので、その延長線上で考えてくれたものと思われる。

特筆すべきは一昨日の晩、彼を彼女と一緒にお風呂へ入れたイベントこそ最高だった。鳥さんの水浴びを受けて胸周りの濡れたメイドさん。衣服の生地が透けて肌の色が浮かび上がる姿は、パンチラにも勝る衝撃であった。今後とも浴室では遠慮なくバシャバシャとやってもらいたい。

「それではすみませんが、私はすぐにでも出発しようと思います」

「はいっ、お気をつけて下さい！」

「お気遣い下さり、ありがとうございます」

わざわざ椅子から立ち上がって、お見送りして下さるメイドさん。

これに会釈をして、醤油顔は執務室を後にした。

本日の首都カリス行きは、飛行魔法での移動を予定している。ここのところエディタ先生の空間魔法にお世話になってばかりだったので、向こうしばらくは自走しようと思う。共連れもいないので、飛ばしたい放題である。

＊

【ソフィアちゃん視点】

首都カリスにご用とのことで、タナカさんが執務室を出発されました。

その後姿をメイドは浮足立った気分でお見送りです。予期せずまとまったお休みを頂戴した上に、鳥さんのお世話まで仰せつかってしまいました。これを楽しみと思わずに、何を楽しみにすればいいのでしょう。

今晩は一緒のベッドで眠らざるを得ませんね。

この機会に好物の調査を進めさせて頂きましょうか。

そういった意味では、大精霊様も非常に可愛らしく魅力的です。しかし、如何《いかん》せんお世話のし甲斐がありません。また、隙がない性格をされていまして、抱っこしようと思ってもスルリと逃げられてしまいます。

「しばらくの間、よろしくお願いしますね」

『ふぁ？』

デスクの上にいた彼を抱き上げてギュッとします。

素直に抱かせてくれる鳥さん、とても素敵です。

自ずと手は彼のふかふかとした頭を撫でておりました。

『ふぁー……』

いい感じじゃないですか。

タナカさんもこれくらい可愛らしかったら、メイドは毎日が幸せであったのですが。などと考えたところで、いいえ、これ以上は考えないでおきましょう。鳥さんのお顔がタナカさんに見えてきたら大惨事でございます。

後者の方がインパクトが強いですからね。

そうして鳥さんとの交流に癒しを得ることしばらく。

廊下からバタバタと足音が聞こえて参りました。

なんとなく相手の察せられる気配でございます。

直後にバァンと大きな音を立てて、執務室のドアが開かれました。


『アイツはいるか!? アイツはっ！』

「お、おい、ドアはもう少し静かに開け閉めしろと……」

やって来たのは想像したとおり、ドラゴンさんとエルフさんです。

我先にとお部屋に入られた前者の傍ら、申し訳なさそうな面持ちで足を運ばれる後者の姿が印象的でございますね。ここ最近はお二人で行動されることも多く、執務室では日常となった光景です。

「タナカさんでしたら、首都カリスに向かわれました」

『なんだとっ!?』

「も、申し訳ありません。つい先程のことなのですが……」

「おい、この者を責めてどうするのだ！」

鬼気迫る面持ちで問うてくるドラゴンさん、若干怖いです。

即座に宥めて下さったエルフさん、とてもお優しいです。

『っ……せ、責めてない！ 責めてないぞっ!?』

「だったらもう少し落ち着いて話したらどうなんだ？」

直後に狼狽し始めたドラゴンさん、やっぱり可愛いですね。

そうした二人の様子を眺めて、メイドは自ずと尋ねておりました。

「あの、タナカさんにどういったご用事でしょうか？　私なんかでよろしければ、お二人の力になれると嬉しいのですが、お話だけでもお聞かせ頂いたりできませんか？　あ、も、もちろん無理にとは言いませんが……」

彼女たちには普段から、何かとお世話になっております。

こういうところで少しでも恩返しをしたいですね。

するとドラゴンさんから、すぐさまに反応がありました。

『この町を強くする！　もっともっと強くする！』

「えっ……」

「貴様、それでは説明になっていないだろうに」

グイッと胸を張って語るドラゴンさん、一生懸命です。

ただ、何を言っているのかサッパリ分かりません。

「あの、強くするというのはどういった……」

「つい数日前にも、この町に龍王が攻めてきただろう？　あのときの騒動を受けて、この者も色々と思うところが出てきたようだ。差し当たってまず最初に、この町の防備を固めようと考えているらしい」

「なるほど」

エルフさんが補足をして下さいました。

そういうことであれば、わざわざタナカさんのご許可を得ずとも、問題ないのではないでしょうか。恐らく彼も同じようなことは考えていると思いますし、町の建築全般については、町長さんに委ねられている点が大きいです。

大規模な区画整理などを伴わない限り、問題にはならないと思います。

『だから、魔石とミスリル、あとオリハルコンというのが欲しい！』

「魔石とミスリルにオリハルコン、ですか？」

魔石はさておいて、ミスリルとオリハルコンは高級品です。

供給に対して需要が大きい為、近年では市場価格も上昇の一途を辿っております。一部では金貨などに代わり、資産として保有している方もいるようで、魔王様との騒動を受けて、価格が高騰しておりました。

『龍王の魔法を防ぐ魔道具を作るのに必要だと、このエルフが言ってた』

「分かりました。そういうことでしたら、すぐに調達させて頂きますね」

エルフさんの判断とあれば、まず間違いはないでしょう。

メイドもできる限りご協力させて頂きたく存じます。

この町が強くなることは、とても喜ばしいことですから。

「いやしかし、これがそう簡単な話でもないのだ」

「……どういうことでしょうか？」

私が頷いたのも束の間、エルフさんがしょっぱい表情で言いました。

何か問題があるのでしょうか。

疑問に思ってお尋ねしたところ、お返事を確認して納得です。

「まず魔石についてだが、飛空艇を浮かせるのに利用しているものと比較しても、尚のこと大きなものが必要だ。ミスリルとオリハルコンに至っては、分厚い全身鎧を何着も用意できるほど、多くの量が求められる」


「…………」

それはまた、とんでもない額になりそうですね。

たしかにエルフさんの苦悩は尤もなものです。

そうなりますと自身も、タナカさんにご相談せずに判断はできません。多少の額であれば好きにしていいとは以前から伺っておりますが、今のお話を聞いた後だと、素直に頷くには抵抗が大きいです。

『……駄目なのか？』

「そ、それはその……」

しかし、ドラゴンさんに悲しそうなお顔で見つめられると辛いですね。

なんとかしてあげたい衝動に駆られます。

魔道具を製作して設置することは、きっとタナカさんも駄目だとは言わないでしょう。むしろ喜んで下さるのではないでしょうか。そうなるとやはり問題は、金銭的なハードルが高い点にございます。

第一、飛空艇に利用されている以上の大きさの魔石となると、市場にもどれほど出回っていることでしょうか。大半は大規模なオークションに掛けられて、収まるべきところに収まってしまうと聞いております。

むしろ自分たちで探したほうが早いのではと思うくらいです。

「…………」

あれこれと考えていて、ふとメイドは思いつきました。

ええ、そうですよ。

必要な費用は自分たちで調達してしまえばいいのです。

昨年までの私には、その手の売買に携わる知識がございませんでした。しかし、ここ最近になっては多少なりとも経験を積んでおります身の上、フィッツクラレンス公爵を筆頭とした貴族の方々のご紹介から、業者に知り合いも増えてまいりました。

やってやれないことはないと思います。

ドラゴンさんとエルフさんのご協力があれば不可能ではありません。

更に言えばミスリルについては、私もニップル王国で鉱脈が発見された旨、タナカさんからお聞きしております。同国とは今後とも仲良くしたいとのことで、ドラゴンシティからも色を付けたお値段での買い付けを頼まれておりました。

「町のお財布を利用することは難しいですが、お二人にご協力して頂けるのであれば、手に入れることは可能かもしれません。か、確実にとは言えませんが、お話を聞いて頂いてもよろしいでしょうか？」

ふと思い浮かんだ案をお二人にお伝えさせて頂きます。

以前、魔王様討伐の祝賀会と前後して、タナカさんと縦ロール様、それに下僕のイケメンの方が、暗黒大陸に出稼ぎに向かわれたことがありました。そこで彼が持ち帰った品々を売り払った際の売却益は、それはもう大したものでした。

あれと同じことができれば、ドラゴンさんの願いが叶うかもです。

そのような感じのお話を僭越《せんえつ》ながら、お二人にさせてもらいました。

『暗黒大陸に行って、色々と取ってくればいいのか？』

「うむ、そういうことであれば私も協力しよう」

エルフさんからは快諾を頂戴しました。

ドラゴンさんも興味を持って下さったようです。

危険な場所であることは重々承知しております。しかし、こちらのお二人であればタナカさんと同じように、安全に活動できるのではないでしょうか。エルフさんなど事前に想定していたような雰囲気を感じます。

「ですが、とても危険な場所だと伺っておりますので……」

「私とこの者とで向かうのなら、余程のこと深いところまで進まない限り、そう大した問題はないだろう。ここのところ、あの男の世話になってばかりだからな。たまには私も町に貢献したいと思う」

『エルフがいいこと言った！　それならすぐに行くぞ！　すぐにっ！』

常日頃から貢献されていると思うのですが、なんて謙虚な方でしょうか。

一方でドラゴンさんはやる気も満々ですね。

今すぐにでも飛び出して行きそうな気配を感じますよ。鼻の穴をピスピスとさせながら訴える姿が頼もしく思えます。

「早速ですが、比較的換金が容易な品のリストをご用意しますね」

「うむ。忙しいところ申し訳ないが、是非とも頼みたい」

『すぐに取ってくる！　すぐに取ってくるからなっ⁉』

このあたりは過去の実績から、簡単に挙げることができますね。

結果的に失敗してしまったタナカさんの婚活ですが、巡り巡って町の為になろうとしております。その事実が何故なのか妙に面白くて、メイドはニヤニヤとしてしまうのを我慢しながら、ペンを手に取りました。

＊

ドラゴンシティを出発した醤油顔は、首都カリスへ一直線に向かった。

スコアは自己ベスト。昼前には到着することができた。道中では取り立てて問題が発生することもない。異世界の風景を楽しみつつのドライブさながら。ただし、町に入る際にはお貴族様用の出入り口を利用したことで一悶着。ブサメンの貧乏くさい出で立ちを巡り、ちょっとした騒動となった。

平民に向けて開放された出入り口には、ズラリと行列ができていた為、ついつい横着をしてしまったが為の出来事だ。こちらはリチャードさんから送られてきた手紙を提示することで、なんとか解決することができた。

そんなこんなで足を運んだ先、王城に設けられた陛下の私室。

同所にはリチャードさんの他に、宮中の二人組の姿がある。

フィッツクラレンス家のご自宅を訪問したところ、これからすぐにでもお時間を、とのことでお招きを受けた次第である。以前は数分ほどの謁見に何日も待たされていた。そうして考えると、なかなか感慨深いものがある。

座しているのはいつものソファーセット。

位置取りも過去と同様だ。

一人で座った陛下と、その背後に立った宰相殿。

これに向き合う形で、リチャードさんと自分が横並びで座っている。

「よく来てくれた、タナカ伯爵」

「こちらこそお招き下さり恐れ入ります、陛下」

ご挨拶も慣れたもので、ソファーに座ったまま頭を垂れて応じた。

宰相は相変わらず怖い顔をしているが、文句は飛んでこない。

「私に急ぎのご用件があると、リチャードさんからお伺いしましたが」

「うむ、以前から話をしていた魔王討伐の凱旋についてな」

「なるほど、左様ですか」

ようやく催しの段取りが決まったようだ。

ドラゴンシティでは既にあれこれと祝っていた手前、完全に失念しておりました。ペニー帝国のみならず、南部諸国であっても情報が出回っており、若干の今更感がある。それにわざわざブサメンを呼び出してまでするような話だろうか。

あれこれと疑問が湧いては浮かんだ。

「長らく待たせたこと、伯爵には悪いことをしたと思う」

「いいえ、滅相もありません」

「だが、意味もなく時間を浪費していた訳ではないのだ」

こちらの心中を察したのか、陛下から言葉が続けられた。

その内容はタナカ伯爵としても、想定外のご相談である。

「この度の凱旋を利用して、大聖国を確保したいと考えておる」

「……どういうことでしょうか？」

「聖女が亡き今、彼の国の結束は著しく低下していることだろう」

「それは間違いないと思います」

セイントビッチが存命であることを知っているのは、ほんの一握りの人たちに限られる。当然ながら陛下や宰相殿には伝えていない。住まいを共にしているナンヌッツィさんにも、決して彼女を人前に出さないようにとお願いしている。

本人には申し訳ないけれど、当面はお風呂場で過ごして頂きたし。

「兵十万を用意した。指示を出せば明日にでも出兵が可能だ」

「…………」

真面目な面持ちとなり、ジッと醤油顔を見つめる陛下。冗談を言っているようには見えない。

宰相殿の様子を確認すると、こちらも真剣そのものである。

「ペニー帝国は近日中に、大聖国に対して攻め入ることを決めた。だが、これは余と宰相、それにリチャードの三名で決めたこと。兵を支度する上では、北の大国の侵攻に備えてと銘打っている。その点はタナカ伯爵も注意して欲しい」

「大英断でございますね。しかし、それと私にどのような関係が？」

「タナカ伯爵には侵攻に先立ち、大聖国の内偵に向かって欲しいのだ」

「そういうことでしたか」

わざわざ醤油顔を王宮まで呼び出した理由はこれか。

たしかに他の人たちに聞かれたら大変な騒ぎになるだろう。

「魔王討伐と大聖国の併合を合わせて、我々はタナカ伯爵の凱旋としたい。彼の国に代わり魔王を討った今こそ、魔王の復活に聖女が関係していた事実も含めて、我々には大義名分がある。この機会を利用しない手はないだろう」

「しかし、それでも些か説得力に欠けるのではありませんか？」

国家連合的な機関が立ち入るのならまだしも、ペニー帝国は単一の国家に過ぎない。それが巨大な宗教組織を擁する大聖国に攻め入ったりしたら、他所の国に多数存在するだろう教徒たちからの反発は必至である。

下手をしたらペニー帝国が攻め入られかねないと思う。

「伯爵は余の娘が、次代の聖女と噂されていることを知っておるか?」

「そのような話が市井で話題に上っていることは存じております」

「大聖国を掌握し次第、余は娘を次代の聖女として立てる腹積もりだ。そして、当面は混乱の只中にある大聖国の自治を守るため、その援助を行っていくという名目から、兵を派遣する予定でいる」

トップを挿《す》げ替《か》えた上で、我々の都合がいいように世論を操作しよう、ということだろう。国民が気付いたときには、大聖国はペニー帝国の傀儡《かいらい》となっている、みたいな。難易度は上がるけれど、真正面から攻め込むよりは遥かにスマートだ。

だからこそ思う。陛下らしからぬ決断ではなかろうか。

自ずとブサメンの視線は、隣に掛けたリチャードさんに向かった。

「…………」


彼は何を語ることもなく、人の好《よ》さそうな笑みを浮かべている。

それはもうニコニコと。

まず間違いなく、企画立案はこちらだろう。

この手の攻めた提案が、陛下や宰相殿から出るとは思えない。

「たしかにそういった流れであれば、世間的にも響きはよろしいですね」

「そこでどうか、タナカ伯爵の協力を得たい。伯爵の協力があれば、あるいは兵を出さずとも、大聖国を掌握することができるのではないかと、余やリチャードは考えている。これには宰相も協力を惜しまないと言っておる」

「いくらなんでも、それは買い被り過ぎではないかなと」

立て続けに仕事を丸投げされたタナカ伯爵が、何もかも面倒臭くなった結果、兵十万を懐柔して、クーデターを起こすとは考えないのか。いいや、考えないのだろうな。ドラゴンシティの戦力からすれば、誤差みたいな軍兵である。

その気があるなら既にやっている、とは先方も考えていることだろう。

「無論、伯爵にばかり負担を強いているという自覚は余にもある」

「……と、いいますと？」

おっと、ここでご褒美タイムを予感させる陛下の発言。

不平不満が顔に出ていただろうか。

凱旋と合わせて何かしら頂戴できるのではないか、などと期待していたのは事実である。魔王様の討伐のみならず、南部諸国での騒動など、ここ最近は随所で活躍を見せていたドラゴンシティの面々である。

まさか何もないとは思わない。

頑張ってくれている皆の為にも、なるべく多くを持ち帰らないと。

「タナカ伯爵、これは近い将来の話となるのだが……」

陛下の面持ちが殊更に真剣味を増した。

ゴホンとわざとらしく喉を鳴らして、言葉を続ける。

「ゆくゆくは我が娘と共に、大公として彼の地を治めて欲しい」

「…………」

また、そういうことを言う。

放置していた婚姻云々が、この期に及んで火を吹いたぞ。

王女様を娶《めと》って一国の主になる。たしかに人によってはこれ以上ないご褒美だろう。お国のために頑張っている貴族なら、誰もが憧れるシチュエーションだと思う。その手の立身出世な物語においては、ゴールと称しても差し支えない。

自分だって状況によっては喜んだと思う。

そう、王女様が処女でさえあったのならば。

「ここしばらくの活躍に対する褒美であるが、これならタナカ伯爵も満足であろう。身の回りをどのように固めるのか、そのあたりの采配も伯爵の自由にして構わないと、陛下は考えておられる。あの町の者たちも喜ぶことだろう」

陛下の発言を補足するように、宰相殿が語った。

めっちゃドヤ顔だ。

どうよ、どうなんよ？　みたいな表情をしている。

そういえばこの人、前に陛下から娘を頼んだ云々の相談を受けた時、応接室の前で門番の真似事をしていた。

まさかとは思うけれど、ブサメンと彼女の結婚に意欲的だったりするのだろうか。

意図が分からな過ぎて、逆に恐ろしい。

「失礼ですが、王女殿下はこちらのお話を……」

「既に快諾しておる。なんならこの後にでも会っていくといい」

彼女が首都カリスに呼び出された理由、これだったのか。

っていうか、快諾ってマジですか。

絶対に何かよろしくないことを企んでいるでしょ。

いや、今はそんなことを考えている場合じゃない。

「陛下からご提案を頂戴した褒美は、当然ながら我々が大聖国を押さえてこそとなりましょう。しかし、如何《いか》に聖女を失ったとはいえ、彼の国は世界各国に求心力を備えております。そう易々と他国からの侵略を許すとは思えません」

「うむ、タナカ伯爵の言うことは尤もだ」

どうにかして猶予を稼がなければ。

最悪、大聖国の攻略に失敗したとしても。

「だからこそ、安請合いをして皆様に迷惑を掛けることは憚られます。陛下からご提案を頂戴しました褒美につきましては、無事にことが為されてから、改めてお返事とさせて頂けたら幸いでございます」

「タナカ伯爵は相変わらず、妙なところで真面目であるな」

「そうでしょうか？」

「だが、余はそれも伯爵の魅力だと感じておる」

「……………」

陛下からそんなふうに言われても、全然嬉しくないな。

＊

その日、王宮の二人組と別れたブサメンは、リチャードさんの好意から、フィッツクラレンス家のお屋敷でお世話になることになった。たまには我が家に泊まっていってはいかがですか？　とは機嫌も良さそうに伝えられた誘い文句である。

他に当てもなかったので、素直にお世話になることにした。

そうして訪れたお屋敷でのこと。

醤油顔は夕食の席で予期せぬ相手に遭遇した。

「えっ……ど、どうしてこんなところにっ⁉」

「おや、エステルさん」

お招きを受けた食卓で見慣れたロリビッチと出会った。

既に席についていた彼女は、遅れて食堂を訪れたブサメンの姿を目の当たりにして、何やら驚いた素振りである。こちらが首都カリスを訪れていたことは、どうやら今になって知ったみたいだ。

「エステルさんも、首都カリスに戻っていらしたのですね」

「お、お父様から頼みたいことがあると連絡を受けたのよ！」

「なるほど」

自分と同じように手紙でも受け取っていたのだろう。

首都カリスからドラゴンシティには、毎日のように食品や日用雑貨を筆頭とした物資が届けられている。これと合わせて手紙の類いもかなりの量が流通している。町長宅のメンバーも何かと便利に利用していると聞いた。

「娘にはタナカさんの手助けを頼みたいと思いまして」

二人の間で言葉が交わされたのも束の間のこと。

隣に立っていたリチャードさんから声が上がった。

当主自ら醤油顔を案内して下さっていた彼だ。


「それはもしや大聖国の件についてでしょうか？」

「大聖国の上層部を占める顔役の司祭を筆頭として、タナカ伯爵には知見が及ばない点も多々あるとは思います。そのあたりを手助けできる人物で、尚かつ気心が知れた相手となると、なかなか手頃な人物がおりませんでして」

我々の顔を交互に眺めてのご説明である。

フィッツクラレンス家としても、大聖国の併合には一枚噛んでおこう、という思惑が透けて見える。まあ、リチャードさんのポジションからすれば、当然の判断だろう。陛下や宰相殿とも、既に裏ネゴは取れているものと思われる。

しかし、仮にそうだとしても、彼らしからぬ提案だ。

そうした判断の背後には、ブサメンとロイヤルビッチの婚姻内定が、保険として存在していることは想像に難くない。でなければ未婚の娘を、自分のような相手に同行させるなど、絶対にあり得ないと思うのだ。

「ちょっとパパ、手助けってどういうことかしら？」

「リズ、急な話で申し訳ないけれど、彼と共に大聖国に行って欲しい」

「……え？」

リチャードさんからエステルちゃんに事情の説明が行われた。

宮中で日中、自身が受けたものと同じ内容である。

ただし、王女殿下と醤油顔の婚姻云々及び、併合後の大聖国の扱いは省略された。こちらに対しても口外を控えるようにと語ってみせたとおり、そのあたりの内容は我々だけの秘密のようである。

可能であれば今後とも、秘密のまま済ませてしまいたい。

これに対してエステルちゃんからは、元気のいい声が上がった。

「分かったわ！　そういうことなら、是非とも私に任せて！」

「随分と元気の良い返事だね、リズ」

「だ、だって最近の私、パパの役に立てていなかったからっ！」

「そうかい？　それじゃあ申し訳ないけれど、お願いしようかな」

受け答えをするエステルちゃん、瞳がキラキラと輝いている。


やる気に満ち溢れていらっしゃいますね。

乗り気になれないブサメンとしては、その姿に不安を覚える。

早いところ王女様との婚姻を破棄する算段を考えなければ。こちらのロリビッチは何かと行動力に満ち溢れた人物である。自身が問題を先延ばししているうちに、いつの間にか大聖国を陥落させかねない。

思い起こせば、聖女様を国外に引っ張ってきたのも彼女の仕事だ。

ちなみに食卓の席には彼女以外、ママさんの姿も見受けられる。

いつだか貴族の社交場、逆ナンされたアレンがホイホイと付いて行ってしまった女性だ。ニコニコと人懐っこい笑みを浮かべる姿は、角の取れたエステルちゃん、といった雰囲気が感じられる。

「さて、それじゃあ食事にしようか。タナカさんも席にどうぞ」

「ご家族の時間に割って入るような真似をして申し訳ありません」

「そう畏まらずとも、既に家族のようなものではありませんか」

「いえいえ、そんな滅相もない」

リチャードさんに促されて食卓の席に着く。

以降、晩餐は終始朗らかな雰囲気で、穏やかに過ぎていった。

＊

【ソフィアちゃん視点】

エルフさんとドラゴンさんが暗黒大陸に出発されて数日が経ちました。

ここ最近は町を留守にされている方が多くて、メイドは食卓の席に寂しさを覚えております。具体的に申し上げますと、タナカさんとエステル様がご不在です。ファーレン様やジャーナル教授も依然としてお戻りになりません。

飲食店の娘としましては、やはり毎日のご飯は皆で賑やかに食べたいなと、そんな贅沢なことを考えてしまいます。ただ、ペニー帝国の王女様と近衛騎士の方に限っては、その不在を喜んでいる自らの心に、嘘をつくことが困難ですね。

そんなこんなで本日も、朝食を終えて執務室に向かいました。

タナカさんからはお暇を頂戴しましたが、それも二日、三日と過ぎるのに応じて、段々と暇になってまいりました。代わりに意識を占めるのは、私が休んでいる間にも発生しているだろう、諸々のお仕事でございます。

気にしなければいいとは思いますが、気にせずにはいられません。

どうせ休みが明けたら触れることになるのです。

それなら今のうちから少しずつでも進めておいた方が、などと考えてしまったら、デスクに座らずにはいられません。どなたが置いていったのか、卓上には既に書類や小包などが溜まり始めております。

けれど、決して悪いことばかりではありません。

何故ならばメイドの腕の中には、鳥さんの姿がございます。

「鳥さん、今日も一緒に頑張りましょう」

『ふぁきゅ』

何気ないメイドの呟きに、鳴いて応じてくれるの嬉しいです。

　この子と一緒だったら、お仕事も普段以上に頑張れる気がします。デスクの正面に向かい合わせで設けられたソファーセット。その座面に座って頂きましょう。椅子に座ったメイドからも、様子を窺える位置取りでございます。

　こちらの行いに対して、鳥さんはされるがまま。とても大人しくしておられます。

　ぬいぐるみみたいです。

　まあ、すぐに居眠りを始めてしまうのですが。

「さて……」

　鳥さんをソファーに落ち着けたところで、自身はデスクに向かいます。取り急ぎ、どこかの誰かの置き土産を片付けてしまいましょう。この手の書類や小包が急ぎの仕事であることは稀《まれ》ですが、放置するのも精神的によろしくありません。

　そうして意識をお仕事に向けた矢先の出来事でございます。

　廊下の方からバタバタと、忙しない足音が聞こえて参りました。

　これに気付いてメイドは手元から視線を上げます。直後にバァンと大きな音を立てて、執務室のドアが開かれました。

『取ってきたぞっ！　色々と取ってきたっ！』

「おいっ、朝も早いのだからもっと静かにだなっ！」

　廊下から姿を現したのは、ドラゴンさんとエルフさんです。

　想像したとおりの流れに、メイドは安堵を覚えました。どうやらお二人とも、無事に暗黒大陸からお戻りになられたようです。両手に大きな革袋を抱えておられますね。エルフさんに至っては、それに加えて背中にも、ご自身が収まりそうな大きさのカバンを背負っていらっしゃいます。

　小柄なお二人が大きな荷物を手にした姿は、とても愛らしく映りますね。

　同時にどれだけの品々を採取してきたのかと、多少の不安を覚えます。

　パッと見た限りであっても、過去にタナカさんが暗黒大陸に向かわれた際と比較して、格段にお荷物が多いです。パンパンに膨れた革袋やカバンを眺めたことで、ここ数日の彼女たちの活動に、自然と思いを馳せておりました。

恐らく相当頑張って集められたことでしょう。

『ふぁー？』

お二人の来訪を受けて、鳥さんにも反応がありました。

彼女たちを眺めて、クイッと首を傾げておりますね。

これに一瞬、ビクリと肩を震わせたのがドラゴンさんです。ただ、以前なら直後に文句の一つも口にしていたところ、本日はこれといって何を語ることもなく、ズンズンとお部屋に入ってこられました。

足が向かったのは、鳥さんが座るソファーの正面です。ローテーブルの上に、手にした革袋をドンと載せました。

エルフさんもこれに続きます。

背負ったカバンが上手く下ろせず、四苦八苦する姿が非常に愛らしいですね。中身がパンパンに詰まっている為でしょう。肩紐がピンと張ってしまい、上手く腕から引き抜くことができずに苦労しておられます。

『オマエが紙に書いたやつ、たくさん取ってきたぞ！』

「は、はいっ……」

ドラゴンさんに促されるがまま、メイドはデスクから立ちました。

彼女によって口の開かれた革袋の下まで駆け足です。

すぐ隣に並んで、袋の中身を確認させて頂きます。

するとそこにはギッシリと戦利品が収まっておりました。

細かな品名について、あれこれと注文を出させて頂いた手前、それでも判断に戸惑う代物が多いですね。物の名前と価値こそ理解していても、実物を確認するとなると勝手が違って思えます。

獣の角を思わせる尖った棒状の何かであったり、硬そうな殻に覆われた木の実であったり、千差万別な品々が雑多に放り込まれている光景は、それらが暗黒大陸の産物であると思うと、何が飛び出してくるか分からない怖さを感じます。

「すぐに確認しますので、しょ、少々お待ち下さい！」

「私も手伝おう。これだけの量だ、一人では大変だろう」

即座に声を上げて下さったエルフさん、とてもお優しいです。

正直に白状しますと、少々面食らっておりました。

まさかこれほどの量を持ち帰ってくるとは思いませんでしたから。

「ありがとうございます。すみませんが、是非お願いできたらと……」

「うむ」

『それなら私も手伝う！　私もなっ！』

以降、三人で手分けして戦利品の仕分けを行いました。

当初はローテーブルの上で行っていたそれも、段々と品々を並べる場所が足りなくなり、やがては執務室の床の上に露天商さながら、ズラッと配置することになりました。最終的には、それなりに広さのあるお部屋が、半分以上埋め尽くされました。

こうして並べられた品々の名前と数をメイドは紙面にまとめます。そして、最近の市場価格に照らし合わせて、ドラゴンシティとお付き合いのある商人の方々に売却した場合、どの程度の収入が見込めるか、概算させて頂きました。

合算に際しては、手が震える思いでございます。

何故ならばその金額は、過去に町で開催した武道大会の総予算と比較しても、勝るとも劣らないものでした。


当然ながら武道大会ではフィッツクラレンス家やペニー王家から多額の援助を受けております。

ドラゴンシティ単体で扱う予算としては、文句なしに過去最大です。トリクリスを筆頭とした、近隣の地方都市の年間予算と比べても、大差ない金額ではないでしょうか。その事実にメイドは脇が汗ばみ始めるのを感じております。

『なぁ、足りそうか？　もっと取ってきた方がいいか？』

私が恐れ慄《おのの》いていると、ドラゴンさんから問われました。

こちらの顔を覗き込むような上目遣いでございます。

「ミスリルやオリハルコンをどれほど仕入れるかにもよるかとは思いますが、これだけあれば、か、かなりの量を買い入れることができます。魔石はオークション次第なので、確実に手に入るとは言えませんが、競り負けることはないかなと」

『本当かっ⁉』

「は、はい」

キラキラと目を輝かせるドラゴンさん、とても嬉しそうですね。

その期待に満ちたお顔を目の当たりにしてしまうと、やっぱり降ります、とは口が裂けても言えません。メイドも腹を括り、お取り引きに臨むことを決意しました。彼女には常日頃からお世話になっております。お手伝いしたいという意思は本物です。

ただ、そうは言っても過去最大のお買い物ですよ、これは。

まず間違いなく、他所の商会やお貴族様に目をつけられる規模です。

「いつも迷惑を掛けてすまないな……」

「いえ、滅相もありません！」

エルフさんから気を遣われてしまいました。

むしろそれは私の台詞《せりふ》でございます。

そうこうしていると、ソファーに座っていた鳥さんに動きがありました。

座面から床にピョンと降りた彼が、我々の面前、床に並べられた戦利品の一つに近づいていきます。鳥類の羽と思しき品です。そして、何を考えたのでしょうか、くちばしでちょんちょんと軽く突《つつ》き始めました。

『あ、お、おい！　それは食べ物じゃないぞっ!?』

ドラゴンさん、大慌てでございます。

鳥さんの下に向かわれました。

時を同じくして、懐から何やら取り出した彼女は、それを鳥さんの正面に差し出してみせます。よくよく見てみると、どうやら木の実のようですね。手の平に載るほどの大きさの丸っこい木の実です。

『これをやるから、それは駄目だ。ほら、こ、これだっ！』

『ふぁ？』

『……いらないのか？　これなら食べていいんだぞ？』

ドラゴンさんらしからぬ行いではないでしょうか。

以前までの彼女であれば、ご自身から鳥さんに歩み寄ることなど、決してしませんでした。これはメイドの勝手な想像ですが、龍王様との一件を受けて、彼女も何かしら思うところが出てきたのかも知れません。

自ずと私の興味も、彼女が差し出した木の実に向かいます。

「あの、あちらの木の実は……」

「フェニックスの好物だ。現地で偶然見つけてな」

メイドの疑問に対して、エルフさんから即座にご説明を頂戴しました。

　ドラゴンさんから鳥さんへ、歩み寄りの品、といった感じでしょうか。

　しばらく眺めたところで、後者がパクっといきましたよ。間髪を容れず、ブルリと全身を震わせた前者の姿が印象的でございますね。くちばしが指先に触れておりましたので、それが原因だと思います。ビックリされたのでしょう。

　くちばしと舌を利用して、鳥さんは器用に木の実を噛み砕きます。

　直後にその挙動が変化を見せました。

『ふぁっ!?　ふぁ！　ふぁ！』

『っ!?』

　一心不乱に木の実をカミカミ、ごっくん。

　そうかと思えば、ドラゴンさんに向かい飛びかかりました。

　そして、全身を硬直させた彼女の足元に頬をスリスリです。

　どうやら木の実がお気に召したようですね。

　エルフさんのご説明の通り、好みの味であったようです。

　ここ数日ほど生活を共にしておりましたが、一度として目撃したことのない喜びようではありませんか。メイドとしては、少し妬けてしまう光景ですね。ただ、お二人が仲良くする様子は、素直に嬉しく思います。

『……そ、そんなに美味かったのか？』

『ふぁきゅ、ふぁきゅ』

　おっかなびっくり問いかけるドラゴンさん。

　これに鳥さんは頬ずりで応じます。

　そうした二人の姿を眺めつつ、メイドは今後の予定を考えます。

　軍資金は十分得ることができそうです。

　具体的に物資の調達を検討しましょう。

　買い手が付いていない商品の代金を元手に、何かを買い付けに走るというのは、それはもう恐ろしい行いでございます。しかもその額が、ここ最近の町の収支を超えるとあらば、胸が張り裂ける思いです。

　しかし、ドラゴンさんの必死な表情を眺めておりますと、これを無下にはできません。つい数日前にはお体を張ってまで、果敢にも龍王様に挑んでいた彼女でございます。それなら今度は、メイドが頑張る番ではありませんか。

ええ、頑張らせて頂きましょう。

まずはミスリルの都合を付けに行くのがよろしいかと思います。

モノがあるのは確実ですから、そちらで額の交渉を行い、残る二品の買い付けに利用可能な金額に当たりをつけるとしましょう。とりわけ魔石はオークションでの購入を予定しており、現時点ではなんとも言えません。

お財布の上限を決めておくことは大切だと思います。

「あの、エルフさん、立て続けに申し訳ないのですが……」

「次はニップル王国で構わないか？」

私が声を掛けるとすぐさま、エルフさんの足元にブォンと魔法陣が浮かび上がりました。見覚えがあるデザインは、空間魔法のそれでございますね。どうやら早々にも、こちらの意図を察して下さったようでございます。

ニコリと浮かべられた笑顔に頼もしさを感じます。

「は、はい！　ありがとうございます！」

仕分けした戦利品はこのまま放置しても構わないでしょう。

町長さんのお屋敷には悪さをするような方もおりません。目立つ場所に書き置きを残しておけば、触れずにおいて下さると思います。その上で執務室にカギを掛けたのなら、これといって問題になることはないでしょう。

そのように考えて、大急ぎで支度に取り掛かります。

「あ、べ、別に急がなくてもいいぞ？　ゆっくりで大丈夫だ」

『おいこら！　私のことを置いていくなよっ!?』

魔法陣の出現を確認して、ドラゴンさんは駆け足でエルフさんの下へ。

彼女に釣られる形で、鳥さんも一緒にトコトコとやって来ました。

これに諸々の支度を終えたメイドが合流して、準備は万端です。

以前までの私であれば、身支度がどうのだとか、居室の戸締まりを確認だとか、色々と躊躇していたことでしょう。それも昨今では、着の身着のまま財布一つ持って、どこへでもお出かけするようになりました。

出不精な町娘にも、多少の成長が見られますね。

「それではいくぞ？」

「はい、お、お願いします！」

いざ、ニップル王国に向けて出発でございます。

＊

王宮で陛下から、大聖国が欲しい云々、ご相談を受けてから翌々日の昼。

醤油顔とエステルちゃんは早々にも現地入りを果たした。

移動の手段は例によって例の如く飛行魔法である。ペニー帝国は首都カリスに所在するフィッツクラレンス家のお屋敷を出発してから、途中で何度かトイレ休憩や食事、仮眠を挟みつつ、丸一日かけて大聖国に到着した。

出発当初はブサメンのみならず、エステルちゃんも自身の魔法で飛んでいた。朝方にお屋敷を出発してから、日が高いところに昇るまで延々と飛び続けていた彼女は、こと飛行魔法の扱いについてはかなりのものである。

ただし、以降は移動時間との兼ね合いもあり、僭越ながらこちらで運ばせて頂いた。南部諸国でニップル殿下をキャリーした際と同様、プカプカと隣に浮かせての移動である。悔しそうな面持ちで空を見つめるロリビッチの姿が印象的だった。

そんなこんなで我々は現在、二人並んで大聖国の町を歩いている。

人気も多い繁華街、飲食店などで賑わいを見せる界隈だ。

聖女様本人と交流を経た今の我々なら、彼女がお飾りなどではなく、正真正銘、大聖国のトップであったと理解できる。だからこそ、それなりに市井でも混乱が見られるのではないかと考えていた。

ただ、町の在り方は以前と、そこまで変わりがないように見える。

「こうして眺めた限り、町の様子には変化がありませんね」

「国のトップが行方不明なのに、町民は気にならないのかしら？」

「聖女様の場合、そこいらの代表とは訳が違いますからね……」

セイントビッチの本国における立ち位置は、文字通り聖女様である。宗教上、教えの象徴とも言うべき役柄だ。それが魔王様に敗北の上、どこへとも消えてしまったというのは、色々と致命的のような気がする。

それなのに町の人たちは平気なのだろうか。

エステルちゃんの口にした疑問は、当然ながら醤油顔も気になる。

「この辺りで軽く話を聞いてはみませんか？」

「ええ、私もそれがいいと思うわっ！」

平民と大差ない恰好のブサメンはさておいて、エステルちゃんはちゃんと貴族の恰好をしている。彼女と共に声を掛けたのなら、相手が余程の上流階級でない限り、無視されるようなことはないだろう。

共連れから快諾を頂いたことで、いざ聞き込みを開始である。

一人目、露天商の店主。

「お貴族様がこんな出店になんのご用でしょうかね？え？　聖女様ですか？　それでしたらなんでも、近い内に真なる聖女様が誕生なさるとかで、教会のお偉いさんからお話がありましてね。いや、私も詳しい話は知らんのですがね。ただ、以前までの聖女様は、魔王が送り込んだ偽物であったとかなんとか……」

二人目、主婦と思しき通行人。

「こ、これはこれはっ！　私のような町娘に何用でございますか？　娘というほど若くない？　いえ、こう見えてまだ二十やそこらでして、え？　それでも娘という年齢じゃない？　も、申し訳ありません！　……聖女様ですか？　でしたら教会の方々にお聞きになってはどうでしょうか。なんでも近く、次代の聖女様がお目見えされるのだとか」

三人目、裏路地のホームレス。

「これまた随分と身なりのいいお嬢ちゃんじゃないですか。そっちの黄色い男は付き人か？　……あぁ？　聖女様について話を聞きたい？　だったらお嬢ちゃん、こっちに来てオチンポをしゃぶってくれよ。こう見えてついこの間まで、町の教会に出入りしていたんだぜぇ？　あっ、ちょ、ちょっと待っ……ぎゃぁぁっ！」

四人目、広場で遊ぶ少年。

「あの、な、なにかお貴族様に失礼なことを……え、聖女様ですか？　ごめんなさい、分からないです。あ、でも、前にパパが言ってました。すぐに真なる聖女様がいらっしゃるんだそうです。お貴族様みたいな若くて綺麗な女の人だって言ってました。……え、なんでお駄賃なんて……あの、し、知らない人からお金をもらうのはっ……」

五人目、六人目、七人目……。

繁華街を歩き回りながら、小一時間ほど聞き取りを行った。

老若男女、片っ端から声を掛けたことで、一つ見えてきたことがある。キーワードは真なる聖女様。どうやら我らが陛下と同じようなことを考えている人物が、既にこの町には入りこんでいるようだ。

こうなるとブサメンも心中穏やかではない。

童貞的には王女様との婚姻を破棄する絶好の機会である。このまま放置するという選択肢も自ずと思い浮かんだ。しかし、大聖国を押さえたいという意志もある。同国との関係はペニー帝国の進退にも大きく関わってくる事柄だもの。

「当然といえば当然ですが、既に競争相手が動いているようですね」

「ええ、私たちもゆっくりとはしていられないわ！」


フンスと鼻息も荒く語るエステルちゃん。

俄然、やる気に満ち溢れていらっしゃる。

最終的にどのような判断をするかはさておいて、聖女様不在の大聖国に喰らいついた相手については、早急に確認する必要がありそうだ。場合によっては、陛下が用意した兵十万を引っ張ってくることも考えなければならない。

「ところで思ったのだけれど、一ついいかしら？」

「なんですか？　エステルさん」

「繁華街の賑わいが、以前よりも活気づいて思えるの」

「ええ、それは私も気になっていました」

具体的には路上で活動する客引きが増えたように感じる。

それもセクシーな恰好をした女性が目立つ。

ブサメン的には敢えて黙っていた事柄だ。それとなく視線を向けさせて頂いては、聞き込みをしている間にも、チラリチラリと楽しんでいた。なかには下着のような恰好の人もいたりして、それはもう眼福でございます。

そして、原因もなんとなく察しが付いている。

聖女様の監視が失われたことで、大聖国の腐敗していた部分が段々と、表層にまで滲み出てきているのではなかろうか。こちらの国は彼女によって、数百年にわたりワンマン経営されていた。抑圧されていた欲求は相当なものだろう。

「聖女様が押さえつけていたものが、溢れ出したのではないかなと」

「あんな女であっても、ちゃんと町のことは見ていたのね」

「国民は国家の屋台骨ですからね。施政者としての彼女は大した人物かなと」

「えっ……あ、貴方があの女を褒めるというの？」

「ここ数百年ほど、大聖国が栄えていたのは事実ですから」

「たしかに、それはそうだと思うのだけれど……」

ブサメンの呟きを受けて、エステルちゃんは甚だ不服そうだ。

以前から聖女様のことを敵対視しているからな。

今更ではあるけれど、ドラゴンシティに寄り道をして、聖女様から大聖国の内部について話を聞いてくればよかったかも。もしも上手い切り口が見つからないようなら、

改めて彼女の下まで相談に向かうとしよう。

「エステルさん、町での聞き込みはこのくらいで切り上げましょう。もし仮に我々の想像が正しかった場合、人目のある場所で派手に動き回ると、こちらの動きが先方に伝わる可能性があります」

「そ、それもそうねっ！」

やたらと位の高そうな貴族の娘と、得体の知れない平たい黄色族。傍目にも目立つ我々の装いを思うと、既に遅いという意見もあるだろう。けれど、それでも気を遣うことには意味があると思うんだ。

そういう訳で、エステルちゃんにはお着替えを願えないだろうか。なにかと見栄っ張りで有名なペニー帝国の貴族だ。それが平民の恰好をしているとなれば、先方の目を惑わすにも、十分な効果があるのではないかと考える。

彼女の場合は特に見目麗しく、印象に残りやすいし。

「それと一つ、エステルさんにお願いしたいことが」

「わざわざ改まったりして、なにかしら？」

「由緒正しき家柄の貴族である貴方に、このようなことを頼むのは申し訳ないのですが、もしも差し支えなけれ

ば、装いを平民のそれに着替えて頂くことはできませんか？　もちろん衣服については、こちらで都合させて頂きますので」

「えっ……」

ブサメンからの相談を受けて、彼女の表情が変化をみせた。

それは驚愕の一色である。

クワッと目を見開いて、わなわなと肩を震わせ始めたぞ。

「そ、それはつまり、私に服をプレゼントしてくれるということかしら？」

「ええまあ、そのように受け取って頂けたらと……」

「着替える！　き、着替えるわっ！　どんな恰好でも！」

そうかと思えば、即座にご快諾を頂戴した。

渋られるかもしれないと危惧した矢先のこと、コクコクと首を縦に振る姿に安堵を覚える。もしも相手が他所の貴族だったら、そんな無様な真似はできない云々、まず間違いなく文句を言われていたことだろう。

エステルちゃんのこういうところ、本当にありがたい。

そのフットワークの軽さは、パパの背中を見て育ったが故だろう。

「貴方の言うとおりだと思うわ！　貴族の恰好は目立つもの、やっぱりこういった場合は平民の恰好をするべきよね。ただ、私は市井の文化というものに疎いから、で、できれば貴方に選んでもらえたりしたら、とても嬉しいのだけれど……」

「承知しました。それでは早速ですが、店を探すとしましょうか」

「ええ、わ、わかったわっ！」

ところで、お着替えを提案させて頂いてふと思った。

親類との買い物を除いて考えると、異性と洋服店を巡るなんて、生まれて初めての経験ではなかろうか。とてもデートっぽいイベントである。まさか異世界くんだりを訪れたことで、その機会を得るとは思わなかった。

人格を担保する上で必須のスタンプカードが、一枠埋まった気分。

せいぜい頑張ってエスコートさせて頂こうか。

＊

【ソフィアちゃん視点】

ドラゴンシティのお屋敷を発った我々は、エルフさんの空間魔法のお世話になり、ニップル王国の首都ラックまでやってまいりました。タナカさんや縦ロール様などは、既に何度か足を運んでいるそうですが、メイドは本日初めて訪れた次第です。

正門から町に入りまして、大通りを徒歩で王宮に向かいます。

規模はそれなりのものですが、町並みはどことなく寂れて思えます。

路上に面した商店は日中にもかかわらず、閉まっている店舗が多数見受けられます。建物自体も古めかしい造りのものが多く、それでいて定期的な修繕に怠《おこた》りが窺えます。端的に申し上げますと、総じてボロっとした感じです。

『前に来たときより、少しだけ元気になってる気がする』

「うむ、そのようだな。この通りも幾分か賑やかに感じられる」

どうやら以前はもっと寂れていたようです。

貧乏なお国だとは伺っておりましたが、首都の大きな通りがこの有様とは、メイドが想像していた以上に貧しいようです。そのような国に結構な額を投資されているタナカさん、本当に大丈夫なのかと不安になります。

帳簿をお預かりしているからこそ、色々と考えてしまいますよ。

それからしばらく、世間話など交わしつつ王宮に向かいました。

ちなみに鳥さんはメイドの担当です。

彼は足が短いので、こういった場合は誰かが運ぶのが暗黙の了解です。タナカさんがご不在の場合は、私が楽しませて頂いています。鳥さんもニップル王国の町並みを眺めては、興味深げにキョロキョロとしておりました。

やがて辿り着いたニップル王家のお城は、寂れた町並みに対して、なかなか立派なものでありました。年季こそ感じますが、以前はそれほど貧乏でもなかったのではないかと、こちらの国の歴史をその背景に感じました。

エルフさんのお言葉に従えば、これから殿下にお会いするそうです。

我々のような平民がいきなり訪問して、そんな簡単にお会いすることができるのでしょうか。当然ながらメイドは疑問と不安を覚えました。少なくともペニー帝国においては、不敬罪で牢獄に放り込まれてもおかしくはない行いです。

しかし、そうした疑念はすぐに払拭されました。

お城の正門付近、警備に立っていた兵の方々にドラゴンさんが軽くご挨拶をすると、あれよあれよという間に、王城内の応接室まで案内を受けました。それも一貫して、我々を立てるような高待遇でございます。

まるで自分がお貴族様になったかのような錯覚を抱いてしまいます。

しかも案内された先に現れたのは、ニップル国王を名乗る人物でした。

なんということでしょう、王様が自ら足を運んで来てしまいましたよ。

ペニー帝国の貴族の方々と比較すると、どことなく質素に映るお姿ではあります。しかし、頭には金色に輝く王冠を被っておられますし、肩には厚手の生地で仕立てられた、立派なマントを羽織っていらっしゃいます。

応接室に向かうまで、城内で見かけた他の方々と比べて、立派な身なりをしておられますよ。小心者のメイドが畏怖を覚えるには十分なお姿です。それなりにお歳を召したお顔には、多分に威厳も感じられますので。

「クリスティーナ様、エディタ様、よくぞおいで下さいました」

『おぉ、来たぞ！』

「事前に連絡もなく訪れてしまい申し訳ない、ニップル殿」

そんな人物が、お二人に対してとても腰が低いのです。

方でドラゴンさんのなんと堂々としたこと。

これではどちらが王様なのか分かりません。

王様のお隣には私も面識のある人物、ニップル殿下の姿がございます。過去には第一王子としてご紹介を受けましたが、メイドは彼が彼女であることを存じております。当然、その事実を指摘するような真似は決してしませんが。

ちなみに皆さんの位置関係としましては、向かい合わせのソファーセットの対面に、王様とニップル殿下が座っておられます。これとローテーブルを挟んで、ドラゴンさん、メイド、エルフさんといった並びで着席しました。

何故か私が中央におりまして、これがまた緊張しますね。

そして、お二人との間で挨拶が交わされたのも束の間のこと。

正面に掛けた王様の視線が、チラリとこちらに向けられました。

「ところで失礼ですが、そちらのお方は……」

『コイツはあの男が大切にしている女だな。仲良くしてくれ！』

「お、おい、もう少し言い方というものがあるだろう」

ドラゴンさん、それだと私がタナカさんの奥さんみたいじゃないですか。

まず間違いなく勘違いをされると思うのですけれど。

何気ない一言から、メイドは婚期が遠退《とおの》いていくのを感じますよ。

「このような恰好をしてはいるが、彼女は我々の領地の財務官だ。タナカ伯爵の下で、領地内の財政を一手に引き受けている。名をソフィア・ベーコンという。どうか我々共々、仲良くして頂けたら嬉しい」

エルフさんから改めてご紹介を頂戴しました。

即座に補足して下さり誠に恐縮です。

そこでふと気付きました。

現在、私はメイド服を着ております。

着の身着のまま、町長さんのお屋敷を出発しましたので。

王族の方々にメイド服でお会いするというのは、これまた失礼な行いではございませんか。なんと申しますか、タナカさんの近くで生活をしていると、段々と自身の内側から常識が欠損していくのを感じますよ。

周りにいらっしゃる方々も変わった方が多いですし。

「なんと！　それはまた素晴らしい機会を頂戴しましたこと、まこと光栄にございます。ベーコン様、お初にお目にかかります。私はニップル王家において、当主を務めさせて頂いております、アルバート・ニップルと申します」

「は、はいっ！　ソフィアと申します！」

「このような僻地までご足労下さり、深くお礼申し上げます。何もないところではございますが、どうかごゆっくりと寛いで頂けましたら幸いです。城を挙げてベーコン様をご歓迎したく存じます」

「いえ、あ、あの、私はそんな大した人間ではっ……」

王族の方から頭を下げられてしまいました。

こんなの緊張するなという方が無理なお話でございます。それまでカラッと乾いていたメイド服の脇のあたりが、あっという間にグッショリです。この湿り具合、なかなか元の色には戻りませんよ。

すぐ隣では王様に倣い、殿下も頭を下げていらっしゃいます。

形の良いつむじが、まるっと窺えるほどに深々とです。

メイドはどうして応えたものか、上手いお返事が浮かんできません。緊張から頭のなかは真っ白でございます。恐らく傍目には、とても拙《つたな》く映ったことでしょう。この身は威厳もへったくれもない町娘でありますから。

すると先方から、挨拶に続けてお声が上がりました。

「ところで本日は、どういったご用件となりますでしょうか？」

王族の方から気を遣われてしまいました。

これまた失態でございます。

穴があったら入りたいとは、まさにこのことです。

そんな私に代わり、受け答えをして下さるのがエルフさんです。

「貴国からミスリルを仕入れたい。相談できないだろうか？」

「なんと、そ、それは本当でございますか？」

彼女の発言を受けて、途端に王様が驚いた表情になりました。

穏やかであった声色にも、急に強張りが感じられ始めました。すぐ隣では王女様も同様に、ビックリしたお顔で我々のことを見つめておられますね。もしや何かよろしくない提案であったりしたのでしょうか。

不安ばかりが募っていきます。

そして、これはエルフさんも同様であったようです。

「な、何か問題があっただろうか？」

「いえいえ、そんな滅相もございません！」

「そうだろうか？　決して無理にとは言わないが……」

「むしろ我々としては、非常にありがたいお言葉でございます」

「……そうなのか？」

首を傾げるエルフさんに対して、王様から説明が続けられました。

そのお言葉に従えば、なんでも国内で産出されたミスリルに買い手が付かず、とても困っていたのだそうです。当初は周辺各国からの引き合いを期待していたそうですが、蓋を開けてみれば声が掛からないどころか、売り込みさえ断られる始末。

そうして精製されたミスリルだけが、在庫として積まれているのだとか。

昨今、世の中のミスリル市場は魔王様との騒動を受けて、値上がり傾向にあります。少しくらい出処が怪しかったとしても、多少値引きをすればサクッと売れるのではないか、とは私のような若輩者であっても想像できます。

しかし、そうは問屋が卸さないのが、ニップル王国が抱えた事情だそうです。

周辺国が互いに声を掛け合い、同国からの輸入を拒否しているのだとか。

王様の推測によりますと、先頭に立って指揮を取っているのは隣国で間違いない、とのことです。なにかとニップル王国を見下していた手前、ここ最近の巻き返しに対して、反感と焦りを覚えているのだろうと、ご説明を受けました。

メイドの記憶が正しければ、南部諸国の統一に向けた会議で、代表者の方がゾンビ化していた国です。更に挙げさせて頂くと、会議場で開戦を仄《ほの》めかしておられましたので、タナカさんが牽制の為、国境に大きな魔法を撃ち込んだとも聞きました。

たしかに向こうしばらくは、仲良くすることが難しいかなと思います。

ですが、周辺国まで巻き込んだ騒動になっているとは想定外です。恐らくタナカさんも、そこまで話が拗れるとは考えなかったことでしょう。ご近所さんがどれだけニップル王国を苛《いじ》めてきたか、なんとなく察せられてしまうのが切ないですね。

周辺各国一同、同国の台頭と報復を恐れてのことと思います。

「隣国以外、他所の国とは交渉したのだろうか？」

「何度か使者を送ったのですが、返事がありませんでして……」

「……そうか」

受け答えをするエルフさん、残念そうなお顔でございます。

タナカさんがニップル王国との同盟を決定した前後、エルフさんはドラゴンさんと共に王国を訪れて、田畑の様子を見たり、ミスリルの鉱山を掘り当てたりと、復興のお手伝いをされていたと聞いております。

それなりに思い入れのようなものを感じ始めているのでしょう。

一連のやり取りを受けましては、殿下からも憤りの声が漏れました。

「しかも一部では、使者が未だに戻って来ていないんだ」

「それはまた穏やかではないな……」

穏やかでないどころのお話ではありません。メイドは背筋が凍る思いでございます。やはりと申しますか、民の上に立っている方々の会話は恐ろしいものですね。平然とやり取りをされているエルフさんは、なんと肝の据わったお方でしょうか。

一方でソファーの背凭《せもた》れと背中の間、尻尾がピコピコとし始めたドラゴンさんは、段々とお話に飽きてきておりますね。しびれを切らした彼女から突っ込みの声が上がるまで、もうそろそろといった雰囲気を感じます。

「ペニー帝国の上層部は貴国以外にも、南部諸国の各国に声を掛けているという。そちらが進めば多少なりとも、状況は改善すると思われる。それまでは窮屈な思いをさせるが、もう少しばかり静観を望めないだろうか？」

「承知いたしました。他に手もありませんので、そのように致します」

「色々と迷惑を掛けてしまいすまないな」

「そ、そんなことはございません！　むしろ良くして頂いてばかりです」

『それでミスリルはどうなるんだ？』

エルフさんと王様のやり取りが一段落したのを見計らって、ドラゴンさんから催促の声が発せられました。ニップル王家の方々も大変かとは思いますが、我々も龍王様との間柄を巡り、決して予断を許さない状況にございます。

町長という立場にあって、ドラゴンさんも気張っていることでしょう。

その面持ちには気迫のようなものが感じられますね。

「それはもう、すぐにでもお取り引きさせて頂きたく存じます。金額や量について、この場でお話をさせて頂いてよろしいでしょうか？　それとも後日、場を改めた方がよろしいでしょうか？」

王様からメイドに、チラリと視線が向けられました。

エルフさんから語られた財務官なる肩書きが影響してでしょう。そういうことであれば、私は自らの役割を果たすばかりでございます。大丈夫です、ここ最近は商人の方々とやり取りする機会も増えまして、この手の行いにも慣れがあります。

「は、はい、是非この場でお願いします」

「それでは早速ですが……」

ニップル王国が産出したミスリルは、タナカさんからも少し色を付けて仕入れておいて欲しいと、以前に言われておりますからね。気持ち良く商売をさせて頂きましょう。この場で私が渋って、タナカさんの投資に支障を来《きた》したら大変です。

それにエルフさんやドラゴンさんの立場もありますからね。

諸々含めて、事前に考えていた価格をご提示させて頂きました。

量についてはエルフさんに確認した内容です。

すると王様や殿下からは、先程にも増して驚かれました。

「お待ち下さい、そ、そのような額で本当によろしいのですか？　しかも、これほど大量のミスリルをお買い求め下さるというのは、あの、こ、このようなことをお伺いするのは失礼かと存じますが、タナカ伯爵はご存知となりますでしょうか？」

「え？　そ、それは……」

もしかしてメイドのご提案では駄目だったでしょうか。もう一声、譲歩するべきであったのかと慌てます。

すると直後にエルフさんから、仲裁のお声が上がりました。

「先程にも伝えたが、この者はタナカ伯爵領の財務を一手に担っている。こと商取引については、全権大使だと考えてくれて構わない。その上で今の話だが、どうか受けて頂けると嬉しい。恐らくこうして伝えた金額は、あの男からの気遣いも含めてだろう？」

「は、はい、そのとおりです！」

チラリと流し目さながらの視線を受けて、私は大慌てで頷きました。

　こういうときのエルフさん、横顔がとても恰好いいのですよね。もしも彼女が男性であったのなら、今のとか絶対に惚れておりましたよ。メイドは人知れず、胸をキュンキュンとさせておりますとも。

　ただ、全権大使というのは言い過ぎだと思うのです。

「なんと、そこまで我々のことを考えてっ……」

『ミスリル、売ってくれないのか？』

　トドメとばかりにドラゴンさんが言いました。

　寂しそうな彼女の問い掛けを受けて、王様は陥落です。

「も、申し訳ありませんでした！　直ちにご契約を結ばせて下さい」

　おかげさまで無事に目的の品を仕入れることができそうです。

　これで当初の目的は達したも同然ですね。

「ところで現物の取り引きですが、輸送費については……」

「繰り返し申し訳ないが、その点は私から一ついいだろうか？」

　立て続けにエルフさんからのご提案です。

　こうなるとメイドはおんぶに抱っこでございます。


　なんだか段々と申し訳ない気持ちになってまいりました。

「知り合いが固定された空間魔法で、遠方とを結ぶ研究をしている。ここ最近になって安定してきたとの話を聞いているので、これをペニー帝国とニップル王国、両国の間で導入できないかと考えている」

「く、空間魔法、ですか？」

「確約はできないが、もしも実現したのならミスリルの仕入れも含めて、物資の運び込みは容易になるだろう。食料や衣料品のような大規模なものは難しいが、金銭や人の行き来は格段に手間が省けることを約束する」

「それはもしや、魔道貴族と名高いファーレン伯爵の……」

「うむ、貴殿らもあの者の名を知っていたか」

「それはもう存じておりますとも！　いやしかし、まさかファーレン伯爵からのご協力を頂けるとは思いませんでした。私たちの為にそこまでお手を尽くして下さり、こうなると何とお礼申し上げたらいいのか、感謝の言葉もございません」

「実地試験を兼ねているので、そこまで気にすることはない」

　思い起こせば、私もそのようなお話を聞いた覚えがあります。

　過去にはエステル様が利用されて、ドラゴンシティから大聖国界隈まで移動されたのだとか。エルフさんの立ち会いがなくても、それなりに魔力を備えている方々の協力があれば、便利な空間魔法が利用できてしまう代物なのだそうです。

「もしもそちらの設備が使えるようになりましたら、我々からもベーコン様から買い付けさせて頂きたい品々があるのですが、ご検討願えませんでしょうか？　もちろん設備の使用料は全額お支払いさせて頂きます」

「は、はいっ！　そのときは是非ともお願い致します」

　どのようなモノをお買い求め下さるのかは分かりませんが、ドラゴンシティでの商取引が増えるのはいいことです。我々の町は宿場町として栄えておりますから、こうしたお取り引きの存在こそ生命線でございます。

　儲けが増えれば増えた分だけ、メイドの心も平穏になっていきますよ。

　収支が危うい帳簿ほど、眺めていてピリピリするものはありません。

「ありがとうございます。タナカ伯爵領の皆様には、心よりお礼申し上げます。こうして頂戴したご厚意の数々、末代まで語り継いでいきたく、深く胸に刻んでおります所存にございます」

「い、いや、そこまで畏まられると我々も困るのだが……」

　今まで以上に、王様の腰が低いものとなりました。

　グワッと下げられた頭部が膝に触れてしまいそうです。

　これには隣に座した殿下も困ったお顔ですよ。

　なんたって我々は一人の例外なく平民でございます。もし仮に貴族であったとしても、平民と貴族の格差が絶対であるのと同じように、王族と貴族の間にも越えられない壁があるのではないかと思います。

　それを易々と越えてみせた王様の姿を眺めて、メイドはニップル王家の方々が重ねてきた苦労をその背後に垣間見ました。タナカさんが彼らに手を差し伸べた理由が、ちょっと分かったかもしれません。

「皆様、本日はどうかこちらの城で、おもてなしさせて下さい」

『今日は駄目だな』

「えっ……」

直後、王様の表情は打って変わって、絶望一色となりました。

急遽上げられた面持ちは、主人に捨てられた丁稚《でっち》さながら。

どうやら断られるとは考えていなかったようです。喉の奥から掠れるような音が聞こえてまいりました。しかも返事をされたドラゴンさんの表情には、これといって変化が見られませんから、素っ気なさが半端ありませんよ。

間髪を容れず、エルフさんからフォローが入ります。

「も、申し訳ないが、急ぎの用事が控えているのだ」

「なるほど、左様でございましたかっ！」

お互いに一歩引いた感じの方々なので、妙な雰囲気がありります。

その只中にドンと構えたドラゴンさんの異物感も凄いです。

これを眺めるメイドは、胸がドキドキでございます。

ちなみにニップル王国でミスリルの買い付けを終えた後は、大聖国に向かう予定となります。なんでも彼の国では、界隈でも最大規模となるオークションが常日頃から開催されているのだそうです。エルフさんから教えて頂きました。

そちらで魔石とオリハルコンを手に入れる算段でございます。

＊

大聖国を訪れた翌日以降、醤油顔とエステルちゃんは二手に分かれて、情報収集に当たることを決めた。平民の装いに擬態したロリビッチは、町中での聞き込み。どう足掻いてもひと目につく平たい黄色族は、身を隠しての侵入捜査だ。

町のシンボルである大教会や、聖女様のご自宅であったお屋敷など、こちらの町の重要施設にはそれなりに知見の及ぶブサメンである。過去、大聖国に出入りした記憶から、覚えのある場所を調査してみようと考えた次第だった。

当然ながら活動時間は夜中。

日中は宿屋で身を隠して過ごし、日が落ちてからのミッションである。

相棒であるエステルちゃんとは真逆の活動スタイル。彼女が宿屋に戻ってきたタイミングで、こちらが外に出かけるといった感じ。夕食の席でお互いに情報共有を行いつつ、日が落ちて暗くなった町中をローブ姿で移動する。

先日までは位の高い司祭の自宅が立ち並ぶ界隈を重点的に調査していた。

本日からは、聖女様の元自宅を探ろうと思う。

夜の闇に紛れて、人気の少ない通りを足早に駆ける。

レベルアップを重ねたステータスの恩恵に与《あずか》り、目的地には難なく辿り着いた。世界を渡って間もない時分であったのなら、まず間違いなく途中でギブアップ。ハァハァと息を荒くしながら、路上に夕食を撒き散らしていたことだろう。

「…………」

建物の陰に隠れて、建物が面した通りからお屋敷の正門を窺う。

出入り口には二人一組、武装した門番が控えている。

過去、魔王様の復活に伴い半壊した部分は、既に修繕が為されていた。しばらく眺めていると、馬車の出入りする様子も確認することができた。

どうやらお屋敷は主人を替えて、普通に利用されているようだ。

そうなると気になるのは、聖女様に代わり収まった人物である。

教皇的な肩書きのよく肥えた老齢男件の姿が想像された。脳裏に思い浮かべていて、あまり気持ちのいいものではない。聖女様みたいなエッチで可愛い女の子だったら嬉しい。それだったら童貞もやる気が出るのに。

ロイヤルビッチとの婚姻云々、ただでさえモチベーションが低いのだ。

王女様と結婚して大聖国の次期国王となる。響きはいいけれど、童貞的には自身の墓穴を掘りに訪れたようなもの。一代で破綻する未来しか見えてこない。それならまだ聖女様ご本人を呼び戻したほうがいいと思う。間違いない。

「……内側の様子が知りたいな」

思い立ったところで、お屋敷の正門前から離れる。

外壁に沿って正面の通りから離れるように移動。

裏口に回り込むように、細くなった路地に歩みを向けた。界隈に人気がないことを確認する。飛行魔法により身体を浮かせたブサメンは、隣接した建造物の陰に身を隠しつつ、外壁越しに敷地内の様子を確認である。

ほとんど人気も感じられない夜のお屋敷。

まず目に入ったのは広々としたお庭だ。

その先に母屋と思しき家屋が窺える。

直近でも馬車が出入りしていたので、この場で待ち構えていれば、何かしら人の動きが見られるかも知れない。

そんなふうに考えて、しばらく粘ってみることにした。

すると小一時間ほど経った頃、敷地内の様子に変化が見られた。

視界の隅に動くものを発見である。

それは庭に面した外廊下を歩む人の姿。

しかも驚いたことに、ブサメンも覚えのある人物だ。

「マジか……」

ボン、キュッ、ボンという擬音が非常によくお似合いの人物である。女性としての魅力に満ち溢れた肉付きは、夜の暗がりであっても見間違えることはない。それでも一つ不満を挙げるとすれば、隙なく下腹部を覆った長ズボン。

度くらいスカート姿が見てみたい人、筆頭代表。

そう、スペンサー伯爵である。

「いやはや、遠いところよく来て下さいました」

「いえ、こちらこそ急な来訪を申し訳ありません」

「代表がお待ちです。ささ、どうぞこちらにいらして下さい」

彼女は大聖国の司祭と思しき男性に連れられて歩いている。

ブサメンにも二人の会話が聞こえてきた。

ただ、それもほんの僅かな間のことである。

その姿はすぐに廊下の先に消えて、こちらからは見えなくなった。

「…………」

どうやって取り入ったのだろう。

いいや、北の大国のネームバリューがあれば、お屋敷に招待されるくらいは簡単なのかもしれない。少なくとも代表と面会の場を頂戴するくらいは。ただ、そうなると困ってしまうのが、大聖国とは完全に決別してしまった我々の立場である。

ペニー帝国は聖女様を一方的に拉致った上、公共の面前で魔王様の手により公開処刑。生死こそ明言していないが、まず間違いなく出禁になっていることだろう。真正面から訪ねたのなら、いきなり魔法を放たれても不思議ではない。

「……戻るか」

スペンサー伯爵はどの程度、大聖国に入り込んでいるのだろう。

最悪、現時点で既に大半を掌握している可能性もある。そうなると下手に踏み込んでは、相手の思う壺《つぼ》だ。

世の中、暴力だけではどうにもならないことは多い。その最たるものが宗教ではなかろうか。今でこそ聖女様の悪行から拮抗を保っているペニー帝国の風評だが、ここで下手に動いた場合、有ること無いこと吹っ掛けられて、世論が逆転する可能性もある。

ファイアボールせずに済むのなら、それが一番だろう。

だからこそ、スペンサー伯爵の手腕が羨ましい。

とりあえず、今日のところは宿屋に戻り、エステルちゃんに状況を報告しよう。自分よりも長く貴族をしている彼女だから、是非ご意見を求めたい。場合によっては、陛下の私兵にお願いする必要が出てくるかもしれない。

＊

拠点の宿屋に戻る道すがら、繁華街で気になる光景を目にした。

それは人通りも多い賑やかな通りから少し離れて、建物の間に生まれた細路地でのこと。近隣に軒を連ねた飲食店のものと思しきゴミ箱を漁る子供の姿である。横長な木製のコンテナに頭を突っ込んで、中身をゴソゴソと物色している。

全身ローブ姿。フードまで被っている。

恐らく浮浪者だろう。

普段なら気にすることもない。

ただ、ちらりと見えた手首の肌が紫色だったのだ。

どこぞのマゾ魔族と、お揃いのカラーリングである。

「…………」

まさかとは思うが、魔族だったりするのだろうか。

当然ながら、見間違いという可能性もある。

むしろ、その方が遥かに自然ではなかろうか。

以前、お酒の席でキモロンゲが言っていた。魔族という枠組みにおいて、人の形をした存在は位が高い傾向にあるのだと。高位の魔族が人里でゴミを漁っている、そんな状況がブサメン的には信じられない。突っ込みどころ満載である。

それでも気になった醤油顔は、ステータスウィンドウを確認。

声を掛けるのとは違って、即座に確認できる点が非常に優秀だ。

名　前：未設定
性　別：女
種　族：ハイデーモン
レベル：110
ジョブ：魔王
H　P：7910010／7910010
M　P：200041000／200041000
STR：1200005
VIT：58991
DEX：89003
AGI：101222
INT：151490
LUC：31001

するとまあ、なんということだろう。

見てはいけないものを見てしまったような感じ。

過去、同じ肩書きの人物から確認したステータスとは、似ても似つかない値の並びである。レベルの低さから鑑みるに、転生から間もない為、ほとんど育っていない、ということなのだろう。

思えばエディタ先生もそのようなニュアンスの台詞を口にしていた。

先代の魔王は育ち過ぎたとかなんとか。

逆に当代の魔王様は生まれ落ちて間もないようで、非常に頼りなく映る。

エディタ先生やロリゴン、場合によってはキモロンゲであっても、真正面から挑んで確保することが可能なのではなかろうか。ブサメンもストーンウォールを駆使したのなら、安全にゲットできそうな雰囲気を感じる。

「…………」

そもそも、どうしてこのような場所に、魔王様の転生体がいらっしゃるのか。疑問に感じたところで、ふと思い起こされたのは、先代の魔王様とのやり取りで発覚した事実。世代交代に際して、断片的ながらも引き継がれるという記憶の存在である。

こちらの国は先代が長らく過ごしていた場所だ。

その良し悪しはさておいて、思い入れは相応だろう。記憶を引き継いでいたとしても不思議ではない。

つまり転生から間もない時分、お腹を空かせた彼女が食事を求めて、帰巣本能に従ったという可能性。実際、こうしてブサメンが眺める先では、ゴミ箱から見つけ出した残飯を貪り食らう姿が確認できた。

よくよく見てみれば、ローブもそこかしこが汚れているぞ。

どことなくすえた臭いも漂ってくるではないか。

それはもう心が切なくなる光景である。

神待ちの家出少女を自宅に匿《かくま》ってみたいロリコンとしては、まさか無視することはできないシチュエーションだ。宿泊先の宿屋にお持ち帰りして、一緒にお風呂を楽しみたい欲求に駆られる。

高級ホテルのロイヤルスイートで美女を抱くより、下町の小汚い公衆便所で近所の貧困女児を抱く方が、遥かに心が満たされる。ロリコンとはそういう生き物なんだ。どうか分かって欲しい。それが愛なのだと。

「あの、失礼ですが……」

「っ⁉」

細路地に足を踏み入れて、先方にお声掛け。

すると魔王様はビクリと全身を震わせて、こちらに向き直った。

手には串焼きと思しきものが窺える。

お食事に夢中で、変質者の接近に気付けなかったのだろう。

極めてロリっぽい反応だ。

「もしや魔族の方ではありませんか？」

「……オマエ」

いきなり、貴方は魔王様ではありませんか？　などとは尋ねまい。

まず距離感を設けて、先方の緊張を解きほぐすことを優先しよう。

不審者はそうやって獲物に近づいていくのだ。

「私の知り合いに貴方と同じ肌の色をした者がおりまして、もしやと思って声を掛けました。食事に困っているようであれば、私と一緒に来ませんか？　すぐそこの宿屋に部屋を取っておりまして」

飲食や寝床を引き合いに出すことも忘れない。

しかし、そうしたブサメンの思惑はあっという間に破綻した。

「知ってる、私はオマエのこと、知ってるぞ……」

「おや？　この顔をご存知ですか？」

「オ、オマエは私のことを殺したニンゲンッ！」

どうやら先代の魔王様から、逝き際の記憶を引き継がれたようだ。

彼女にとっては前世の敵に他ならないブサメン。

こうなると神待ちロリータの攻略難易度は急上昇である。

長期的な視野で考えると、ドラゴンシティの存続にも波及しかねない問題である。先代と同じように成長した当代の魔王様が、過去の怨恨を果たす為、決戦の地へ報復に訪れる姿が容易に脳裏へ思い描かれた。

龍王様など我々が不死王様と知り合いというだけで攻めてきた。

こうなると何が何でも、目の前のロリータをお持ち帰りしなければ。

「先代の魔王様には申し訳ないことをしたと、深く感じております。決して過去の行いを水に流して欲しいとは思いません。ですが我々は今後とも、魔王様と前向きに交友を続けていたいと考えております」

取り急ぎ、真正面から真摯に向き合ってみる。

転生から間もないことも手伝い、処女の可能性はいと高し。

俄然、頑張り甲斐のあるミッションではなかろうか。

「ふざけるな！　だ、誰がオマエなんかとっ……」

「こちらに害意はありません。話し合いの席を設けさせて下さい」

こうして眺める魔王様は、とても可愛らしい姿をしている。

外見は細部こそ異なっているけれど、過去にお会いした先代の魔王様と似たような雰囲気が感じられる。キモロンゲが目視で魔王様を追いかけていたあたり、外見に

はそこまで変化がないのではなかろうか。

ただし、背丈はミニマムサイズ。小学生低学年くらい。

今度は大きくならないで欲しいな。

ずっと小さいままでいてくれたらロリコンは嬉しい。

「オマエは嫌いだっ！　死ね！　死んでしまえっ！」

「っ……」

ただし、先方のブサメン嫌いは相当なものだ。

言葉を交わし始めたのも束の間のこと、脱兎の如く逃げ出した。繁華街に面したこちらとは反対側、細路地を奥に向かって駆け足だ。そして、各種ステータスについては既に人外枠の魔王様である。あっという間に遠退いていった。

その背中を追いかけようと、咄嗟に飛行魔法を試みる。しかし、同所は繁華街の只中である。更にこの手の大きな町では、空を飛ぶことが禁止されている場合がほとんどだ。浮かび上がりかけた足は、すぐに地面に落ち着いた。

悲鳴を上げて逃げる小さな女の子を、空に浮かんだ平たい黄色族が追いかけ回していたら、まず間違いなく憲兵が飛んでくることだろう。どれだけロリコンに優しい異世界の趨勢《すうせい》であっても、現行犯で逮捕されてしまうぞ。自身が遂行中の別ミッションを思うと、これ以上の追跡は憚られた。

そして、こちらが躊躇している間にも、彼女の気配は遠退いていく。

パタパタという足音はすぐに聞こえなくなってしまった。

「…………」

致し方なし、大聖国の問題が片付き次第、改めてチャレンジするとしよう。

あの様子では他に身を寄せる場所もないだろう。そして、並の人類では彼女をどうこうすることも不可能である。向こう数日くらいなら、同じようにこの辺りを彷徨《さまよ》っているのではなかろうか。まさか空腹で倒れるとも思わない。

どうかその時まで処女であって欲しいとは童貞の願い。

先代の魔王様に申し訳ないと感じているのも事実。

そんなことを考えつつ、ブサメンは細路地を後にした。

リボーンされた魔王様に語ったとおり、本日の宿泊先となる拠点はすぐ近くにある。安くはないが高くもない、ごく一般的な大衆向けのお部屋だ。それを向こう一週間ほど前金で押さえている。

ちなみにロリビッチとは同室。

当初、ブサメンは各々で部屋を押さえることを提案した。これに対して、そんなの平民っぽくないわ、という彼女の意向から却下された。事前に平民の装いを強要していた手前、彼女の意見を否定することも憚られた次第である。

更に補足するなら、日中と夜間で両者の活動時間は分断。

お互い一緒に眠る機会はほとんどない。

しかし、本日に限っては早々に出戻った醤油顔でございます。

するとどうしたことか、部屋には誰の姿も見られなかった。

「……エステルさん？」

声を上げてみるも、一向に反応はない。

しばらく待ってみるも音沙汰なし。

お出かけ中だろうか。

寝入るには如何せん早い時刻である。

窓の外からは通りを行き交う人たちの声が聞こえてくる。こういうのって気になる人は、とことん気になるらしいじゃないの。貴族として生まれ育った彼女には、いささか厳しい就寝環境であったかもしれない。

外が静かになるまで、そこいらの飲み屋で気晴らしに、なんてあり得そう。

っていうか、自分だったらそうしている可能性が高い。出張先で現地のスナックにふらり、とか社畜業の数少ない楽しみだ。

「…………」

自ずと視線が向かったのはエステルちゃんのベッド。

これで部屋が荒らされていたりしたら、色々と考えていただろう。けれど、そのような痕跡は確認できない。二つ並んだベッドの一つ、窓際に設けられたそれの掛布団が、少しだけクシャッとなっているくらい。

次いで意識が向かったブサメンのベッドは、出発前と変わらず。

誰かが部屋にやってきた、という雰囲気は一切感じられない。

客間の造りは間取りもへったくれもないワンルーム。

現代日本のビジホなどとは異なり、シャワールームが付いていたりはしない。トイレも共用とのことで、目の届く範囲にいなければ、それはすなわち不在ということ。

　サボっているようで申し訳ないけれど、大人しく待たせて頂こう。

大聖国の主（二）

Lord of the Great Holy Land (2nd)

【ソフィアちゃん視点】

ニップル王国でミスリルを確保した我々は、次いで大聖国に足を運びました。

移動はご多分に漏れず、エルフさんの魔法でございます。

本来であれば数週間は要するだろう旅路が、ほんの一瞬でした。

どうして大聖国なのかと申しますと、こちらで開催されているオークションで、魔石とオリハルコンを手に入れる為でございます。他所の国でもその手の競りは行われているそうですが、同国のそれは近隣諸国においても随一の規模なのだとか。

そんなこんなで移動した先、我々は大聖国の町を歩いております。

中心街から少し離れた界隈であっても、大規模な石造りの建物がズラリと立ち並んでいます。どれも豪華な佇まいでございます。馬車が何台も通れるような幅広な通りには、大勢の人たちが行き交っておりますね。

首都カリスよりも賑わっているのではないでしょうか。

『おい、これからどうするつもりだ？』

「オリハルコンはまだしも、大きな魔石はすぐに手に入るとは限らない。そこで向こうしばらくの拠点を押さえようと思う。寝食に際しては、私の魔法で町に戻っても構わない。だが、こちらにも集合場所のようなものは必要だろう」

『よし、それならすぐに行くぞ！　拠点っ！』

嬉々として歩き出したドラゴンさん。

その背中を追ってエルフさんが声を上げます。

「行くのは構わないが、貴様はこの町の宿を知っているのか？」

『ぐ、ぐるるるる、そういうのはオマエの仕事だっ……』

「その鳥も客室に受け入れてくれる宿となると、ある程度は値が張るかもしれない。オークションで買い付けたオリハルコンの一時的な保管を考えると、多少の出費には目をつむり、金庫付きの上等な宿を探すべきだな」

『ふぁー？』

メイドが抱いた鳥さんを眺めて、エルフさんが呟かれました。

たしかに動物を連れ込める宿屋は数が限られます。場合によっては部屋を汚されたり、備品を壊されたりと、問題が起こる可能性もありますから、お値段も相応でしょう。けれど、他所に預けるという選択肢は取れません。私も多少の出費には目をつむりたく存じます。

鳥さんのお世話は私がタナカさんから譲って頂いた、とても大切なお役目でございます。馬小屋でも何でも、共に過ごさせて頂く心意気であります。龍王様との騒動を経験した今なら、彼の危うさが私にも理解できますとも。

「オークション会場に近い場所で宿を取ろう。あの辺りは会場への出入りを想定した貴族たちに対して、上流階級向けの宿屋が連なっている区画がある。それなりに金はかかるが、ここは妥協するべきだと思う」


『それってどっちだ？』

「そっちの方だ」

エルフさんの手が動いて、十字路の右手を指し示しました。

幅広な通りには大勢の人や馬車がひしめいております。沢山の建物が並び立ったその先には、遠く離れてやたらと大きな教会の屋根が、ほんの僅かばかり窺えます。栄えているだけあって、かなり賑やかな界隈です。

『こっちだな？　よし、行くぞ！』

細かなことにはこだわらず、ズンドコと歩いていくドラゴンさん。

その大雑把な方向感覚は、とても彼女らしく思えます。立派な翼をお持ちのドラゴンさんは、広々とした大空こそ、その旅路の大半であったことでしょう。人が営む細々とした町並みが、どのように見えているのか、ちょっと気になります。

そうして三人と一羽で大聖国の町中を歩くことしばらく。

我々は当面の拠点となる宿屋に到着しました。

見るからに平民な一行ですから、当初は宿屋の従業員さんに怪しい目で見られておりました。貴族の方々を相手にお仕事をされている人たちは、平民であってもお金持ちの場合が多いので、露骨に見下されてしまいました。

　しかし、こちらから向こう一週間分、ちょっとお高い部屋の宿泊費用に、少し色を付けて代金を提示したところ、打って変わって満面の笑みでございます。ニコニコと笑顔を浮かべて、我々に施設の案内をして下さいました。

　ちなみに支払いはペニー金貨となります。

　ここ最近、他国の通貨と比べて価値が上昇しているそうですね。

　事前に想定していたよりも、若干お安く済ませることができました。

　お部屋は三人と一羽で一部屋となります。リビングスペースが一つと寝室が二つの構成です。ベッドも主寝室に二つ、副寝室に二つ設けられておりましたので、鳥さんが一つ専有しても問題ありません。

　お貴族様向けと思しき豪華絢爛な感じが素敵でございます。調度品一つ取っても、かなりの値打ちものとして窺えます。リビングに足を踏み入れるや否や、ソファーに腰を落ち着けて、寛ぎたい衝動に駆られました。

　しかし、先を急ぐドラゴンさんは、これを許しては下さいません。

『よし、それじゃあ行くぞ！　オークションというのにっ！』

「……少しくらい、ゆっくりしてもいいんだぞ？」

　エルフさんも心なしか名残惜しそうですね。

　正面にソファーセットを眺めて仰いました。

『そういうのはいいから、オリハルコンと魔石を手に入れる！』

「そ、そうか……」

　本日はずっと出突《でず》っ張《ぱ》りですから、お疲れなのかも知れません。思い起こせば移動はすべて彼女に頼り切りでございます。それなりに大変な魔法と伺っておりますので、メイドとしては申し訳ないばかり。

　しかし、こうなると揺るぎないのがドラゴンさんです。

　彼女の意向に従いオークション会場に向かうことになりました。

　オークションのお客に向けた宿屋ということもあり、目的地となる会場には徒歩でもすぐに到着しました。アッパー階級の方々に向けた施設ということも手伝い、僅かな距離ながら、馬車の行き来もかなり多かったです。

ところで、同所を訪れて初めて知ったのですが、会場で行われている競りの舞台は、どうやら一つではないようです。

まるで町の広場に露天が軒を連ねるように、会場内ではいくつものオークションが行われておりました。ただし、その規模は出店の比ではありません。一つの競りに何十人という人が集まっております。

施設的にも大したもので、武道大会で利用した会場と大差ない規模がございます。大きなドーム状の建物の内部に、大小様々なフロアが設けられており、その各々でオークションが開催されているようです。

「この案内書に本日の出品情報が記載されている」

エントランスホールを越えたあたりで、歩みを止めたエルフさんが我々を振り返って言いました。彼女が手にしているのは、会場の出入り口で入場の受付をして、入場料の支払いを行った際に受け取った書類ですね。

私とドラゴンさんも同じものを手にしております。

ちなみに入場料だけでも結構な額でございました。


「チラッと眺めた限りではあるが、オリハルコンの出品は各会場に分散しているようなので、これからは二手に分かれてオークションに向かいたいと思う。必要となる量が量だからな、手分けして効率的に落札していこう」

ドラゴンさんと私を交互に見つめてのご意見です。

するとすぐさま、前者から疑問の声が上がりました。

『二手？　皆でバラバラじゃないのか？』

「貴様は私と一緒に行動してもらう」

『えっ……』

「我々は西側の会場から順次落札していく。ソフィアには東側の会場から巡ってもらいたい。オリハルコンはそれなりに出品数がある、これでお互いに被ることなく会場を巡ることができるだろう」

そうなるとメイドは鳥さんと一緒に、ということになりますでしょうか。エルフさんたちと離れ離れになるのは些か不安が残ります。過去の実績からして、こちらの国にはあまり良い思い出もございませんからね。

具体的には、また迷子になったらどうしようかと。

『なんでオマエと一緒なんだよ。コイツだけ仲間外れか？』

私を視線で指し示してドラゴンさんが言いました。

エルフさんはこれに淡々とご返答です。

「この者は貴様と違ってしっかりしているからな」

『なんだそれは』

「いや、なんだって言われてもだな……」

彼女の言わんとすることは、分からないでもありません。

ドラゴンさん一人でオークションに入札、なんと危うい光景でしょうか。騒動が起こる未来しか見えてきません。一方でドラゴンさんの立場からすれば、エルフさんに世話を焼かれているようで、これがまた面白くないお話であることでしょう。

個人的には私も、お二人に同行させて頂けると嬉しいのですが。

しかし、求められているオリハルコンの量を考えますと、分担しての買い付けは当然かなと思います。一度の落札で大量に仕入れられればいいのですが、ミスリルにも勝る希少な金属とあって、そういった訳にもいきません。

「貴様一人で行動して、会場で何か問題でも起こしてみろ、すぐに出禁にされてしまうだろう。そうなったらオリハルコンを手に入れることも儘ならない。当然ながら町を守るための魔道具だって完成しない。それでも構わないと言うのか？」

『ぐ、ぐるるるるっ……』

ところでメイドは、先程から脇の下が汗ばみ始めております。

理由は周囲からの注目です。

人気も多いエントランス界隈、言い合うお二人に視線が集まっています。

共にひと目見て人ではないと分かる出で立ちの彼女たちですから、町中であってもチラリチラリと視線を向けられること度々。オークション会場ともなれば、好奇心旺盛な方が多いのか、露骨な視線が引っ切りなしです。

出入りしているのは大半がお貴族様か、豪商の方々と思われます。どなたも大変身なりがよろしくございまして、メイド姿の私は完全に浮いてしまっておりますね。こんなことなら、ちゃんと着替えてくればよかったです。

悪目立ちの一因を担っているのは間違いありません。

警備の方を呼ばれてしまうのではないかと、肝が冷える思いです。

「それでも我を通すというのであれば、私も無理にとは言わないが」

『だったら、わ、私はコイツと一緒だ！　オマエは一人で行けっ！』

「えっ……」

『行くぞ！　オリハルコンをオークションだっ！』

「あ、あの、クリスティーナさんっ……」

ドラゴンさんにギュッと腕を取られました。

鳥さんを抱いております都合上、咄嗟に彼を落としそうになりました。彼女の怪力に抗《あらが》うことなど不可能ですから、その場に留まっていることもできません。請われるがままに足を踏み出すことになりました。

背後を振り返ると、ポツンと一人残されたエルフさん。

呆け顔でこちらを見つめております。

段々と遠退いていくその姿は、なんとも寂しげに映りますこと。

しかし、ドラゴンさんの力には敵いません。

申し訳ないとは思いつつも、グループ分けは決定してしまいました。

＊

大聖国を訪れて調査に臨むことしばらく、予期せぬ問題が発生した。

エステルちゃんが宿屋に戻ってこないのだ。

当初の予定では夕食後、ブサメンが調査に出かけている間に彼女は休憩、みたいな流れで話をしていた。それが昨日の夜、自分が魔王様と遭遇した日の晩に宿屋を出かけたまま、一向に戻ってこない。待てど暮らせど拠点に姿が見られない。

それでも彼女には彼女の都合があるだろうからと、待機すること一晩。

遂には夜が明けてしまったのである。

「…………」

旅先で出会ったイケメンと一晩限りの熱い夜。

それも考えられない話ではない。

だって彼女はロリビッチ。

しかし、お股こそユルユルであったとしても、義理人情に厚いのがエステルちゃんである。この状況で男遊びに惚けるとは到底考えられない。少なくともブサメンはそのように考えております。

日を跨いで出かけるにしても、事前に言伝の一つくらいあるはず。

つまり何かしら、問題に巻き込まれたのではなかろうか。

同日の昼を過ぎるまで宿屋で待機して、醤油顔はそのように判断した。

可能性としては色々と考えられる。

自発的に夜間も現地調査に臨んだ結果、スペンサー伯爵の影響下にある教会勢力に捕らえられてしまっただとか、繁華街を徘徊していた魔王様に捕捉されて、身柄をどうこうされてしまっただとか。

よくない予感ばかりが脳裏に浮かぶ。

だからだろう、自然と身体は動いて居室を出発。

一階フロアで受付に立っていた宿屋の女将《おかみ》さんに声を掛けた。

エステルちゃんの風貌をお伝えして、宿屋に出入りする姿に覚えはないかとご確認。すると昨日の夕過ぎくらい、それらしい人物がこちらを出発していたという。受付で居合わせた女将さんにも、気さくに挨拶を交わしてのお出かけであったとか。

ブサメンが捜索に出てから、そう経っていない時分である。

そして、以降はこれといって見ていないとのお話であった。

夜間は彼女の旦那さんや、丁稚が交代で番頭に立っているらしい。女将さんにペニー金貨を握らせて、こちらにも軽く確認を入れさせて頂いた。しかし残念ながら、それらしい人物は見ていないとのこと。

エステルちゃん、昨晩からの留守が確定である。

「色々と尋ねてしまい申し訳ありません。女将さん」

「なぁに、困ったときはお互い様っていうからね」

「もしも彼女が戻ってきたら、私が捜していたとお伝え下さい」

「だとしたら、部屋で待たせたほうがいいのかね？」

「ええ、是非そのように伝えて頂けたらと」

「しかしなんだい、アンタの連れのお嬢さん、まさかとは思うがお貴族様かい？　着ているものは平民と大して変わらないけど、あの髪はなかなか手間がかかっているだろう？　知ってるかい？　お忍びでこの国に遊びにくるお貴族様、意外と多いんだよ」

ところで女将さん、金貨を握らせた前後で態度が豹変。めっちゃ馴れ馴れしく絡んで下さる。

出会い頭には見るからに面倒臭そうにしていたのにな。

「いえ、ちょっとした商家の娘となりまして」

「ふぅん？　そうなのかい」

「急いでおりますので、すみませんがこれで失礼します」

「ここ最近はこの町も賑やかだから、アンタも気をつけるんだよ」

「お気遣いありがとうございます」

女将さんに会釈をして、醤油顔は宿屋を出発だ。

こうなると身バレがどうのと言ってもいられない。まずは近隣で聞き込みを行って、昨晩のエステルちゃんの足取りを追いかけるとしよう。深夜ならまだしも、夕方から夜にかけてであれば、目撃者の存在にも期待が持てる。

ペニー帝国での立場とエステルちゃんの生命。

どちらか選ぶとしたら、ブサメンは断然後者である。

＊

【ソフィアちゃん視点】

大聖国を訪れて以降、メイドはオークション会場に出突っ張りです。

ここ数日、毎日のように通っています。

その間に行ったことはといえば、会場内で行われている数多の競りを巡り、そこで出品されたオリハルコンを片っ端から落札でございます。相手がお貴族様であろうと、名の知れた商会の方であろうと、遠慮なく入札していきます。

入札額の上限については、過去の相場から決めました。エルフさんにも事前にお伝えしております。

結果的に勝率は七割といったところでしょうか。

基本的には精製されたオリハルコン、ないしは原石を買い漁っております。オリハルコンを利用して作られた像なども出回ってはおりましたが、その場合ですと若干値が上がってしまうので見送ることにしました。

『なぁ、まだ買うのか？　もうこんなにあるぞ？』

「す、すみません。かなりの量が必要なようでして……」

『なんて欲張りなエルフだ。こんなに買ってるのに』

ドラゴンさんには恐れながら、荷物持ちをお願いしました。

メイドの腕に鳥さんが収まっております都合上、買い付けたオリハルコンは彼女に運んで頂いております。ドラゴンさんのお身体と大差ない大きさで作られた、巨大な革製の背負いカバンです。既にギッシリと中身が詰まっております。

それでも足りなくて、両手にも革袋を下げているくらいですから、彼女の訴えは尤もなものだと思います。お一人で会場を回っているエルフさんは、恐らくもっと大変なことになっていることでしょう。

そう考えると私は、ドラゴンさんと一緒でとても助かりました。

『お金は足りるのか？　アイツ、魔石も必要とか言ってたぞ』

「はい、そちらはちゃんと取り分けているので大丈夫です」

『そうなのか……』

肝心の資金は町のお財布から持ち出しております。

もしもエルフさんやドラゴンさんが暗黒大陸から運び込んだ品々が、私の勘定したとおりに換金できなかった場合、それはもう恐ろしいことになってしまいます。ですが向こうしばらく、この点には目を瞑りましょう。まともに考えていては、平静ではいられませんから。

それこそ気が狂ってしまいます。

メイドは後先考えず、ただ淡々と入札を繰り返すばかりです。

「百七十、百七十だっ！　それでもういいだろ⁉」

会場に野太い男性の声が響きました。

オークション会場に設けられた会場の一つ、数十人ほどが詰めかけた舞台でのこと。指値を提示する声でございます。入札者たちが見つめる先では、競売人の傍らに用意された立派な台の上、オリハルコンのインゴットが見られます。

そうです、我々の獲物でございます。

「あの、ひゃ、百八十でお願いしますっ……」

「ぐっ……それなら、百八十と五だっ！」

現時点で競っているのは、声を上げている男性だけですね。

他の方々は既に降りられて、我々の様子を眺めています。

「すみません、あの、百九十で入札させて下さい」

「っ……！　おい、アンタ！　一体なんなんだよ!?」

男性からメイドに向けて、唸るような声が上がりました。

見たところ三十代中頃ほどでしょうか。なかなか筋肉質な方でして、衣服の上からでも肉の盛り上がりが窺えます。グイッと後方になでつけるように整えられた頭髪と、モジャモジャのヒゲが威力的に映る、とても強面《こわもて》な方ですね。

「ひっ……な、なんでしょうか？」

そのような人物から、鬼気迫る面持ちで怒鳴られたものですから、メイドは胸がドキンと大きく脈打つのを感じました。痛いほどでございます。周囲からは参加者の方々から注目を受けておりますし、脇など既にぐっしょりです。

早くお買い上げして、次の会場に向かいとうございます。

「メイドの恰好をしたアンタ、他所のオークションでもオリハルコンを買い漁ってただろ？　少しくらいこっちに譲ってくれよ。急ぎで仕上げなくちゃいけない物があるってのに、この調子で邪魔されたら大損こいちまう」

「いえ、それはその、わ、私どもにも理由がありまして……」

『なんだオマエ、私たちに喧嘩を売ってるのか？』

『ふぁきゅ！』

先方が声を上げたことで、ドラゴンさんと鳥さんに反応が。

あぁ、これはいけませんよ。

こんな場所で喧嘩を始めては大変なことです。

「亜人の娘か？　いやしかし、その角と尻尾は……」

『なんだ？　私に何か文句があるのか？』

ただ、こうしたやり取りも初めてではありません。

私が頼りない風貌をしているせいか、会場で絡まれることも度々です。オリハルコンばかりを派手に競っていることも手伝って、悪目立ちをしているようですね。メイドの恰好をしている人は、私以外にも多少は見られるのですが。

あと、見た目という意味だと、女子供の二人組、というのがよろしくないようです。会場を行き来している参加者は、半分以上が男性です。また、女性の方は多くが男性と行動を共にされています。

「静粛に、静粛に。百九十以上を提示する者は？」

我々の問答を受けて、即座に競売人の方から声が上がりました。

しかし、それ以上の値が入れられることはありません。

どうやら今回の競りは、我々の勝利のようでございます。

ハンマーの叩かれる乾いた音が、カンカンと会場に響き渡りました。

これといって面白味もないオークションですから、居合わせた参加者の反応は淡々としたものです。目玉商品を高額で競り落とした際などには、拍手が沸き起こったりするそうですが、今のところそういうのはありませんね。

けれど、それでも動かした金額は大したものです。

今回の支払いだけで、飲食店をしている実家の売り上げ丸一年分。

いいえ、それ以上ありますね。

メイドは段々と金銭感覚が鈍っていくのを感じますよ。ですが、そうした行いも本日で終了となります。

それから二件ほど競り勝ったところで、当初予定していた分量のオリハルコンが手に入りました。会場を訪れる直前、エルフさんと事前に分担していた我々の担当分です。どうにか日が高いうちに手に入れることができました。

その受け渡しを終えたところで、拠点となるお宿に帰還です。

ドラゴンさんに急かされるようにして、急ぎ足で戻ってまいりました。

すると客間のリビングには、既にエルフさんのお姿がありました。どうやら我々に先んじてオリハルコンを調達していたようです。こちらとは違ってお一人でありながら、とても仕事がお早いの、流石でございます。

彼女が仕入れたものを併せて、本日分の成果が部屋に並びました。

向かい合わせに並んだソファーの間、ローテーブルの上にズラリです。

その光景を眺めて、エルフさんが満足気に言いました。

「うむ、これでオリハルコンも揃ったな」

どうやら十分な量を買い付けることができたようです。

予算的にも当初の想定内に納まっております。

ミスリルは既にニップル王国で用意して頂いておりますから、後は残すところ、魔石を手に入れるばかりです。

ただ、それが大変と申しますか、本日までオークションを見て回った感じ、出品されている気配がございません。

魔石自体はかなりの数が見られました。しかし、どれも我々が欲しているより小ぶりなものばかりです。魔石は大きなものになると、希少性が一気に上昇するようで して、一定以上の大きさになると、ほとんど見られませんでした。

大きな魔石は飛空艇の製造を筆頭として、有益な用途が多数ございますから、引き合いがとても強いのでしょう。恐らくオークションに掛けられる前に、権力者の間で融通し合ってしまうのではないかなと。

『よし！　それじゃあ次は魔石だな⁉』

「その点についてだが、こちらのオークション会場で手に入れようとした場合、かなり時間を要するかもしれない。オリハルコンを競っている合間に、会場内を見て回っていたのだが、我々が求めている大きさの魔石は、かなり稀有《けう》な出品のようだ」

メイドの心配事について、エルフさんからもご説明がありました。

これを受けては、ドラゴンさんの面持ちも急転直下でございます。

『えっ……だったらどうするんだ？　あ、諦めるのかっ⁉』

「そこでこれから、場所を変えようと考えている」

『またどこかに行くのか？　今度はどこに行くんだよ』

「ここ大聖国には、地下オークションなるものがあってな」

『……地下？　なんで地面の下なんだ？』

おっと、エルフさんのお口から不穏な響きが漏れましたよ。

まさかドラゴンさんの疑問のとおり、地面の下で行われるオークションだとは思いません。これは危ない匂いがぷんぷんと感じられますね。自ずとメイドは脇の下がしっとりと、汗ばみ始めるのを感じております。

「本日まで我々が足を運んでいたのは、大聖国が管理を行っている、いわゆる正規のオークションだ。これに対して、地下オークションは国の管理外、早い話が御上に内緒で催されている非合法なオークションとなる」

『魔石、そっちなら売ってるのか？』

「うむ、可能性はあると考えている。取り引きが禁止されている品や、公には売買が困難な品、曰く付きの品などが扱われる場であるが故、正規のオークションでは扱われていないような品々も、競売に掛けられているのだ」

　個人的にはお留守番を希望したいお出かけ先ですね。

　しかし、お財布を握らせて頂いております都合上、同行しないという選択はないように思えます。予算は既にお伝えしておりますが、場合によってはもう一声を求められるシーンもあるでしょう。なんたってオークションでの売買です。

「あの、も、もしかして参加されたご経験があるのでしょうか？」

「うむ、過去に何度か足を運んだ覚えがある」

「なるほど……」

「非合法という場所柄、何かと危うい面を備えているのは間違いない。ソフィアの心配は尤もなものだろう。しかし、我々ならば問題はないと思う。場合によっては、非合法だからこそ扱いやすい、とも考えられる」

　オークション会場で拐《かどわ》かされて、そのまま売られてしまうのではないか。

　そういった感じの想像が、メイドの脳裏には溢れております。

『それじゃあ、次はその地下オークションってのに行くのか？』

「うむ、その予定だ。ただし、正規のオークションについても、出品目録の確認は続けようと考えている。我々の場合、モノの出処にそこまでこだわる必要はないからな。町長としてこのあたり、どうだろうか？」

『町をちゃんと強くできるなら、私はなんでもいいぞ』

　ついつい忘れそうになりますが、事の発端は龍王様を筆頭とした、お強い方々の襲撃に対応する為なのですよね。今回はエルフさんの案に便乗させて頂いておりますが、私も自身でできることをするべきなのでしょう。

「よし、では明日からでも向かうとしよう」

『それなら今から行けばいい』

「本日はこれまでに買い込んだオリハルコンをニップル王国に運び込む。ミスリルの仕入れと併せて、金属を加工するための設備を借り受けることができた。そちらで魔道具の製作に向けた下準備を済ませてしまおうと思う」

『え、私たちの町で作るんじゃないのか？』

「あそこには冶金《やきん》や金属加工に必要な設備がないからな。ニップル王国であれば、過去に利用していた設備が利用できる。人手が必要になった場合には、王家に掛け合って職人を集めることもできるだろう」

『わかった、なら作る！　私が作ってやるぞっ！』

「今から作り始めても間に合わないだろう？」

『ぐ、ぐるるるる……』

なにはともあれ、地下オークション行きは決定のようです。

どんなアウトローな場所なのか、メイドは不安でなりません。

＊

エステルちゃんの足取りを追いかけて、半日が経過した。

宿屋付近で聞き取りを始めた当初は、チラホラと目撃情報があった為、これならもしかしたら、とはブサメンも期待しておりました。しかし、しばらく調査を進めたところ、足取りはある地点でピタリと消えてしまった。

場所は平民向けの繁華街。

酒場やエッチなお店が立ち並んだ界隈である。

そんな場所で異性に不自由していそうな、ブサイクな見た目の中年男が右往左往しているものだから、通りに立った女の子たちからは声を掛けられる。それはもう次から次へと、休む暇もなく引っ切りなしである。

当然ながら客引き。

素人率ゼロパーセントのスーパー玄人エリア。

夜のお相手に不自由していると、一瞥して見抜かれた平たい黄色族だ。それでも女の子が声を掛けてくれる事実を嬉しく思う。これが現代日本だと、キャッチさえ寄ってこないとかザラである。やって来たとしても男性の客引きとか。

そのあたり異世界は童貞に優しくて本当に嬉しいよ。

「お兄さん、一杯飲んでいかない？　口移しで飲ませてあげる」

「今ならサービスするよ？　女の子を二人付けちゃうんだから」

「こっちは朝までやってるよ？　ゆっくりと楽しまない？」

　キャッチのお姉さんたちは、どちらさんも美女、美少女揃いである。現代日本のそれと比べても、顔立ちやボディーラインに優れた方々が多い。しかも全体的に若々しくて、下は十代中頃から、上は二十代そこそこといった感じ。

　更には頭に耳が生えていたり、お尻に尻尾が生えていたり、なかには背中に羽が生えているような方々までいたりして、それはもうバリエーションに富んでいる。仕事でなければ、ちょっと一杯くらい、などと考えていたことだろう。

　また、賑やかな通りから外れて路地裏に入り込むと、怪しい雰囲気のお店も軒を連ねていらっしゃる。需要に対しても、供給に対しても、来る者拒まずの精神が感じられる。そういう多様性に溢れたところ、見ていてとてもワクワクする。


　大聖国という国はあれだ、きっと歌舞伎町《かぶきちょう》的なポジション。

　思わず寄り道したくなる衝動に駆られる。

　しかもこちらの世界にはコンドームがない、未成年者の就労制限がない、なによりも倫理観がない。ないない尽くしの世界観で唯一存在しているのが、本番ありという常識。そんなの童貞だって心が躍り始める。

「今なら初回は半額でご奉仕しちゃいます！　ぜひ寄ってって下さいな！」

「お兄さん、小さい女の子はお嫌い？　私みたいな小さい子はどうかな？」

「おっぱいの大きい女の子、沢山いるよ！　お乳が出る子もいるよー！」

　利用した経験がないとは言え、その存在を根拠として、日々の生活に余裕を得ているのは事実である。お金さえ支払えば、いつでも異性と致すことができる。ブサメンにとっては電気、ガス、水道に並ぶ代物だろう。

　もはやインフラと称しても差し支えない。

　生活保護が経済弱者に対するセーフティーネットであるのなら、性産業は恋愛弱者に対するセーフティーネット。これがなくなったとき、世の中のブサメンたちの大多数は、自らの息子に対してこう伝えざるを得ないだろう。

お前がこの世に生まれてきた意味は、ほんの一欠片もないと。

「なかなかの上物が入ったんですよ。うちで一発ヤッていきませんか？」

「こっちは女の子がお店で出来上がってるんで、すぐに楽しめますよ？」

「うちは店で楽しんでいってくれたら、土産を奮発させて頂いておりまして」

しかも女の子のご紹介と併せて、結構な確率でお薬の誘いも受けたりする。こちらは女の子ではなく、強面の男性から声が掛かることが多い。見るからに危なそうな人たちから、女の子と同じくらい声が掛かる。

キメセク強化月間、来ておりますね。

これだから大聖国のこと大好き。

前に来たときより、パワーアップしている気がするよ。

こんな体たらくで本当にいいのかと、不安を覚えるほど。

「ねぇねぇ、お兄さん。これから私とエッチなことしない？」

そうこうしていると、予期せぬバックアタック。

耳元で囁くようなお声掛けに背筋がゾワゾワときた。

これを童貞は必死になって堪える。

同じ台詞を世のイケメンたちは無料で、それも何気ない日常の端々で耳にしているのだと自らに言い聞かせて、高ぶった意識を抑え込む。そんな筈はないと泣き叫ぶ息子に、いいや、これが現実なのだと言い聞かせる。

君も知っているだろう。イケメンは飲み会の席で、自分もう二週間もヤッてないんっスよ、とか平気で言えてしまえるの。こっちは三十余年ヤッてないんだから、そのあたりもう少しだけ思いやってくれてもいいと思います。

「すみませんが、実は人を捜しておりまして」

「……人捜し？」

「もしよろしければ、少しだけ私の話を聞いて頂けませんか？」

イエスの声に代えて、醤油顔は目下の悩みをご相談。

キャッチの女性にペニー金貨を握らせる。

すると先方はニコリと笑みを浮かべて応えた。

「えっ、こんなにくれるの？　な、なんでも聞いてくれていいよ！」

「ありがとうございます。つい昨晩のことなのですが……」

以降、エステルちゃんの風貌をお伝えして目撃情報を求める。

その繰り返しである。

段々と話の持って行き方にも慣れてきた。

しかし、かれこれ二桁近い人たちに声を掛けたが、一向に情報は得られていない。このような場所だからこそ、年若い女性が町娘を思わせる恰好をして、一人で歩き回っていたのなら、それなりに目立ちそうなものである。

本当にどうしちゃったのだろう。

今回もこれといって、彼女と思しき目撃情報は得られなかった。

役に立てなくてごめんね、と申し訳なさそうに呟いた女の人。これに小さく会釈をして、ブサメンは場所を改めるべく足を動かす。いくつか当たりを付けた界隈も、既に繰り返し足を運んだ後である。

こうなると八方塞がり。

さてどうしたものだろう。

段々と焦る気持ちも膨れてきた時分のことだった。

「ねぇねぇ、そこのヒト。私と一緒に子作りしなぁーい？」

数え切れないほど耳にしてきたお誘いの文句。それでも耳に届いた声色は、どこかブサメンの意識に引っかかるものだった。端的に言うと、めっちゃアニメ声。違和感の正体が知りたくて、声の聞こえてきた方を振り返る。

するとそこに立っていたのは、自身も見知った相手だった。

「……精霊王様、このような場所で何を？」

「私ってさぁー、ここで働いてるんだよねー？」

いくらですか？

喉元まで出かかった思いを飲み込む。

通りに立つ彼女は以前と変わらず、人の姿をしていらっしゃる。腰下まで伸びた長い黒髪に、ゴスロリっぽいデザインの艶がある衣装。可愛らしい顔立ちも手伝って、存外のこと歓楽街に馴染んで思われた。

ブサメンのことを監視していたのは間違いない。

龍王様の居城の場所すらも、先方に知られることなく一方的に捕捉していたのだ。多分だけれど、部下である精霊とやらに頼み込んで、こちらの目が届かない地点から、我々の動向を窺っていたのではなかろうか。

「勤務先を伺ってもよろしいですか？　次の機会にでも足を運ばせて頂きます」

「あぁーん、冗談が通じないオスは、メスに嫌われちゃうよぉー？」

「…………」

軽く握った両手を顎の下に構えて、お尻を振ってみせる。

ぶりっ子のポーズ。

素直に申し上げて、めっちゃエロいですね。

こんな状況でなければ、素直に楽しんでいた自信があるもの。

「すみませんが、今はとても急いでおりますので」

「知ってるよー？」

「でしたら、精霊王様には申し訳ないとは思いますが……」

「だから、知ってるよ？　君が捜しているニンゲンのこと」

「えっ……」

ただ、そうした悶々《もんもん》とした気持ちも、続く言葉を受けて霧散した。

踵《きびす》を返そうとして、大きく曲がれ右をしかけた身体。

これを再び正面に向けて、妖しく微笑む彼女を見つめる。

「気付いているとは思うけど、君のことを監視してたんだよ？」

「それが何か？」

「だとしたら、もちろんあのニンゲンのことも、ねぇ？」

「…………」

どうやらブサメンのみならず、エステルちゃんにも精霊を張り付かせていたようだ。こうしてドラゴンシティから遠く離れた場所で、急に姿を現してみせた点からも、決して嘘を言っているとは思えない。

そうなると途端に、精霊王様のお言葉に魅力を感じてしまう。

「監視されていたことに、私が反感を持つとは考えなかったのですか？」

「精霊っていうのはさぁ、本当にもう、どぉーこにでもいるんだよ？　山の中だとか、海の中だとか、ううん、それだけじゃなくて、土の中にも、空の凄く高いところにも。人には見えないようなのが、それはもうウヨウヨと」

たしかにエディタ先生も以前、そんなことを言っていた。

ロリゴンの畑に生えたドリアードにしても、これといって何の前兆もなく、気付いたらいつの間にやら生まれていた。そんな生き物とも言えないような何かが、この世の中にはそこかしこにいるのだろう。

こうして考えると、それを統べる精霊王様ってば半端ない。

暴力も然《さ》ることながら、情報収集能力が他の王様より抜きん出ている。

世界中に散りばめられた、精霊ネットワーク的な意味で。

「だとしても些か露骨ではありませんか？」

「それは君の感じた思いであって、私の感覚とは違うなー」

「そうでしょうか？」

「君だって意中の相手のことは、自然と目で追いかけちゃうでしょ？　私だって君みたいなニンゲンがいたら、ついつい気になっちゃうもん。そういえばこの前の彼って、今はどこで何をしているのかなー？　ってさ」

「…………」

他人をストーキングするには、これ以上ないやり口ですね。

精霊さんたち、ブサメンのことをどれくらい見ていたのだろう。こうなると自室であっても、おいそれと一人で励んだりできないな。ただでさえ機会が減って悶々としているのに、そんなことを言われたら今晩からどうしたらいいのか。

こうなったらもう、精霊王様に面倒を見てもらう他にありませんよ。

「私はただの人です。わざわざ監視するほどの存在ではありません」

「先代の獣王を圧倒するほどの力を備えた、打倒魔王の立役者……」

こちらの口上を無視して、彼女は言葉を続ける。

妙にはっきりと聞こえるアニメ声を受けて、ふと気付いた。

いつの間にやら、周りから人気が消えている。

つい先程までは通行人に溢れていた繁華街の一角、それなのに我々が立っている通りばかり、行き交う人たちの姿が見られない。少し離れたところで道の交わり合う十字路から、往来が禁止されてしまったかのようだ。

喧騒も遠く、世俗とは切り離されたかのような錯覚を抱く。

十中八九で精霊王様による人払いだろう。

これまた便利な魔法ではないか。

「更には次代の不死王を手中に収めた上、当代の獣王とも懇意にしている。龍王に一撃を与えるところまで目撃しちゃった。こうなると精霊王だって、君という存在を無視する訳にはいかないでしょ？」

「それが何か？」

「このあたりで一つ、貸しを作っておきたいと思うじゃなーい？」

「……つまり、お力添え頂けるので？」

「なんだい君ってば、存外のこと物分かりがいいんだねぇ」


「同時に貴方が関与している、という可能性も浮かび上がって参りました。今後の円満な関係の為にも、その辺りも含めて捜索にご協力して頂けると幸いです。それが叶うのであれば、借り一つ、素直にお受けさせて頂きます」

「よーし、そういうことなら、すぐに案内しちゃおっかなぁ！」

醤油顔の返事を受けた精霊王様、えいえいおー！　みたいなポーズ。

どうやら承諾を得られたようだ。

元気良く拳を突き上げた彼女の姿に、童貞はメスガキの気配を感じる。

理由は恐らく、どこか歪《いびつ》に感じられる笑顔。

「あ、それと貸し借りとは別に、ちょっとした提案なんだけどー」

「なんでしょうか？」

「一人で性行為に励むときは、自室であったとしても、せめて布団を被った方がいいと思うよぉ？　あ、でもでも、精霊たちの存在を介して、私に知られたいって言うのなら、決して無理にとは言わないけどねーっ！」

「…………」

犯したい、この笑顔。

当面、お布団は被らないでおこうかな。

＊

【ソフィアちゃん視点】

オークションで仕入れたオリハルコンをニップル王国に運び込みました。エルフさんが同国に確保した金属の加工場では、既にミスリルの運び込みと加工が進められておりまして、これに合流した形となります。

工場では数名の職人さんたちが働いておりました。エルフさんから指示を受けているようで、あっちでカンカン、こっちでカンカン、せわしなく動き回っておりました。たぶん、オークションの片手間に進めていたのだと思います。

エルフさんの頭の良さというか、物事を進める勢いにはいつも驚かされます。私も彼女ほどとは言わないまでも、皆さんのお役に立てるように頑張らなければと、やる気が湧いてくるのを感じます。

そして、進捗を確認した翌日にも、我々は再び大聖国に戻りました。

今度は魔石の調達に向けて、地下オークションに足を運びます。

会場はなんと、大規模な教会施設の地下フロアにありました。

ドラゴンさんのお言葉ではありませんが、本当に地面の下にありましたよ。たぶん、教会の存在を隠れ蓑《みの》に利用しているのでしょう。エルフさんのご説明によれば、その時々によって場所を変えているのだそうです。

『おい、なんかこれ鬱陶しいぞ？　息がしにくい！』

「取ったらダメだからな？　会場から追い出されてしまう」

『ぐるるるる……』

ちなみに会場では、覆面の着用が義務付けられておりました。

なんでも売買に関係した情報を隠匿する為、とのことです。ちょっと見知った相手であれば、声色から判断がつきそうなものですが、それも含めて口外無用を視覚的に、参加者の方々へ訴える為の行いなのだと思います。

そのためメイドも、覆面を着用しての参加と相成りました。

端的に申し上げまして、会場全体がとても怪しい雰囲気に包まれています。

『ふぁー？』

『……オマエはいいよな、そのままで』

ちなみに本日も、鳥さんは一緒でございます。

止められるかとも思いましたが、問題なく通されてしまいました。ただし、内部で問題を起こした場合、すべての責任を取ることになると言われました。似たようなお言葉は各所で頂戴しておりましたが、場所柄その威圧感は段違いですね。

それはもうしっかりと抱かせて頂いております。

「目録に魔石の記載はなかったが、ここでは品目を明かさずにオークションを行っている会場が多々ある。しばらくはそちらで競りを眺めて、会場の雰囲気を掴んで欲しい。慣れてきたらこれまでと同様、手分けをしていこう」

「は、はい、承知いたしました！」

『それじゃあ私は、またコイツと一緒だなっ！』

ドラゴンさんがメイドを見て、そのようなことを言いました。

どことなく意地悪そうな笑みが浮かべられておりますね。

しかし、本日のエルフさんは彼女の提案に快諾でございます。

「うむ、今回ばかりは貴様に守りの任を頼みたい」

『…………』

「な、なんだよ？　人のことを妙な目で見てくれて」

『なんでもない！　見てないっ！』

「変なヤツだな……」

ドラゴンさん、エルフさんが悔しがらないことに不服そうですね。

彼女も本当はエルフさんと一緒に過ごしたいのではないでしょうか。もしくは以前の件に負い日を感じているのか。けれど、素直に伝えることができなくて、見事に空回っているかのような雰囲気を感じます。

愕然としているお姿を思うと、そんなふうに考えてしまいました。

メイドは皆で仲良く見て回りたく存じます。

そうこうしているうちに、目当てのお部屋に到着しました。

エルフさんのご案内を受けて席に着きます。

内装は非常に簡素ですね。恐らく教会で利用されていた椅子やテーブルを流用しているのでしょう。室内には壁紙が貼られておりますが、そうお高いものとは思えません。町長さんのお屋敷で利用しているものと大差ない感じです。

昨日までの会場には随所に絨毯が敷かれておりましたが、こちらはどこもむき出しの石畳です。照明一つ取っても廊下と部屋で統一感がなかったりして、ちょっと残念な雰囲気が感じられますね。

会場を転々としている都合上、このあたりは適当なのでしょう。

規模の上でもこぢんまりとしております。フロアに設けられたお部屋の数も、二桁であった正規のそれと比較して、こちらは一桁です。参加者もガクッと減っていると思われます。

しかし、取引されている品々の金額はべらぼうです。

早々に始まった競りを眺めて、メイドは肝を冷やしました。

「千五百！　千五百より上値を付ける者はいませんか！」

競売人の方の声が部屋に響きました。

競りに掛けられているのは、吸血鬼の奴隷だそうです。

つまりアンデッド、鳥さんと同じです。

アンデッドの扱いはどの国も危ういものです。そこへ至る方法は外法、禁忌としている国も少なくありません。健全な人たちは関わり合いになることを避けますし、率先して近づくような人は、変わり者、あるいは犯罪者として扱われます。

一方でどれだけ歳月が経とうと老いることがない肉体は、我々人類にとって非常に魅力的であります。身体能力や魔法の扱いにも優れており、小さな子供でも大人顔負けの腕っぷしを誇るのだとか。

舞台に上がっている方はと申しますと、ファーレン様と同じくらいでしょうか、少しばかりお歳を召しております。頭髪も若干の後退が見られますね。しかしながら、顔立ちはなかなかのものでございます。

彫りの深い顔立ちが、大人の渋みを感じさせるイケメンです。

パンツ一丁でムキムキの肉体を惜しみなく晒しておりますよ。

全身病的に青白い肌が、ミステリアスな雰囲気を感じさせますね。

首には奴隷の証とも言える首輪が付けられております。

正直、悪くないなと感じてしまいました。

「二千でどうだね？」

「それなら私は二千二百だ！」

しかし、会場で交わされている競りの額面から、メイドはそれが儚《はかな》い夢であることを理解しております。平民が個人でお買い求めするような品ではありません。

そういった諸々を含めてこその地下オークション、なのでしょう。

参加者の方々はどなたも、見るからにお高そうな出で立ちをしておられます。

最終的に吸血鬼の方は、貴族を思わせる高齢の女性が落札されました。その姿を目の当たりにした奴隷の方の表情は、これでもかというほどに引きつっておりましたね。控えめに申し上げても、大変恰幅のいい方でした。

「畜生っ！　あの男さえ来なければ！　あの黄色い男さえっ……」

去り際、恨み辛みを吐き散らかしながら、彼は運ばれて行きました。

吸血鬼の人にも奴隷に落ちるまでに、色々な物語があったのでしょう。

メイドは精々、清く正しい生活を心がけていきたいと思います。

奴隷堕ちだけは絶対に嫌ですからね。

ただ、その響きには少しだけ、ドキドキしてしまうのも事実です。

「どうだろう？　現場の雰囲気は掴めただろうか」

「は、はい！」

吸血鬼の方が退場するのに応じて、エルフさんから声が掛かりました。

こちらを見つめる彼女の姿は、普段となんら変わりがありません。こういったアウトローな場所にも慣れているのでしょう。既に圧倒されてしまっている小心者としては、とても頼もしく感じられます。

「それでは早速なのだが……」

なるほど、今後の作業分担について作戦会議ですね。

　そのように考えて気を引き締めた直後のことです。

「次の出品は、こちらのダークエルフになります！」

　舞台に立った競売人の方の声が、お部屋に大きく響きました。

　応じて会場からワッと声が沸き上がります。

　自ずと私どもの意識も、正面の舞台に吸い寄せられました。すると視界に入ったのは、なんでしょう、どことなく見覚えのある人物ではございませんか。それもつい最近、目の当たりにしたばかりのような。

「あの者はもしや、魔王を連れてきたダークエルフではないか？」

「あっ……」

　エルフさんの声を受けて、メイドも理解しました。

　武道大会の会場に魔王様を連れ込んだ方です。

　エステル様によって簀巻《すま》きにされた上、観客の面前にまで運び込まれていた光景は、未だ鮮明な記憶として覚えがございます。あれ以来一度もお姿を見ておりませんでしたが、まさかこのような場所で奴隷に堕ちているとは思いませんでした。

　吸血鬼の方と同様、こちらも首輪を着用の上、パンツ一丁です。

　大きなおっぱいが丸出しですね。

　小さめのパンツから、お尻のお肉がはみ出してしまっておりますよ。

『あのときのダークエルフが、どうしてここにいるんだ？』

『ふぁー？』

　どうやらドラゴンさんも覚えていたようですね。

　鳥さんは首を傾げるばかりです。

「このダークエルフ、噂によると魔王と通じていたそうです。ペニー帝国で魔王が倒されてからしばらく、近隣の町で宿に泊まっていたところを捕えられたとのこと。果たしてその噂は嘘なのか本当なのか。気になる方は是非ともご入札下さい」

　我々がざわついている間にも競売は進められていきます。

　参加者の間では瞬く間に金額が釣り上がっていきました。

「私は千百だそう」

「ならばこっちは千二百だ」

「ええい、千三百ぅ！」

競りに参加している方々の大半は男性です。彼女の肉体美に駆られての入札であることは間違いありません。引き締まった腹部や、はち切れんばかりの胸元など、同性である私から見ても、非常に美しく感じられる身体付きをされていますから。

ただ、それでも吸血鬼の男性よりお安いのですね。どうやら吸血鬼は、ダークエルフより希少な存在のようです。

「あの、放っておいていいのでしょうか？」

「それはそうだが、い、意外と高いぞ？」

「……そうですよね」

『おい、魔石を買うんじゃなかったのか？』

顔見知りということもあって、見過ごすことに躊躇します。

しかし、ダークエルフさん、とてもお高いです。彼女をお買い求めしていては、魔石が買えません。ドラゴンさんも不安気な面持ちで我々を見つめております。

舞台に連れられた当の本人はといえば、猿ぐつわを噛まされて、ムームーと必死の形相で唸っておりますね。会場に居合わせた皆さんを睨みつけるように見つめて、それはもう悔しそうな表情でございます。

メイドは会場における覆面着用の義務に感謝しました。そうでなければ、まず間違いなく先方に反応があったと思います。

ただでさえ目立っているエルフさんとドラゴンさんですから。

「こっちは千三百五十だ！」

「ならば千四百！　いいや、千五百っ！」

会場を訪れてからというもの、我々に対しては視線が引っ切りなしです。こうして人身売買を目撃した後ですと、その視線のいくらばかりかは、ダークエルフの彼女に向けられているものと変わりないように感じられます。

商品を見る目、とでも言うのでしょうか。

背筋が冷えるのを感じますね。

私も飲食店の娘ですから、男性からの視線は慣れております。

ただ、お店で感じるそれとは、一線を画した恐怖を覚えております。

「この件については、あの男に報告をしてから判断しよう」

「そ、それはタナカさんに、ということでしょうか？」

「ああ、これだけ入札額が上がっていれば、すぐにどうこうされるようなことはないだろう。あとで胴元に金を握らせて、競り落とした客を確認すればいい。それからでも対応は遅くないだろう」

「なるほど」

「あの者の自業自得、という面も多分にあるからな……」

「…………」

私もそのような気がしております。

そして、もし仮にお助けしたとしても、近い将来、似たようなことになるのではないかな、とまで考えてしまいました。タナカさんの言葉ではありませんが、あの方は生きるのが下手なのだと思います。

そうこうしているうちに、彼女の競りが終えられました。

「最高値、千六百五十でのご落札、誠にありがとうございます！　せっかくの機会ですので、本人から今の気持ちを伺ってみましょう。魔王に与して人類を滅ぼそうとしていたのは本当なのかどうなのか」

競売人の手により猿ぐつわが外されました。

地下オークションらしい悪趣味なサプライズですね。

応じる彼女の口からは、声も大きく弁明の言葉が漏れました。

「宿屋の主人に騙されたんだ！　わ、私は何もしていない、無実だっ！」

ただ、ダークエルフさんもダークエルフさんで、まるでブレておりません。全力で潔白を訴えておりますよ。

こうなると我々も、哀れみを向けたらいいのか、我関せずを貫いたらいいのか、判断が鈍るのを感じます。

『アイツ、嘘つきだな』

「そ、そう言ってやるな。このような状況だ」

『ふぁ？』

吸血鬼の方と同様、彼女は捨て台詞を残して去って行きました。

ついつい最後まで見送ってしまった我々でございます。

席を立つタイミングを逃してしまいましたね。

直後には競売人の司会進行に従い、次なる商品が私どもの見つめる先、舞台の上に運び込まれてまいりました。

吸血鬼の人やダークエルフさんに続いて、またも奴隷の競りのようでございます。

　しかも今度は人ですね。

　私と同じ混じりっけのない人です。

　やはり首輪にパンツ一丁という姿で、舞台の上に立たされております。

　艶のある黒髪が印象的な美女です。年齢は二十代も中頃ほどで、ダークエルフさんに負けず劣らず、非常に女性らしい身体付きの人物です。左右の手で胸と股間を隠していらっしゃいますが、前者に限ってはむしろ、腕で潰れた乳房が強調されております。

　そして、顔色はまっ青ですね。

　膝などガクガクと目に見えて震えています。

　今にも倒れてしまいそうな様相でございます。

　そうした彼女の姿を参加者たちは、舐めるような視線でジロジロと見つめております。特に男性の方々からの眼差しが凄いですね。顔立ちを確認するや否や、胸や股間を執拗《しつよう》に眺める様子は、果たして本人からどのように見えていることでしょう。

　なんてエッチな光景なのでしょうか。


　メイドは身体がゾクゾクと、危うい快感に震えるのを感じます。

「なっ……」

　直後、すぐお隣でエルフさんに反応がありました。

　驚愕の声を耳にして彼女を振り返ると、目を見開いて奴隷の女性を見つめております。

　まさかとは思いますが、またもお知り合いだったりするのでしょうか。少なくともメイドは面識のない相手となります。

『今度は何だよ？　さっさと魔石を買いに行くぞ』

「……き、北の大国の貴族だ」

『あぁ？』

「貴様も見ていただろう？　龍王と共に町を訪れていた者だ」

『あっ……』

　ドラゴンさんも何かに気付いたようですね。

　そのお口から呆けた声が漏れました。

　エルフさんの言葉に従えば、北の大国のお貴族様だそうです。

「はてさて、次のオークションはなんと貴族の奴隷です」

　彼女の判断を肯定するように、競売人の方が言いました。

　会場に詰めかけた参加者に向かい、嬉々として声をあげます。

「本人は北の大国の貴族だなんだと主張しております。身なりや教養から上等な家の出であることは間違いありません。吉と出るか凶と出るか、博打《ばくち》好きな方々に是非オススメさせて頂きます！」

　俄然、信憑性が湧いてまいりました。

　何をどうしたら北の大国のお貴族様が、大聖国で奴隷に堕ちてオークションに掛けられているのか。考え始めたら疑問は尽きません。と言いますか、疑問しかありません。むしろそういうご趣味なのかと疑いたくなるほどです。

「その証拠に処女！　なんとこの歳にして処女の美女でございます！」

　しかも股間の具合まで晒されて、なんかもう凄いですね。

　それで沸き立ってしまう会場もどうかと思います。

　同時にその事実を耳にして、安堵を覚えている自身に気付きました。


　何故ならば彼女は、こちらのメイドとお揃いなのです。あれくらいの年齢の女性であっても処女なのですから、私だってまだまだ全然大丈夫です。ええもう、なんら気にする必要はないのです。

　一方で参加者の間では、商品の価値を巡って吟味が始まりました。

「ふむ、処女か。それなら百までは出そう」

「少々歳がいっているからな、百十だ」

「女はこれくらいの歳がいいのだよ、百十三！」

「ならばこちらは百十四、どうだ？」

　前回までの競りと比較して、指値がガクッと下がりました。

　しかもかなり小刻みな伸び方ですね。

　女としてこれほど屈辱的な出来事はないと思います。事実、舞台に立った彼女のお顔は真っ赤でございます。

「どんな手違いがあったのかは知らんが、こ、これは無視できん！」

　一方で焦り始めたのがエルフさんです。

　あわあわと落ち着きをなくして、会場内に視線を巡らせ始めました。そうした彼女の挙動の変化に気付いて、表情を険しくした警備の人の眼差しが、メイドとしては気になって仕方がありません。

『おい待て、お金は魔石を買うために使うんじゃないのか？』

「あの者に何かあって、龍王の機嫌を損ねたらどうするのだ」

『でもここは私たちの町じゃない！　ぜんぜん関係ない！』

「あの龍王を相手に、そのような道理が通じると思うのか？」

『ぐっ、ぐるるるる……』

続けられたエルフさんのお言葉には説得力があります。ドラゴンさんも黙る他にありません。

なんたって先方は、過去の怨恨の八つ当たりから攻めてきたほどです。

龍王様に対する牽制という意味では、ここで恩を売っておいた方が、費用対効果的に見ても価値がありそうな気がします。百と少しくらいであれば、メイドも町のお財布をやりくりして捻出できないことはありません。

「そ、そうだっ！」


エルフさんが何か閃《ひらめ》かれたようでございます。

ハッとした面持ちで呟かれました。

「ちょっと出掛けてくる、貴様らはここで待っていてくれ！」

『待て！　それなら私も一緒に行くぞ！』

「あの、で、できれば私もご一緒させて頂けたらっ……」

こんな危ない場所に放置されては堪りません。

翌日、舞台の上で首輪を嵌められた上、パンツ一丁に剥かれているのは、こちらのメイドかもしれません。この身にそこまでの価値があるかどうかはさておいて、そうした恐怖を払拭することは、なかなか難しい行いでございます。

「よ、よし。それでは皆で外に出るとしよう！」

エルフさんの指示に従い、我々は地下オークションを後にしました。

＊

【ソフィアちゃん視点】

大聖国で地下オークションに参加していたのも束の間

のこと。

我々はニップル王国のお城にやって参りました。移動はエルフさんの空間魔法のお世話になってのことです。

理由は定かでありませんが、どうやら彼女はニップル殿下にご用があるみたいです。正門前に立った門番の方々に、急ぎで彼女との面会希望を伝えたところ、あれよあれよという間に、王城内に所在する私室まで通される運びとなりました。

我々のような部外者が、王族の方々のお部屋に足を運んでよろしいものなのか、疑問に思わないでもありません。ただ、ご案内をして下さったのがニップル国王とあっては、その行いに異を唱えることもできませんでした。

「い、いきなり尋ねてきて、何の用件だ!?」

私どもを迎え入れた殿下は、どことなく頬が上気しておられますね。

しっとりと汗に湿った髪の毛が、おでこに張り付いています。

室内で運動でもされていたのでしょうか。

それとなく視線を移ろわせると、ベッドの上に何故かお野菜がいくつか。主に棒状の根菜ですね。枕の下からちょこっと顔を覗かせております。実家の飲食店でも日常的に利用している一般的な品ですよ。

「悪いが貴殿の力をお借りしたい」

「えっ……？」

エルフさんからのお願いを受けて、先方は困った顔です。

それはそうでしょう。

なんたってエルフさんです。

お一人で魔王様すら封印してしまうようなお方です。

しかもすぐ隣にはドラゴンさんも同行しておられますから、もしも私が同じ立場にあったのなら、何がどうしたと、それはもう慌てたことでしょう。というか、現時点で既に何がどうしたのか、疑問が止めどありません。

「貴殿に召喚魔法を行使して頂きたい」

「ちょ、ちょっと待てよ。それってまさか……」

「ああいや、勘違いしないで欲しい。むしろ逆だ。いつぞや相見《あいまみ》えた北の大国の貴族が、とある事情で大変な状況にある。もしも上手いこと事を運べたのなら、我々のみならず貴殿らにとっても、旨味のある話だと思って足を運ばせて頂いた」

「……そうなの？」

「うむ。突然のことで申し訳ないが、そうなのだ」

場所は殿下の私室、廊下に通じるドア付近での問答となります。

恐れながら立ち話でございますね。

背後にはニップル国王のお姿も見受けられまして、メイドとしては心臓がバクバクと鳴っております。エルフさんやドラゴンさんの振る舞っていらっしゃるところ、ちょっと友人の自宅を訪れた感が、私には理解できません。

いいえ、私の考え過ぎかもではあるのですが。

「そういうことなら、と、とりあえず入ってくれよ」

「急に押しかけるような真似をして申し訳ない」

ニップル殿下に促されて、我々は彼女のお部屋にお邪魔します。

王族の方々の居室を拝見するのは初めての経験です。

観劇の舞台道具で眺めるような、レトロな雰囲気が全体的に漂っておりますね。寝台一つとっても、かなり年季が入って感じられます。広さも結構なものです。恐らく現在ほど経済が困窮する以前に、建てられた居室なのだと思います。

金目の物、といった意味合いでは、めぼしい物は見られません。

豪華さという観点では、エステル様のご実家と比べて見劣りします。

そんな不思議な雰囲気のお部屋です。

なんというか、妖精さんとか住んでいそうな感じですね。

『なぁ、なんで布団の上に野菜があるんだ？』

「っ……」

お部屋に入ってすぐ、ドラゴンさんが仰いました。

キョロキョロと物珍しそうに、お部屋の様子を窺っていた彼女です。自ずとベッドの上、枕の下からちょこんと顔を出した野菜に気付いたようですね。先程からメイドも気になっておりましたので。

「な、なんでもない！　なんでもないからっ！」

『オマエのところの畑で取れた野菜か？』

「ちょっ……」

トコトコとベッドに歩み寄ったドラゴンさん。

腕を伸ばして、野菜を手に取りました。

眉間を容れず、眉間にニョッとシワが寄りました。

鼻をピクピクとさせながら、右を見て、左を見て、最終的に彼女の視線が落ち着いたのは、自らの手の内でございます。掴み上げた野菜を鼻先に近づけて、クンクンと匂いを嗅ぎ始めました。

『なんかこれ、臭くないか？』

「新鮮！　とっても新鮮なんだよっ！」

『わかった、これは畑の栄養だな！　栄養、臭いもんなっ！』

「そ、そうそう！　そうなんだってば！」

寝床に根菜。

畑の肥料の香り。

焦り続けている王女殿下。

「…………」

申し訳ありません、ニップル殿下。

メイドは察してしまいました。

自身も身に覚えのある行いが故、同じ女という性が示すところ、どうしても気付いてしまった次第にございます。ただし、利用していた穴については、殿下の方が些か難易度の高い挑戦であったと、自己弁明したく存じます。

まさかとは思いますが、タナカさんの影響だったりするのでしょうか。

「王子よ、わ、悪いが私は他に仕事があるので、この場は頼んだぞ」

「ち、父上っ……」

色々と察した面持ちで、王様がお部屋を出ていかれました。

顔を真っ赤にして応じる娘さんの気持ちや如何に。

ご両名の今後の関係の為にも、メイドは黙っておくとしましょう。

意味があるか否かは怪しいところですが。

あと、ドラゴンさんのお手々はしばらく触りたくありませんね。

どうにかして自然な流れで、彼女に手洗いを促せないものでしょうか。

「しょ、召喚！　召喚すればいいんだろ⁉　あの貴族をっ！」

ヤケクソ気味に殿下が仰いました。

足元に魔法陣がブォンと浮かび上がります。

召喚魔法を目撃するのは初めての経験です。過去にはタナカさんを呼び出したと話には聞いておりました。現在はその可能性もなくなったと説明を受けておりますが、詳しい話はよく分かりませんね。

「うむ、も、申し訳ないがどうか頼みたい……」

「違うのが呼ばれてきても、僕は知らないからなっ！」

彼女の視線が見つめる先、ベッドの上にも魔法陣が生まれました。

多分ですけれど、そちらに召喚されますよ、ということなのでしょう。エルフさんを筆頭にして、居合わせた皆さんの注目も、シーツの上に描かれたそれに移りました。ドラゴンさんも手にした野菜をベッドの縁に置いて注目です。

「こいっ！」

続けざま発せられた殿下の声に応じて、魔法陣が輝きを増しました。

眩《まばゆ》い光が目の前を真っ白に染めます。

目を細めた我々の面前、シーツの上に人の姿が像を結んでいきます。


やがて、ドスッという音と共にベッドが軋みを上げました。

「っ……」

人です、人がどこからともなく現れましたよ。

エルフさんの空間魔法を彷彿とさせる光景ではありません。早々に収まりをみせた輝きの先、そこには大聖国の地下オークションでお姿を確認した、北の大国の貴族だという女性の姿がございました。

それも全裸です。

パンツや首輪さえ失われています。

直立姿勢で現れた彼女は、シーツの上に両足を着きました。

そして、すぐにバランスを崩されました。

予期せぬ浮遊感を受けてでしょう。

私も空間魔法のご厄介になり始めた当初は、その感覚に何度かガクッとなっておりました。膝を突いたことも度々。殿下がご自身のベッドの上に対象を呼び出したのも、そうした点に対する気遣いと思われます。

ただ、今回はそれが致命的でございました。

彼女が現れた直後、ベッドのクッション部分が凹みました。

お貴族様の足元に向かい、シーツに大きな傾斜が生まれました。

これに応じて、ドラゴンさんが手放した野菜がコロコロと。凹みを見せたお貴族様の足元に向かい転がっていきます。

時を同じくして、バランスを崩されたのが彼女の身体でございます。足元も危うくあって、そのままお尻からベッドの上に腰を落としました。そこへ狙いすましたように、お野菜が転がりゆくからどうしたことか。

棒状の根菜、その尖った先端部分が彼女のお尻を直撃しました。

「ひぎぃぃぃぃぃぃぃぃっ！」

大きな悲鳴が彼女の口から発せられました。

どうやら刺さってしまったようでございます。

直後に飛び上がり、両手で股間を庇うように背を丸められました。

ええ、刺さっておりますね。見事に入り込んでしまっております。

しかもお尻ではなく、前の方です。


メイドの処女仲間が、目の前で処女を散らしてしまいましたよ。

お相手は根菜でございました。

「ぼ、僕のせいじゃないっ……！　僕のせいじゃないぞっ⁉」

「…………」

『…………』

これには皆さん、呆然でございます。

それでも幸いであった点があるとすれば、彼女の首に嵌《は》められていた首輪が、いつの間にやら消失していたことでしょうか。なんでも召喚魔法でお呼ばれすると、身につけているものが一切合切、剥ぎ取られてしまうのだそうです。

前にタナカさんが仰っていたとおりでございますね。

＊

【ソフィアちゃん視点】

事後、北の大国のお貴族様に対する事情説明は、混迷を極めました。

なにより本人が混乱されており、一時は殴り合いの喧嘩に発展するかと思われたほどです。しかし、我々が大聖国を訪れていたこと、そこで地下オークションに参加していたことをお伝えすると、聞く耳を持って頂けました。

危ういところをお助けしたのは事実です。

些か着地点に難はございましたが、その事実は揺らぎません。

おかげで状況を把握して頂くことができました。

「一応、お礼をさせて頂きます。ありがとうございました」

踏んだり蹴ったりな状況でも、素直にお礼を口にしてみせる姿に、メイドは器の大きさを感じました。何故ならば彼女はお貴族様でございます。平民である我々に対して、当たり散らしても不思議ではありません。

そういった意味では、誠実な人柄の人物なのでしょう。

ところで当初、我々は目の前の人物が、龍王様と共にドラゴンシティを訪れた全身鎧の人物だと考えておりました。ですがそれは別人で、彼女の妹であるスペンサー子爵とのこと。瓜二つの姉妹がいらっしゃるようです。

エルフさんが見間違えるほどですから、かなり似ていることでしょう。

処女を失ったのは、スペンサー子爵ではなく、スペンサー伯爵とのことでした。

「その、す、すまなかったな。こちらの段取り不足だった」

「…………」

もうそのことは言ってくれるな、と言わんばかりの眼差しが、スペンサー伯爵からエルフさんに向けられました。こういったときに人一倍、ビクビクとされてしまう小心者な後者の姿に、メイドは同族意識を感じてなりません。

ちなみに全裸で呼び出された伯爵は、ニップル殿下がご用意された大きめのタオルで身体を包んでおります。表立っては第一王子なる立場を取っている殿下ですから、まさか女物の下着や衣服が出てくることはありませんでした。

現在は王宮の方々が、大急ぎでお召し物をご用意されています。

顔色は相変わらずまっ青で、手足には先程まで見られなかった発疹まで確認できます。殿下が差し出したタオルを受け取った際には、再三に渡って洗濯済みか否かを確認されていました。どうやら潔癖のきらいがあるようです。

飲食店で働いていると、たまにそういう人を見ますね。ただ、彼女ほど顕著な方はなかなか来店されません。

「こ、このようなことを本人に尋ねるのはどうかとも思うが、どうして大聖国の地下オークションで、身柄を競りに掛けられていたのだ？　差し支えなければ、理由を伺いたいと思うのだが……」

エルフさんが話題を変えに向かいました。

ゴホンと咳払《せきばら》いを一つしてのことです。

すると存外のこと、先方からは素直な反応がありました。

「不覚にも大聖国の手の者に、薬を盛られてしまいました」

「それはまさか、大国の使者として訪れた先で、ということか？」

「私が考えていた以上に、祖国の威光は衰えているようです」

「……そ、そうだったのか」

北の大国の使者に薬を盛るとは、聖女様が不在の現在の大聖国は、我々が想像していた以上に危うい場所となっておりますね。このまま放っておいたら、勝手に自滅してしまいそうな雰囲気が感じられます。

もしくは代表が失われて、自暴自棄になっているのでしょうか。

その可能性は決して低くはないように思います。

「更に言えば、私は現場で貴方たちの知り合いを見ました」

「な、なんだと？」

「以前、南部諸国の統一に向けた会議で、やたらとタナカ伯爵を心配していた娘です。年頃はそこのメイドよりもいくらか幼く、ブロンドの髪をしていました。現地では平民の装いをしていましたが、当時は貴族の恰好をしていたと記憶しています」

伯爵のお言葉にメイドはピンと来ました。

それはまさか、エステル様ではございませんか。

「それってもしかして、エ、エステル様ではありませんか⁉」

「うむ、たしかにそのようではあるが……」

他に同じくらいの年齢でブロンドとなりますと、該当するのは縦ロール様です。しかし、彼女は非常に特徴的な外見をされていますから、対象が彼女であるのなら、もう少しそれっぽい証言が出てくると思います。

メイドの発言を受けて、ニップル殿下からもお声が上がりました。

「おいおい、それってまさかフィッツクラレンス家の一人娘じゃあ……」

「現場で見た、というのはどういうことだろうか？」

「私と同じように囚われていました。ただ、私がオークション会場に連れられていくのと入れ違いでやってきたので、チラリと眺めた限りです。憲兵と思しき男たちに連れられて、賑やかにしていたことを覚えています」

たしかにここしばらく、エステル様は町を留守にされていました。

タナカさんが首都カリスに向かわれる数日前からです。

ご本人はフィッツクラレンス公爵にお呼ばれしたと言っておられました。出かける間際にお声掛けを頂いたので間違いありません。しかし、それがどうして大聖国にいらっしゃるのでしょうか。しかも憲兵に囚われているとは、大変なことです。

『おい、エルフ。さっさとあの国に戻るぞ！』

「ちょっと待て、今は魔石をどうこうしている場合では……」

『違う、あのニンゲンを取り戻しに行くんだ』

エルフさんに向かい、ドラゴンさんが声も大きく言いました。

そのお言葉を耳にして、メイドは心が温かくなるのを感じます。

『だってアイツは、私の町のニンゲンだからな！』

「っ……そ、そうだな！」

なにかとご自身の役柄にこだわりを見せる彼女の姿を眺めていると、タナカさんがドラゴンさんに町長という立場を与えたのは、これ以上ない選択であったと感じます。エルフさんも嬉しそうな面持ちでございますよ。

「そういうことであれば。私が現場まで案内をしましょう」

「う、うむ、どうか頼みたい」

「代わりにそれで、今回は貸し借りなしとさせて下さい」

「承知した」

直後にはスペンサー伯爵から頼もしいお言葉を頂戴しました。

実際に囚われていた方のご案内とあらば、間違いはないでしょう。オークション会場で羞恥的なお姿を晒していた経緯を思えば、彼女が我々を騙している、といった可能性もそこまで考慮せずともよろしいのではないかと。

『よし！　それじゃあエルフ、魔法だ！　空間魔法！』

「ちょっと待て、せめてこの者の服が届くまでは落ち着け」

北の大国のお貴族様ばかりではなく、エステル様まで手中に収めているとは、現在の大聖国の上に立たれている方は、どれだけ危うい人物なのでしょうか。正直、メイドは恐ろしくてなりません。

ですが、今回ばかりは躊躇もございません。

エステル様の危機とあらば、どこまでもご一緒させて頂きます。

＊

精霊王様の案内に従い、ブサメンは大聖国の空を飛行魔法で急ぐ。

最終的に辿り着いた先は、聖女様のお屋敷だった。

「こちらにエステルさんが囚われているのですか？」

「精霊たちはそう言ってるよ？」

「……なるほど」

つい先日にはスペンサー伯爵が出入りしていた界隈だ。このタイミングでタナカ伯爵の身内が囚われたとなると、既に大聖国は彼女の支配下にあると考えて差し支えないだろう。相変わらず手の早い人物ではなかろうか。

リチャードさんが女傑だなんだと言っていたのも納得である。

「どのあたりにいるか、判断できますでしょうか？」

「あー、うん。地面の下だねー。大地の精霊がピチピチしてる」

「……ピチピチですか」

そうなると以前にも訪れた地下牢が怪しい。

スペンサー伯爵は頭の切れる人物なので、すぐにエステルちゃんをどうこうするような真似はしないだろう。その点だけが今は救いである。彼女に危害を加えたところで、先方が得られるものは何もない。

それでも不安なものは不安なので、ブサメンは足を急がせることにした。

この際だし、真正面から突撃してしまおう。

エステルちゃんが囚われたのなら、もはや身を隠す必要もない。

「申し訳ありませんが、案内をお願いしてもよろしいでしょうか？」

「いいよー？　でもでも、君は私にちゃんと付いて来れるかなぁ？」

「飛行魔法の腕前には、これでも多少の自負がございまして」

軽口を叩いたのも束の間、精霊王様がお屋敷に向かい飛び出した。

その背中を追いかけてブサメンも空を飛ぶ。

自ずと視界に飛び込んできたのは、彼女のスカート下の風景。

ノーパンツ、ノーガード。

自明の理である。

息子思いな父はベストポジションでこれに喰らいつく。


ロリビッチの為、一分一秒でも早く、辿り着くように。

当然ながら敷地内からは反応があった。警備に立っていたと思しき憲兵たちが、途端に賑やかになる。なかには我々に向かい矢や攻撃魔法を放ってくる者もいた。これらを回避しつつ、中庭から外廊下を経て、宅内に入り込んだ。

お屋敷の内観は覚えのあるものだ。

しかし、間取りを把握しているほどではない。

屋内であっても飛行を継続するスピード狂の精霊王様。彼女の案内に従い、ブサメンも肝を冷やしながら廊下を飛んでいく。壁に沿って並んだ居室のドアが、凄まじい勢いで前から後ろに流れていくぞ。

途中では我々の行く手を阻むように、武装した人たちが現れた。しかし、誰も彼も先行する精霊王様によって跳ね飛ばされていく。飛行魔法の行使により、副次的に発生する目に見えない障壁。これに当たり飛ばされていった。

立て続けに上がる悲鳴はどれも先方のものである。

そして、宅内を飛び進むことしばらく。

ブサメンも目に覚えのある光景が見えてきた。

いつぞや聖女様によって囚われたエディタ先生を捜して、応接室の隠し通路から訪れた地下牢の界隈だ。今回はそれを正規のルートから目指した形である。地上フロアから階下に向かう階段が見えてきたのだ。

これと前後して、前方を進んでいたパイパンが急停止。あわや童貞は無毛の丘に顔を突っ込みそうになった。

宙に浮かんでいた身体を降ろして、精霊王様がこちらを振り返る。

「目的地はこの先だけど、どーするの？」

「人質に取られては面倒なので、隙を突いて強襲しようかと」

「そーだね。私もそれがいいと思うな」

出入り口に立っていた見張り数名は、出会い頭に飛行魔法の障壁でノックアウト。少し離れた場所でグッタリとしている。お屋敷の中は騒ぎになっているが、ここへ至るまでにも散々引っ掻き回した為か、追手が来るまでには少し時間がありそうだ。

その猶予を利用して、地下に延びる階段を駆け下りる。

ここから先はブサメンが先頭に立って進むことに。

飛行魔法を駆使して足音を殺しつつ、階段を三段抜かしで下りる。

「君ってば、随分と器用に魔法を使うねぇ」

「すみません、しばらく静かにして頂けたらと」

「はぁーい」

地下フロアに下りると、まず目に入ったのは四方を囲む石畳。そして、その間に一定の間隔で設けられた牢屋の格子。以前に訪れた際、魔王様の復活と併せて、一部が崩落していたと思うのだが、そちらについては既に修繕がなされていた。

人目がないことを確認して、我々は奥に向かい足を進める。

牢内にはちらほらと囚人の姿が見受けられた。

誰もぐったりとしており、こちらにほとんど興味を示さない。

なんか違和感を覚えるな。

まあいいや、それよりも優先すべきはエステルちゃんの捜索だ。

足早に先へ進む。

ややあって通路の脇に、金属製の重々しいドアが現れた。

なんだろう、疑問に思ったところで精霊王様から声が上がった。

「この中だよ？　あ、私は喋っちゃ駄目なんだっけ？」

「申し訳ありません。ご助言とても助かります」

そういうことならと、醤油顔はドアが設置された壁に向かい、ストーンウォールを行使する。凸ではなく凹として扱えば、この手の壁にのぞき穴を設けることは朝飯前である。過去にはそれで痛い目を見たり、少しウルッとしたりした。

あと、精霊王様が細かなところでいちいちネチっこい。

「いーなー、私もそれしよーっと」

ブサメンのすぐ隣で、彼女も同様にのぞき穴を設置。

二人で横並びになり、鉄扉の向こう側の様子を窺うことに。

すると視界に飛び込んできたのは、まさに我々の捜していた人物。

エステルちゃん、発見である。

天井から下げられたロープにより、両手首を括《くく》られていた。足には金属製の枷が嵌められており、その先には重そうな金属の塊が繋げられている。更に首には金属製の輪っかが取り付けられていた。

そういえば以前にもエステルちゃんは、パパさんから似たような輪っかを付けられていた。サキュバス騒動の発端となった一件だ。あれと同じように、魔力を封じるような道具なのではなかろうか。そうでなければ、彼女が大人しくしている筈がない。

デザインは記憶にあるモノと比較して、幾分か厳《いか》ついけれど。

また、ロープにより吊られた手には、左右共に赤いものが付着している。目を凝らしてみても、怪我をしている様子は見られない。返り血だろうか。衣服にもこれといって乱れは確認できない。ブサメンが選ばせて頂いた平民の装いだ。

「…………」

いずれにせよ、まずはエステルちゃんが存命であった事実にホッと一息。

最悪の状況を回避したことで、ブサメンは胸を撫で下ろした。

ただし、室内の景観を確認しては、安穏ともしていられない。

どうやらこちらのお部屋は、拷問に利用されているようだ。室内にはその手の行為に利用すると思しき、恐ろしい道具が随所に見受けられる。分厚い鉄扉についても、悲鳴が外に漏れるのを防ぐ為のものだろう。

そして、室内には彼女の他にも人の姿が見られる。

憲兵と思しき男性が二人、エステルちゃんのすぐ傍らに立っていた。

ブサメンは壁に追加で小さな穴をいくつか開ける。

これで室内のやり取りが、多少なりとも聞こえるようになった。

のぞき穴から見える光景と併せて、醤油顔は聞き耳を立てる。

「他にも男の仲間がいるんだろ？　さっさと喋っちまえよ」「ここにある道具、どれも実際に使われてきたものだからな？」「そうそう、痛い目を見たくなかったら、素直になりなって」「俺たちだって拷問とかしたくないんだから」

「黙りなさい。何をされようとも無意味よ」

男たちを睨みつけて、ツンケンと応えるロリビッチ。

鋭い眼差しは出会って間もない頃を彷彿とさせる。

「そうなったら今度は、指先どころじゃ済まないから」「見ての通り、俺の回復魔法ってば大したもんでしょ？　次は遠慮なんてしないよ？」「ここの床が君の手やら足やらで埋め尽くされるまで、やってもいいいんだけど」

「彼のことを売るくらいなら、し、死んだほうがマシよ！」

「まったく強情な娘さんだねぇ」「この子、本当に平民か？　前に潰した貴族を思い出すんだけど」「言われてみると、このくらいの年頃で潰しが効かないとか、滅多にないよな」「お嬢ちゃん、そこのところどうなの？」

「この程度のこと、彼の受けた痛みに比べたら屁でもないわね。御託を並べていないで、殺すのならさっさと殺せばいいじゃない。私は地獄の底で彼を思い続けるわ！　そう、永遠に思い続けるのだからっ！」

エステルちゃんに言い寄る男二人。

そのやり取りに不穏な響きを確認して、ブサメンは焦りを覚えた。自ずと視線は部屋の床に向かう。すると吊るされた彼女の足元に、何やら妙なものが散らばっていた。よくよく見てみると、人の指先ではなかろうか。

合計で十個。

潰れているものや、爪と肉の間に針が刺さっているものまで確認できる。

ブサメンは彼女の両手だけが血に濡れている理由を理解した。

それは既にこちらのお部屋で、ワンクール終えられた跡なのだ。

「おい、なんかもう面倒だし、このままヤッちまおうぜ？」「そ、そうだな！　他のヤツらにバレて、上に取り上げられたら最悪だし」「ちょっとそこにあるハサミを取ってくれ。服を脱がしちまおう」「あぁ、分かった」

「っ……ちょ、ちょっと待ちさない！　この服はっ……！」

様子を見つつ隙を窺って、なんてことは言っていられない。

既に遅刻していた醤油顔である。

のぞき穴から顔を離すと共に、大慌てで金属製のドアに向かう。

「あれぇー？　どーしたのー？」

「すみません、予定を変更して突入します」

精霊王様にひと声掛けて、ブサメンは扉を力いっぱい蹴りつけた。

かなり頑丈そうな造りをしていた為、蹴り破ることができるかどうか不安を覚えていたのだけれど、ドアは一発で蝶番《ちょうつがい》から外れた。足の裏でガツンとやったところ、そのまま真正面に飛んでいき、対面の壁に当たり、大きな音を立てて石畳に落ちた。

レベルアップに伴うＳＴＲ値の上昇が効いているのだろう。

「な、なんだっ!?」

「誰だっ！」

室内に居合わせた皆々の視線が、一斉に出入り口に向けられた。

まさかエステルちゃんを人質に取られては堪らない。

飛行魔法により加速したブサメンは足を浮かせて、彼女の下に向かい一直線。すぐ傍らに立っていた男たちに対して、ダブルラリアットをお見舞いである。首に当てると殺しかねないので、胸元を狙って腕を左右に大きく伸ばす。

彼らには色々と聞きたいことがあるのだ。

すると先方は回避を諦めたようで、身構えて守りに入った。身につけた鎧も手伝い、そこまでのダメージを受けることはないと判断したのだろう。お互いのレベル差を確信していなければ、むしろ攻める側が躊躇する状況なのは間違いない。

これに構わず醤油顔の腕がヒット。

両名は共に勢いよく身体を飛ばせて、部屋の壁に激突した。

直撃を受けた胸元には、金属製の胸当てに凹みが見られる。

ただし、絶命にまでは至っていない。

床に落ちて以後、どちらとも呻き声が聞こえ始めた。共に倒れたまま、手足をピクピクと震わせる様子から、しばらくは放っておいても大丈夫だと判断。憲兵の男たちはさておいて、ブサメンはエステルちゃんにお声掛け。

「エステルさん、遅くなってしまい申し訳ありませんでした」

「ど、どうして貴方がここにっ……」

「精霊王様と精霊たちの協力を得て、こちらの場所が特定できました」

「はぁーい、精霊王でーす！　そちらの君は前にも見た顔だねー！」

顔の横に両手を掲げて、指をピロピロとしてみせる精霊王様。

まるでアイドルの舞台挨拶か何かのようだ。

彼女に構うことはなく、醤油顔は小さめのファイアボールを呼び出した。これを利用して天井から彼女の手首に伸びていたロープを中程で焼き切る。今まで上げっぱなしになっていた両腕がスッと脇に降りてきた。

併せて回復魔法を行使させて頂く。

見たところ外傷はないが、念の為に最大出力。

「……まさか、私のことを助けに来てくれたの？」

「そんなの当然ではありませんか」

「っ……」

ブサメンが素直にお伝えすると、彼女は嬉しそうな、それでいて申し訳なさそうな表情になった。泣き笑いとでも称すればいいのか、なかなか複雑な面持ちである。続く言葉も口を開きかけたところで、声にならず呑み込まれてしまった。

拷問、めっちゃ痛かったんじゃなかろうか。

だって指、落ちてるもの。

針とか刺さってるし、潰れてるのもある。

よくよく見てみると爪が剥がされているのもある。

こうなるとブサメンも、申し訳なさが胸の内から溢れてくる。リチャードさんから提案があったとはいえ、こちらの仕事に付き合わなければ、このような場所に拘束されることもなかっただろう。

「辛い思いをさせてしまい、本当に申し訳ありません」

「べ、別に大したことなかったわ！」

兎にも角にも謝ろう。深々と頭を下げて謝罪の言葉を口にする。

すると何気ないふうを装い、一歩を踏み出したエステルちゃん。

足元に落ちていた自らの指先を足で隠した。

「むしろ私の方こそ、足を引っ張ってしまってごめんなさい。貴方の都合を大きく狂わせてしまったことでしょう。遠くから人の怒鳴るような声が聞こえているの、多分、そういうことなのよね？」

そうかと思えば、上目遣いで申し訳なさそうに言う。

いくら何でも、そんなのイイ女過ぎるでしょ。

ロリビッチのそういうところ、ブサメンは感動を通り越して辛いんだけど。

「気になさらないで下さい。エステルさんの無事には替えられません」

「っ……そ、そういうこと、気軽に口にするのは良くないわよ？」

北の大国が後ろに付いているとあらば、いずれにせよ騒動は避けられない。それが少しだけ早まっただけのことだ。いっそこのまま本丸に突撃してしまってはどうだろう。陛下の私兵を待っていては後手に回りかねない。

「ところでエステルさん、お身体は大丈夫でしょうか？」

「ええ、貴方の回復魔法のおかげで、とても具合がいいわ！」

それから彼女より、地下牢を訪れるまでの経緯について説明を受けた。

ブサメンが考えていたとおり、宿屋で暇を持て余したエステルちゃんは、日が沈んでからも調査に出かけていたそうだ。そうして足を運んだ繁華街でのこと、情報屋と名乗る女性と接触。食事に誘われた直後に意識を失ったのだという。

気付いたらこの地下牢に入れられていたそうだ。

恐らく我々の動きは先方に知られていたのだろう。その女性とやらが大聖国側の人物であったことは間違いない。足を運んだ飲食店もグルだったのだろう。結果的にこうしてお持ち帰りされてしまったようである。

「本当にすみません、私が当初からもっと気をつけていれば……」

「ち、違うわ！　私が迂闊《うかつ》だったのが悪いのだからっ！」

とりあえず、首の輪っかと足枷をどうにかしたい。

後者は力任せに引きちぎることも、やってやれないことはないと思う。鉄扉を蹴り破った後ということもあって、その手の力仕事に妙な自信が湧いてくる。ただし、前者については強引に片付けてもいいものなのか。

力任せにどうにかしようとしたら、よくない反応とか起こりそう。

こういうとき、エディタ先生が一緒だと嬉しいのだけれど。

なんてことを考えたからだろうか。

『こっちだ！　こっちの方から音が聞こえてきた！』

「お、おい待て！　どのような相手か分からないのだぞっ!?」

ふと耳に覚えのある声が聞こえてきた。

エステルちゃんにも聞こえたようだ。

精霊王様も然り。

自ずと我々の意識はドアの外、廊下に向けられた。

すると顔を覗かせたのは、想定した通りの人物、プラスアルファ。

我先にと部屋に突撃してきたのがロリゴン。これを追いかけてエディタ先生。その後に続く形で、鳥さんを抱っこしたソフィアちゃんとニップル殿下。更にはどうしたことか、スペンサー伯爵の姿までみられるからビックリだ。

どうして伯爵が彼女たちと一緒にいるのだろう。

エステルちゃんの件もあって、咄嗟に身構えそうになった。

『え、なんでオマエが一緒なんだ？』

「まさか、き、貴様も囚われていたのか？」

こちらの姿を目の当たりにして、ロリゴンと先生から声が上がった。

ブサメンが居たら駄目だったのだろうか。ソフィアちゃんやニップル殿下、スペンサー伯爵からも驚きの眼差しを感じる。どうやら同所に迎えた自身の存在は、彼女たちにとって想定外であったようだ。

「皆さんお揃いで、どうされました？」

「そ、その者が囚われていると聞いてやって来た！」

エディタ先生がエステルちゃんを視線で示して言った。

すぐ隣ではソフィアちゃんがウンウンと頷いている。

「ご存知だったのですか？」

「うむ、この者からそのような話を受けた」

次いで先生が見つめたのは、スペンサー伯爵だ。

いやいや、それはおかしいでしょう。

どうして彼女が我々に味方するような真似をするのか。伯爵こそエステルちゃんを攫《さら》った犯人にして、ブサメンをここまで誘い出した黒幕、というのが醤油顔の見解である。それが何故、先生たちと一緒に行動しているのだろう。

なんかもう色々とこんがらがってきたぞ。

すると直後、立て続けに覚えのある声が聞こえてきた。

「おい！　これは何の騒ぎだっ!?」

いくつも連なった足音が、我々のいる部屋の前で止まった。


廊下から姿を現したのは、抜き身の剣を手にした女騎士だ。

傍らにはローブ姿の、魔法使いと思しき女性が杖を片手に並ぶ。

あぁ、なんでだろう。

メルセデスちゃんと、彼女の肉便器のトトちゃんだ。

しかも彼女たちが部屋に足を踏み入れるのに応じて、その周囲を守るかのように、数名からなる憲兵がぞろぞろと入り込んできた。手にした剣をこちらに向かい構えた姿は、二人の護衛以外の何者にも見えない。

「むっ……どうしてオマエたちがここにいる？」

「それはこちらの台詞ですよ、メルセデスさん」

お互いに見知った顔を目の当たりにして身体が硬直する。

これで場所がドラゴンシティの町長宅なら、そういうこともあっただろう。しかし、こちらは大聖国に設けられた元聖女様のお屋敷である。たしかに最近、メルセデスちゃんのことは見ていなかったけれどさ。

っていうか、ロイヤルビッチと一緒に王宮にいるものだとばかり。

「こ、この者だ！　私に辱《はずかし》めを与えたのはっ！」

間髪を容れず、スペンサー伯爵が声を上げた。

その視線は近衛レズを凝視している。

般若《はんにゃ》が如き形相となり、忌々《いまいま》しげに睨んでいる。

どうして伯爵がメルセデスちゃんにセクハラを受けているのよ。

具体的にドコをナニされたのか知りたい欲求に駆られる。

そうこうしていると、今度は部屋の隅の方から声が上がった。

「た、助けて下さい、尊師！　この平たい黄色がいきなりっ……」

「尊師様！　この男がいきなり入り込んできたのです！　賊です！」

先程ブサメンのラリアットで撃沈した憲兵たちである。どうやら意識を取り戻したようだ。ただし、ダメージは依然として残っているのだろう。床に腰を落ち着けたまま、胸部を庇うようにしゃがみこんでいる。

苦痛に歪んだ面持ちや、大きく凹んだ鎧の具合から察するに、既に戦意は喪失しているものと思われる。声こそ上がったものの、立ち上がる素振りは見られない。その眼差しはメルセデスちゃんを縋るように見つめているぞ。

しかも二人揃って、彼女のことを尊師呼ばわりだ。

一方で近衛レズの視線は、エステルちゃんの足に嵌められた足枷に向かった。

「オマエたち、まさかとは思うが、また拷問か？」

「そ、それはっ……」

「女は快楽で躾《しつ》けろと、何度言ったら分かるんだっ！」

なんだかよく分からないけれど、分かったような気がした。

これたぶん、あれもそれもこれも、メルセデスちゃんが黒幕だわ。

＊

場所は変わらず、聖女様のご自宅の地下に設けられた地下牢でのこと。

その一角に所在する拷問ルームで我々は向き合っている。

　ただし、メルセデスちゃんと共に詰めかけた憲兵や、エステルちゃんに酷いことをしていた男性二人にはご退出を頂いた。もしもブサメンの想像が正しいとしたのなら、これからのやり取りは、大聖国の人たちに見聞きさせたくない。

　ちなみに後者は近衛レズの指示で、即座に牢屋入りを果たした。

「メルセデスさん、もしや貴方は……」

「まあ待て。オマエの言いたいことは分かる。理解している」

「本当でしょうか？」

　改めて問い掛けたブサメンに対して、先制する近衛レズ。

　多分に焦りの見受けられる表情からは、疚《やま》しい事実関係が窺えた。事実、その膝はガタガタと小刻みに震え始めているぞ。すぐ隣では肉便器ちゃんが切なそうな眼差しで、彼女のことを見つめていらっしゃる。

「私にフィッツクラレンス子爵をどうこうする意思はない！」

「そのようなことは言われずとも存じております」

「私は何度も周知したのだ！　痛みよりも快楽を与えろとっ！」

「…………」

　そういうことを聞いているんじゃないんだな。

　しかしなんだ、むしろ安心する受け答えではある。

「だが、以前からの習慣なのか、あの者たちは拷問ばかりっ……」

「単刀直入に伺いますが、尊師とはどういうことですか？」

「……そ、それは、だな」

　強きを助け、弱きを挫く。そんな小物極まるレズビアンナイトが、エステルちゃんに反旗を翻すような真似をする筈がない。むしろ、積極的に胡麻を擂《す》って、セクハラに及ぶこと度々のご関係である。

　ロリビッチに対する手酷い扱いは、先程居合わせた憲兵二人の独断専行だろう。本人たちも上にバレる前にヤリたいだの何だのと言っていた。相手がメルセデスちゃんだとしたら、これほど理解の捗る話はない。

　一方で気になるのが、尊師なる彼女の立場である。

　繰り返し尋ねると、ボソリボソリと語り始めた。

なんでも彼女は我々が大聖国に足を運ぶより以前から、肉便器のトトちゃんと共に同国を訪れていたらしい。そして、聖女様の不在に付け込んで、上層部を掌握、陰の権力者として甘い汁を吸っていたらしい。

前々から感じていたけれど、彼女の機微を見る目というか、物事に対する要領の良さというか、その手の堅忍《けんにん》果決《かけつ》な行いには目を見張るものがある。しかも個々の機会を確実にモノにしているという驚きの成功率だ。

思えばペペ山でも、レッドドラゴン相手にトドメの一撃をゲットしていた。

より具体的には、現場ではトトちゃんが活躍したとのこと。彼女の協力から大聖国のお偉いさんに取り入り、お薬を併用して頭をパーにしていったらしい。今では誰も彼も彼女の傀儡であると、皆々の手前もあってだろう、遠回しに説明を受けた。

つまり、大聖国はキメセクで攻略されてしまったのだ。

自分もいつか経験してみたいよ、キメセク。

絶対に気持ちいいと思うのだ。

お酒があれだけ気持ちいいんだから、お薬はもっと気持ちいいはず。

同時にブサメンは気付いた。地下牢で感じた違和感の正体だ。

牢屋に投獄されている人たちには、宗教関係者っぽい出で立ちの人たちが多数見受けられた。なかにはお高そうな法衣を身につけた人も。あれはきっとトトちゃんの籠絡が効果のなかった、大聖国の上層部ではなかろうか。

「メルセデスさん、貴方は随分と意欲的に活動されていたんですね」

「と、当然だろう!?　私はペニー帝国の為を思ってだなっ……！」

偉そうな大義名分を口にしているけど、それ絶対に違うよね。同好の士であるブサメンは、彼女の腹の中が容易に透けて見えた。エステルちゃんの目がなければ、それはもう下衆《げす》い実情をゲロっていたに違いない。

他方、一連の独白を耳にした皆々は絶句である。

僅か数週間で大聖国の上層部を掌握した腕前、半端ない。

「……そんな、う、嘘よね？」

これにはエステルちゃんも驚きの眼差しだ。

自ずと疑問の声も漏れようというもの。

なんたって我々に与えられた仕事を既にこなしていたのだから。陛下が知ったのなら勲章モノの働きである。前々から要領がいいとは思っていたけれど、メルセデスちゃん、目的と性癖が合致すると凄まじい。

「フィッツクラレンス子爵におかれましては、私の監督不行き届きから多大なるご迷惑をお掛けしましたこと、深く陳謝いたします。つきましては大聖国における実権、この場にて献上したく存じます。どうか何卒、お受け取り頂けませんでしょうか」

膝を床について、深々と頭を下げる近衛レズ。

その脇ではギュッと握られた拳が小刻みに震えている。めっちゃ勿体なく感じているのだろうな。トトちゃんまで巻き込んでゲットした代物だ。

それでも被害にあったのがフィッツクラレンス家の娘さんとあっては、頭を下げざるを得ないのが、近衛騎士である彼女の立場。いつにも増して饒舌《じょうぜつ》な姿から、内心の焦りが察せられた。下手をしたら打ち首獄門の危機である。

ただし、今回は彼女が何かしたというより、末端の勝手な判断が原因だ。むしろ、メルセデスちゃん的には拷問に対して否定的なようだし、諸々含めてブサメンの不甲斐なさが一番の失態と言える。エステルちゃん、本当に申し訳ない。

むしろ、僅か二人で大聖国を掌握した彼女とトトちゃんは大白星。

その辺りを理解してか、エステルちゃんから非難の声は上がらなかった。

代わりに割り込むよう、声も大きく吠えたのがスペンサー伯爵である。

「タナカ伯爵、ちょっと待って下さい！」

「なんでしょうか？　スペンサー伯爵」

「こうして話を聞いている限り、貴方はそちらの騎士とは随分と仲が良さそうに見受けられます。いいえ、貴方だけではありません。こうして居合わせた他の者たちも、お互いに面識があるように思われます」

「ええ、そうですね。彼女はペニー帝国の近衛騎士です」

「なっ……」

何気ないブサメンの呟きを受けて、先方の表情に変化があった。

驚愕の眼差しでメルセデスちゃんのことを見つめてい

るぞ。クワッと目を見開いて、それはもう驚いていらっしゃる。そうかと思えば、視線は近衛レズとブサメンの間で、慌ただしくも行ったり来たりし始めた。

果たして彼女たちの間でどういったやり取りがあったのか。

気にならないと言えば嘘になる。

思い起こせばつい先日、ブサメンはスペンサー伯爵がこちらのお屋敷を訪れる姿を目撃していた。それがどうしてエディタ先生たちと共にやってきて、メルセデスちゃんに非難の眼差しを向けていたのか。

ニップル殿下と共にいらした点から、スペンサー伯爵が殿下の召喚魔法によって呼び出されたことは、なんとなく察しがついた。けれど、そもそも殿下が伯爵を召喚するという状況が分からない。

また発作的に呼び出してしまったのか。

自然と我々の意識はメルセデスちゃんに向けられた。

「メルセデスさん、こちらの彼女とは一体……」

「北の大国の貴族だなんだと主張して上層部に近づいてきたので、そ、その、なんだ。まさか本当だとは思わないだろう？　私と同じようなことを考えた他所の国の貴族だと判断して、奴隷として地下オークションに流した」

「…………」

おうふ。メルセデスちゃん、やっちまったな。

これを受けてはエステルちゃんも絶句。

スペンサー伯爵に目を向けると、彼女は小さく顔を伏せてしまった。

レイプされたあとの女性って雰囲気がエロい。これで相手がエディタ先生だったら、醤油顔は悲観に暮れただろう。しかし、相手は成人済みの美女。そういうこともあるだろうと、前向きに楽しむことができる。

「あの、エディタさん……」

「この国の地下オークションで、競りに掛けられているのを確認して、ニップル殿に協力を願った。召喚魔法で呼び出したところ、他にも我々の知り合いが捕えられていると話を聞いて、こうして駆けつけた次第だ」

「なるほど」

彼女たちが地下オークションを訪れていた経緯は不明だ。

しかし、こうして同所を訪れた理由は判明した。

ソフィアちゃんやロリゴンがご一緒している点に鑑み

れば、何かしら町の関係で入用となったのではなかろうか。まあ、そのあたりはスペンサー伯爵の視線もあるし、この場で確認するのは控えておこう。

一つ疑問に思うとすれば、伯爵ほどの美女を近衛レズが逃した理由だ。

どうしても気になってブサメンは黒幕に視線を向ける。すると彼女はこちらの耳元に顔を寄せてボソリと呟いた。

それは同好の士にだけ聞こえる小さな呟き。

「この女は駄目だ、潔癖が過ぎる。抵抗する女を調教するのは最高だが、それ以前の問題だ。顔立ちや肉付きは申し分ないが、肝心なところが常軌を逸している。薬を入れても抵抗してみせるなど、もはやどうにもならん」

「…………」

どうやら潔癖症がお気に召さなかったようだ。

セックスを経験することで、その手の疾病に改善が見られる人もいるらしいけれど、彼女の場合は駄目だったようだ。むしろ、奴隷としてオークションに売られてしまったりして、妙なトラウマが生えていなければいいのだけれど。

「つまりすべては、タナカ伯爵の手の内にあった、と……」

顔を俯かせたまま、ボソリとスペンサー伯爵が言った。

その肩はふるふると小刻みに震えている。

「っ!?　そ、そうだ！　そのとおりである！」

メルセデスちゃん、ここぞとばかりに元気よく頷き始めた。

すべての責任をこちらに擦《なす》り付けるつもりだな。

醤油顔だって、彼女の手の平の上で踊っていたというのに。

「げに恐ろしきはタナカ伯爵の才覚だ！」

「…………」

いけしゃあしゃあと語ってみせる近衛レズ。エステルちゃんの存在を受けて完全に保身モードである。大聖国も手放さざるを得ないとあって、色々と吹っ切れたようだ。こういう割り切りの良さも、素直に凄いと思う。

なんたって一国一城の主、その実権。

普通だったらもう少し躊躇しそうなものだ。

躊躇した結果、国ごと攻め滅ぼされる未来が、彼女の脳裏には見えているのだろうか。実際、それに近しい計

画が宮中では立ち上がっているあたり、先見の明があると称しても差し支えない判断である。

　そうした彼女の反応を受けて、スペンサー伯爵が顔を上げた。

　再び我々の前にお目見えした彼女の面持ちは、酷く冷淡なものだった。

「タナカ伯爵、貴方という存在はあまりにも危険です」

「いえ、スペンサー伯爵は若干の思い違いを……」

　酷い言いがかりもあったものだ。

　だが、これを訂正している猶予はなかった。

「……借りは返しました。私はこれで失礼します」

「あ、あぁ……」

　エディタ先生に短く伝えて、彼女は即座に踵を返した。

　そして、こちらが何を語る暇もなく歩み去ってしまった。

　ツカツカという足音が地下牢に響いては、段々と遠退いていく。こうなると北の大国との関係は、もはや絶望的ではなかろうか。過去にもやり取りしたとおり、個人的には彼女とも仲良くしたいと考えていたのだけれど。

　一方で諸悪の根源からは、再び耳元に顔が寄せられた。


呟かれたのは、悪魔の囁きさながらの文句である。

「ここは女がいい。薬も最高だ。何よりも国が芯まで腐っている」

「…………」

　取り返せ、ということだろうか。

　メルセデスちゃんってば、女の子のこと抱きた過ぎだろう。

　これほど腐敗した宗教国のトップに相応しい人物は他にいるまい。

＊

　スペンサー伯爵と別れた我々は、聖女様のお屋敷を脱した。

　以降、ブサメンとエステルちゃんは、拠点となる宿屋に戻ることに。理由は同所に保管している、貴族としての衣服を回収する為だ。前者はさておいて、後者のそれはかなりの値打ちものである。

　メルセデスちゃんには当面、大聖国に残って実権の確保をお願いした。ブサメンが宮中でリチャードさんや陛下と話を付けてくるまでは、これまでと変わらずに運営していて欲しい。そのように伝えたところ、めっちゃいい笑顔で快諾頂いた。

醤油顔は市井がやたらとエロスに溢れていた理由を改めて理解した。

彼女が上に立っていたら、そりゃあ町だってエロくなる。

いつか仕事ではなく、プライベートで遊びに訪れたいほどだ。

また、エディタ先生を筆頭とした面々は、そんな彼女の案内から、大聖国の宝物庫に向かっていった。なんでも大きめの魔石が欲しいのだそうな。地下オークションまで足を運んでいたのも、それが理由なのだという。

ここの宝物庫ならあるかも知れない、とは黒幕の呟きだ。

精霊王様は宝物庫が気になるからと、エディタ先生たちに付いて行った。ロリゴンと一緒というのが不安を覚えるが、駄目だと言うことも憚られて、大人しくこれをお見送りした。先生が一緒ならたぶん大丈夫だろう。

そんなこんなで戻ってきた宿屋の一室でのこと。

ブサメンは改めて、胸の内に溜めていた懺悔を口にした。

「エステルさん、この度は本当に申し訳ありませんでした」

「えっ……ちょ、ちょっと、どうして貴方が頭を下げるの!?」

居室の収納を確認していた彼女は、驚いた様子でこちらを振り返った。

わたわたと慌てる姿は、本心から意味が分からないと言わんばかり。

「私が不甲斐ないばかりに、とんでもない負担を強いてしまいました」

こんがり焼かれたり、首をちょん切られたり、その手の危うい光景には身を以て覚えのある醤油顔だ。慣れすら感じている。しかし、それが自分以外の誰か、それも親しい間柄のものとなると、途端に忌諱《きき》感が湧いた。

地下牢の床に落ちていた彼女の指が、未だ脳裏に思い浮かぶ。

素直に喋っていれば、ああまでも辛い目には遭わなかっただろう。

「いいえ、あれは私の失態だわ。こちらこそごめんなさい」

「それは違います。私が事前に気をつけていて然るべきでした」

同じような問答を繰り返す、不甲斐ない童貞。

自己満足だとは重々承知している。

そんな醤油顔に対して、彼女は話題を変えるように言った。

「貴方は知らないかもしれないけれど、貴族として生まれたのなら、あれくらいのことは日常茶飯事なのよ？　現場にいた男たちも、私のことを平民ではないかもと疑っていたもの。だから、そう気にしないで欲しいわ！」

「本当でしょうか？」

「ほ、本当よ!?　実家にだって地下牢があるもの！」

地下牢の有無はさておいて、それって絶対に嘘でしょう。

そんなのリチャードさんが発狂してしまう。

あぁ、そういう意味だと彼に対しても不義理を働いてしまった。

ペニー帝国に戻ったら、すぐにでも謝罪に向かわなければ。

被害者であるエステルちゃんに気を遣わせてしまって、殊更に申し訳ない気持ちが溢れてくる。意味もなくヒールとかしたくなってしまう。神様印の回復魔法がどれだけ優れていても、メンタルへのダメージは癒せないのに。

そんなブサメンに対して、先方からトドメの一撃が入った。

「……あ、でも、貴方に買ってもらった服が無事でよかったわ」

エヘヘと素朴な笑みを浮かべて、手にした服をギュッと胸に抱く。

それは先程まで着用していた平民の装い。

細められた瞳が本当に嬉しそうで、童貞は胸が高鳴る。

エステルちゃんのことが可愛くて仕方がない。

どうして会話を続けたものか、上手い返事が浮かばない。もしも居合わせたのがアレンだったら、まず間違いなく抱きしめているシーンではなかろうか。それができないブサメンは、正義なのか、悪なのか。

そうして童貞が戸惑っていると、彼女から声が上がった。

「ところであの、わ、私からもいいかしら？」

「なんでしょうか？」

「王女殿下と婚姻を結ぶって、ほ、本当なのかしら？」

「失礼ですが、どちらからそのお話を？」

「お父様から聞いたのだけれど……」

まさかエステルちゃんにまで伝わっているとは思わなかった。

リチャードさんは何を考えて彼女に伝えたのだろう。いくら親バカとは言え、彼女が語ったことは自分と彼の他に、宮中の二人組しか知らない事柄である。それを第三者に意図なく伝えるなど、彼らしからぬ行いだ。何の意味もないとは到底思えない。

ただ、現時点ではまるで理由が見えてこない。何故なのか。

「……ええ、本当です」

嘘を吐く、という選択は浮かばなかった。

事情を確認する意味でも素直に頷いて応じる。

すると彼女からは続けざまに疑問の声が。

「それはその、あ、貴方の望み、だったりするのかしら？」


「……といいますと？」

「以前、他に、す、す、好きな人がいると言っていたでしょう」

「…………」

たしかにそんなことを言った覚えがある。

随所で同じような言い訳を口にしてきた。直近では世継ぎの問題を先延ばしする為に、利用したと記憶している。まさかエステルちゃんは、額面通りにブサメンの言葉を受け取って下さっているのだろうか。

「素直に申し上げると、私が望んだ結果ではありません」

「つ……そ、そうなのね！」

矛盾を避ける為にも、素直に伝えておくことにした。

同時にふと気付いたことがある。

それは自身も以前から、どうにかしなければと考えていたこと。

「ところでエステルさん、以前の記憶を取り戻されていたのですね」

「……え？」

「貴方にそうお伝えしたのは、記憶を失う以前となりますので」

「っ……」

既に本人以外、誰もが理解しているところ。

周知の事実と言えば、その通り。

恐らくエステルちゃん自身も、薄々は感づいているのではなかろうか。ただ、それでも改めて指摘することには意味があるような気がした。一連の経緯も手伝い、この場では彼女に対して、最後まで真摯であろうと意識させられた童貞である。

件《くだん》の出来事以来、彼女が周囲と距離を取っているのは事実だ。

それは本人にとっても、他の面々にとっても決していいことではない。

結果的に先方は、驚きから息を呑んだ。

どうやら意識せずに受け答えしていたみたい。

「もちろん、記憶を失っていた間のエステルさんも、エステルさんに他なりません。そうして育まれたご経験が周囲との距離感に悩むものであれば、無理強いするつもりはありません。ですがどうか、引け目は感じて欲しくないなと」

「……あ、貴方にも随分と迷惑を掛けてしまったわ」

「それは私も同じです。今回のように迷惑ばかり掛けておりますから」

この機会に彼女の抱えていた負担が、少しでも軽くなれば嬉しい。

周囲に対する気遣いとか、とても大変だと思うから。

ただ、そうした思惑とは裏腹に、エステルちゃんは黙ってしまった。

「…………」

「あの、どうされました？」

「私は二度も貴方に酷いことをしてしまったわ。それなのにすべてを無かったことになんてできない。だってそんなの、あまりにも図々しいじゃないの。だから、あまり私のことを甘やかさないで欲しいわ」

「甘やかしているつもりはありませんが……」

「私は十分に幸せだわ。こうして貴方と日々を共にできているのだもの。貴方のことを遠くから見つめていられれば、それで十分に幸福を感じられる。たまにこうして話しかけてくれるだけで、それはもう天にも昇る心地なのだから」

「…………」

いきなり話が重たくなるの相変わらずだ。

この少しばかり病み気味な感じが、魔王様の一件では聖女様を攫《さら》ってくるまでの暴挙に発展したのだろう。今でこそ控えめな言動に思われるが、裏側で良くないものが溜まってきている気がしてならない。

「だから、ごめんなさい。さ、先に宿屋を出ているわねっ！」

部屋から逃げるように踵を返すエステルちゃん。

そんな彼女にブサメンは告げさせて頂く。

「エステルさんの記憶が戻ったこと、私はとても嬉しく思います」

「っ……」

出入り口のドアの前で、相手の駆ける足が止まった。

それからややあって、恐る恐るといった様子で返答が。

「……それって、ほ、本当なのかしら？」

「ご好意をお受けすることはできません。ですが、それでも私にとって貴方という存在は、とても大切なものです。それは男女の仲という垣根に縛られるものではないと、今も昔も考えております」

「…………」

廊下に面したドアの正面に立っているエステルちゃん。

その背中に向けて語り掛ける。

彼女と仲良くしたいという意思は本当である。リチャードさんとの関係が続く限り、エステルちゃんとの交友も続くことだろう。それがこれからもずっとギクシャクしていては、自身も彼女もきっと疲れてしまう。

アレンとの関係だって、延々と宙に浮いてしまうのではないか。

個人的にはそれが一番よろしくない。

会話を継続しつつ、あれこれと頭を悩ませる。

そうこうしていると、先方から改まったように声が届けられた。

ドアに向かい立ったまま、少しだけ上ずった声色でのこと。

「だったらその、ひ、一つ提案があるのだけれど！」

「なんでしょうか？」

「貴方は本当に、王女殿下との婚姻に否定的、なのよね？」

「ええ、その点については嘘偽りありません」

「それなら、た、たとえば以前、パパが私との婚姻を勧めていた事実を引き合いに出せば、今のペニー帝国ならたとえ陛下であったとしても、パパに気を遣って無理強いはできないと思うのだけれど！」

「…………」

たしかに彼女の言うことには一理ある。

ここ最近のフィッツクラレンス家は、ペニー帝国の顔と称しても過言ではない立場にある。宰相との力関係で言えば、リチャードさんの方が遥かに上だ。彼が首を横に振ったのなら、陛下であっても無下にはできない。

「もちろん私との関係は、か、仮初《かりそめ》のものでも構わないから……」

「ですがそれでは、エステルさんの貴族としての立場が……」

「私のことなんてどうでもいいの！　私は貴方が幸せなら、他になにもいらないわ！　そして、貴方の幸せは貴方の周りにいる皆々の幸せにも繋がっている。それなら私は、よろこんで礎《いしずえ》になりたいわ！」

エステルちゃんのイイ女っぷりが留まるところを知らない。

こんなことを言われたら、惚れてしまう。

ユニコーンだって跪いてクンニし始めるぞ。

「それに、ア、アレンなら、そういうのも気にしないでしょう？」

「…………」

そのように言われると、否定の言葉も浮かんでこない。

あの人のいいイケメンは、本心はさておいて、絶対に否定しないと思う。過去にも似たような提案を繰り返し頂戴している上、その場にエステルちゃんが居合わせていたこともあった。なんと説得力のあるお話か。

同時にこうして受けた提案は、地獄に伸びた一筋の蜘《く》蛛《も》の糸さながら。

ロイヤルビッチとの結婚は醤油顔にとって今一番の問題。

最悪、陰ながらメルセデスちゃんを援助して、ペニー帝国とは別に大聖国を独立、統治して頂こうかとも企んでいた次第である。本日の感触から、決して不可能ではないと考えておりましたとも。

そのあたりが丸っと片付く妙案は、これ以上なく魅力的なものであった。

「もちろん、決して無理にとは言わないわ。ただ、そ、そのっ……」

「…………」

当然ながら、ずっとという訳ではない。

当面の危機を脱したのなら、すぐにでも解消可能。

なにより王女殿下は年頃であらせられる。あの陛下がブサメンにくれてやると言うくらいだから、そう遠くないうちに嫁ぎ先が決まることだろう。そうでなくとも昨今、王族の血縁を必要とするような、外交上の問題が多数噴出している。

理想的には北の大国へ、トロイの木馬としてお送りしたい。

そうなればエステルちゃんは、すぐにでも平たい黄色族から解放される。

当然ながらその間、ブサメンが彼女に手を出すことはない。

幸いにしてタナカ伯爵の風評は、百一匹ショタチンポが底辺に落としてくれた。結婚に際して処女膜の確認が公然と行われている世情も手伝い、アレンのみならず、行く先を選ぶことは十分に可能だろう。

なんたってエステルちゃんは物理的に処女。

その世間体が受けるダメージは最小で済む、と思う。

結婚ではなく、婚姻の約束、というのがミソだ。

醤油顔が知っている限りであっても、こと貴族業界において、婚姻という行為は日常的に行われている。同様にこれが破棄された、というお話も頻繁に聞こえてくる。どこぞの世界の結婚ほどには、気軽にほいほいと行われているものだ。

子供の頃に親同士が、なんてよくある経緯だろう。

それが貴族模様の変化から破棄、みたいな流れである。

「……少しだけお付き合い頂いても、よろしいでしょうか？」

申し訳ないとは思いつつも、愚かな童貞は尋ね返す。

それは自身にとって、非常に魅力的なご提案であった。とんでもなく大きな借りを作ることになるけれど、それでも選びたいと思うほどに。まさか返事を引き延ばすような真似はできなかった。

するとその直後、エステルちゃんに動きが見られた。

ドアに向かっていた姿勢から、こちらを勢いよく振り返る。

「ええ、まかせて頂戴っ！」

彼女の顔に浮かべられていたのは、極上の笑顔。
キラキラと輝くような、満面の笑みだった。
なんでこんなにも嬉しそうにすることができるのか。
「…………」
そんなふうに言われたら、もう彼女には頭が上がらない。
ただ、その事実がそこまで嫌ではないと、素直に感じている自分がいた。

開戦
Outbreak of War

擦った揉んだの末、我々は大聖国からペニー帝国に戻ってきた。

最初に足を運んだのはリチャードさんの下である。幸い首都カリスにあるフィッツクラレンス家のお屋敷に彼の姿は見られた。エステルちゃんを伴っての帰還とあり、我々は顔パスで宅内にお邪魔します。

ご当主様に面会を申し出たところ、すぐにも応接室に招かれた。

出会い頭には、まだペニー帝国に居たのかと、少し呆れた顔で言われてしまった。これに仕事を終えて帰ってきた旨を伝えると、今度は大層驚いた面持ちで見つめられた。それもこれもメルセデスちゃんの仕事である。

ちなみにエディタ先生とロリゴン、それにソフィアちゃんは、他に急ぎでやることがあるからと、ドラゴンシティに戻っていった。精霊王様は彼女たちの行いに興味があるようで、これに付いて行った。鳥さんとニップル殿下も一緒である。

現地の状況については素直に伝えることにした。

ロイヤルビッチの近衛騎士が、既に実権を手中に収めていたこと。また、ブサメンの不手際からエステルちゃんに辛い思いをさせてしまったこと。その辺りの理由から前者と絡んで、同国の実権が娘さんに譲渡されたこと。などなど、拷問室で明らかとなった事実一式である。

以前から教皇の座にあった人物は、メルセデスちゃんとトトちゃんの活躍によりキメセク漬け。既に傀儡と化しているという。聖女様によるワンマン国家であったが故の脆さというか、敢えてそういう人物がトップに据えられていたが為だろう。

「……まさか、そのようなことになっているとは」

「本当に申し訳ありませんでした」

ソファーから立ち上がり、醤油顔は頭を下げてごめんなさい。

すぐ隣に掛けたエステルちゃんからは、絶え間なくフォローの声が上がっているけれど、今回ばかりは彼女のお世話になることも憚られた。きちんと上司に叱られるべく、覚悟を決めて参った次第である。

こうしてリチャードさんに頭を下げるのは久しぶりだ。

おかげさまで気が引き締まるのを感じる。

「お話を聞いた限り、それはタナカさんのミスではなく、リズの失態でしょう。私は貴方を非難する代わりに、娘がそのような状況でも、決して口を割らなかった事実を褒めたく思います。そして、彼女を助けてくれたタナカ伯爵に感謝します」

「いえ、決してそのようなことはなくてですね……」

「そもそも娘の同行を提案したのは私です。そういった意味では私も同罪なのですから、タナカさんばかりが頭を下げるのは違います。もしこれが王女殿下であったのなら、私と貴方は等しく断頭台に並んでいるのではありませんか？」

「……それは些か極論ではないかなと」

「いずれにせよ娘は無事であったのですから、この話は終わりにしましょう。本人が貴方を恨んでいるというのであれば、些か事情は変わってきますが、決してそういうわけでもないのでしょう？　リズ」

「と、当然よ！　むしろ感謝しかないわっ！」

「だそうですよ」

そう言われると、これ以上は何を語ることもできない。

部屋の外にまで響くほどの声量での即断。

エステルちゃんがイイ女過ぎてヤバい。

「……ありがとうございます」

「それよりも、か、彼と殿下の婚姻について話があるわ！」

醤油顔がソファーに戻った直後、彼女から声が上がった。

鼻の穴をピスピスとさせながらの訴えである。

まさかエステルちゃんの口から、こちらの話題が上げられるとは想定外だ。そういうのは自分の口から言わないと、これまた恰好が付かないじゃない。大人しく席に着いたのも束の間、ブサメンは大慌てで口を開く。

「すみません、その件はっ……」

「タナカ伯爵は殿下との婚姻に否定的なの！　だから、向こうしばらくは私と婚姻していることにしてもらえないかしら？　もちろん本当に結婚する訳ではないわ。ただ、そういう建前でしばらく過ごしたいのっ！」

ロリビッチが以前の勢いを取り戻しつつある気がする。こちらに気を遣って下さっているのは間違いない。ただ、このグイグイとくる感じは覚えがある。

「リズ、それはまた急な話じゃないかい」

「それを言うなら、パパの話だって十分急だったわ！」

「自分が何を言っているのか、リズは理解しているのかい？　タナカ伯爵は殿下とご結婚されて、大聖国で大公の身分となる。これをふいにするということなのだよ？本当に伯爵がそう言ったのかい？」

「え、ええ、言ったわ！」

フィッツクラレンス父娘の視線が、揃ってこちらに向けられた。

覚悟はしていたけれど、めっちゃ居心地が悪い。

またも、娘さんを下さい、みたいな雰囲気になってしまった。

自分からお頼み申し上げた手前、否定することはできないけれど。

「大変申し訳ありませんが、お伝えさせて頂きました」


「タナカ伯爵は一国の主という立場に否定的なのですか？」

そう言われると返事に困ってしまう。

ロイヤルビッチと結婚したくないだけ、などと素直に伝えた日には、リチャードさんとの関係も終了だろう。なんとかして上手い言い訳を並べなければならない。ただ、表向きは非の打ち所のない提案だから大変だ。

いっそのこと王女様の性癖をバラしてしまおうか。

肉便器級のヤリマンであると。

いいや、そうなると更に大変な問題が噴出しかねない。本人も黙ってはいないだろう。せっかく陛下や宰相殿とも仲良くなれそうなのだ。この場はなるべく穏便に、尚且つフィッツクラレンス父娘に負担の少ない話の流れとしたい。

そうなると自ずと言い訳の方向性も見えてきた。

ロイヤルビッチから逃げ、ロリビッチを頼ったのだ。ならば身を寄せるべきは陛下ではなく、フィッツクラレンス家。

この場はリチャードさんをヨイショすることで対応するべきだろう。

「まだまだ私は若輩者の身の上、当面はフィッツクラレンス公爵の下、ペニー帝国の貴族として学ばせて頂けたらと考えております。それでもと仰るのでありましたら、私は大聖国をフィッツクラレンス公爵領といたしましょう」

やってやれないことはない。

既に近衛レズはエステルちゃんの権力に屈している。ブサメンから頼み込めば実権のやり取りは可能だ。王宮の二人組は猛反発するだろうが、そのあたりは自分とリチャードさんとが協力すれば、武力的にも政治的にも抑え込める。

陛下の私兵十万程度であれば、物の数には入らない。彼らとの関係悪化は間違いないので、できれば控えたいお話だけれど。

自身としてはドラゴンシティがあればそれで十分である。

むしろ領地が飛び地的に増えたりしたら、逆に困ってしまう。

「……それがタナカさんの考えですか？」

「ええ、そのとおりです」

リチャードさんこそ、大公とか夢見ていたりしないのだろうか。

並々ならぬ野心をお持ちだとは常日頃から感じている。ただ、具体的に口にするような人ではないから、どういったベクトルで物事を考えているのか分からない。下手に邪推すると痛い目を見そうだから、素直に黙っておくけれどさ。

「…………」

「お、お父様？」

黙ってしまったリチャードさん。

これにはエステルちゃんも不安気な眼差しだ。

醤油顔も先方の返事を待って、お口にチャック。

そうして誰もが無言のまま、静かに過ごすこと数十秒ほど。

「承知しました。タナカさんの意思を尊重したく思います」

「よろしいのでしょうか？」

「そこまで言って頂けるのであれば、私も覚悟を決めました。いいえ、そういう意味では、既に覚悟は決まっていたのです。しかし、色々と世の中が慌ただしくあった手前、本日まで後手に回っていたとでも言うのでしょうか」

思ったよりも簡単に承諾して頂けた。

もっと嫌な顔をされるかと思った。

タナカ伯爵とロイヤルビッチの結婚は、フィッツクラレンス家にとって利益より不利益の方が大きいのかもしれない。それなら彼の反応も分からないではない。陛下からの提案は、なにより陛下自身の意思が大きかった、ということなのだろう。

「ご迷惑をお掛けしてばかりで申し訳ありません」

「しかしそうなると、当面はどうするのでしょうか？」

「こちらのお話ですが、今のところ私の身内以外は誰も知りません。口止めもしております。これから陛下のところに持っていくことになるかと思いますが、そのあたりも含めてリチャードさんとお話をさせて頂けたらと考えておりました」

「……そうだったのですね」

「現時点では、徐々に無力化する路線で統治が進んでいます」

メルセデスちゃんの手に掛かったのなら、聖女様が数百年にわたり保ってきた大聖国の秩序と威厳も、数年あれば地に落ちるだろう。代わりに手にするのは、恐らく世界で最も不名誉かつ、それでも揺るぎない歓楽地としての立場。

個人的には非常に将来性を感じている。

路上でエッチな恰好のお姉さんに声を掛けられるの最高だった。

脱童貞した暁には、是非とも存分に楽しませて頂きたい。

「でしたらその話は、私に預けて頂いてもよろしいでしょうか？」

「ええ、是非ともお願いします」

赴任して面倒を見ろ、とか言われたら困ってしまう。個人的には向こうしばらく、メルセデスちゃんに丸投げする気も満々であった。ただでさえここ最近は、ドラゴンシティを留守にしがちだ。ゴッゴルちゃんとのお話も滞り気味である。

「それじゃあ、あの、わ、私と彼とは……」

「リズがよく考えて決めたことに、私から口を挟むことはしないよ」

「っ……あ、ありがとう、パパッ！」

むしろ醤油顔の方こそ、ありがとうとお伝えしたい。

エステルちゃんの為にも、ロイヤルビッチには早急に他所へ嫁いで頂かなければ。これ以上、フィッツクラレンス家の娘さんに負担を掛ける訳にはいかないのだ。婚姻を詐称する期間は短ければ短いほどいい。

言うなれば本日から始まる、ロイヤルビッチの嫁がせミッション。

目標は年内。

タナカ伯爵は是が非でも、彼女を遠くに嫁がせようと思います。

＊

【ソフィアちゃん視点】

大聖国でオリハルコンと魔石を手に入れた我々は、再び南部諸国はニップル王国までやってまいりました。後者につきましては、大聖国の教会が管理している宝物庫に眠っていた品でございます。

メルセデスさんのご好意から、なんと無料でした。

本当によろしかったのかと、疑問に思わないでもありません。

何故ならば彼女は、ペニー帝国の近衛騎士でございます。あとで誰かから文句を言われるのではないかと、メイドは気が気ではありません。ただ、イケイケドンドン状態のドラゴンさんをお止めすることはできませんでした。

ついでにミスリルやオリハルコンも頂戴してしまいました。

宝物庫に眠っていたものを目敏《めざと》く見つけたドラゴンさんです。

片っ端から革袋に突っ込んでおりました。

やりたい放題でございますね。

移動は例によって、エルフさんの魔法により一瞬です。

ちなみにタナカさんとエステル様は、フィッツクラレンス公爵にご用事があるからと、途中下車でございますね。首都カリスでお別れとなりました。以降、我々はお二人とは別にニップル王国までやってきた形です。

復路は往路の皆さんの他、精霊王様もご一緒されました。

エルフさんが製作されている魔道具が気になるとのこと。

そんなこんなで訪れた先は、ニップル王国に設けられた金属の加工場です。

私たちの町には金属を加工する為の施設が存在しないので、魔道具の製作はこちらで行われております。施設内では数名の職人さんたちが、忙しそうに働いておりますね。ニップル王家が紹介して下さった方々だそうです。

あちらこちらから、カンカンという音が聞こえてまいります。フロアの中央には大きな溶鉱炉が設けられており まして、そこからは絶え間なく熱気が漂ってきます。部屋の隅に立っているだけでも汗が滲みますよ。

その只中で我々は、作業台の一つに向き合っております。

『それで、これに魔力を込めればいいのか？』

「うむ、そのとおりだ」

台の上には大聖国から持ち帰ったばかりの魔石が載っています。

これがかなりの大きさでございます。とてもではありませんが、人の手で持ち上げられるようなサイズ感ではありません。こちらへ運び込むのにも、エルフさんやドラゴンさんが魔法で浮かせておりました。

メイドとしては作業台の脚が壊れないものかと心配なくらいです。

「私や貴様であっても、この規模の魔石を一発で満たすことは難しいだろう。そこで向こう数日ほどかけて、ゆっくり入れ込んでいこうと思う。無理をして魔石を砕いてしまっては、元も子もないからな」

『……わかった』

エルフさんの言葉によれば、こちらの魔石こそが、今回製作する魔道具の肝なのだそうです。魔石に溜め込んだ魔力を利用して、緊急時に障壁の魔法を張り巡らせる魔道具なのだと、こちらでご説明を受けました。

大量に集めたミスリルやオリハルコンは、障壁の魔法を行使するのに必要な魔法陣を描くのに利用するのだとか。そうすることで魔法が使える方が不在であっても、ある程度勝手に魔法を起こすことができるそうです。

過去、魔王様から受けた攻撃を思うと、とても頼もしく感じます。

以前はドラゴンさんが守って下さいましたが、常日頃から彼女が町にいらっしゃるとは限りません。不意を衝かれることもあるでしょう。そうした危機に対する保障は、私のような弱々しい存在にはとても魅力的に映ります。

　そして、これには精霊王様も興味を示されました。

「ふぅーん？　そうして込めた魔力で障壁を張るのかなー？」

「ああ、そのつもりだ」

「それでどれくらい、王からの攻撃を防ぐつもり？」

「以前、魔王から各国に対して発せられた程度の魔法であれば、数発なら魔力の再補給をせずとも凌《しの》げると考えている。ただ、それ以上になると、予備の魔石を追加するなり、何かしら手を考える必要があるな」

「へー、意外と効率がいいんだねー？」

『え、そ、それだけなのかっ⁉』

　精霊王様とドラゴンさん、両者の反応は対照的でした。

　前者が感心したようにエルフさんを見つめているのに対して、後者はギョッとした面持ちでございます。お返事に際しましては、尻尾がピンと伸びる仕草も見られまして、かなり驚いているように思われます。

　メイドとしましては、どちらが正しいのか判断がつきません。

「当然だろう？　相手は貴様たち龍族の王だぞ？」

『でも、それだと町がっ……』

　ドラゴンさん、本日も町への愛が溢れておりますね。語る表情はとても不安気なものです。

「王の名を冠する者たちとの実力差までをも埋めるような魔道具は、流石にそう容易に製作することはできない。そして、今回は龍王という具体的な危機が迫っていた。取り急ぎ、こちらの魔道具で予期せぬ強襲に備えようと考えている」

『ぐ、ぐるるるるっ……』

「唸られても、こればかりはどうしようもないのだが」

　困ったお顔のエルフさん。

　そんな彼女に精霊王様から声が掛かりました。

「その言い草だと、時間を掛ければ作れるよーに聞こえるなぁー」

「前提条件や環境を限定すれば、一時的に実現することは、決して不可能ではないと考えている。ただし、一口に王と称しても、その存在は千差万別だ。どの王を相手にするかによって、考慮すべき点も異なる。すべてに備えることは難しい」

思い起こせばエルフさんは、先代の魔王様を過去数百年という期間、延々と封印されていました。

そういう意味では、既にご経験があると言えるのですよね。

「ふぅーん？　君、なんか恰好いいこと言うねぇ」

「力がない者は、ない者なりに努力するしかないと考えている」

「世間的に見れば、君も十分なものを持っているように見えるけど？」

「持っていようが持っていまいが、努力することには変わりない」

ところで精霊王様、なんかちょっとネチっこいですね。

失礼ながら、そんなことを感じてしまいました。

ここ数週間で色々な王様とお会いして思うのは、やはり一番はうちの鳥さんで間違いありません。今もメイドの腕に抱かれて、スースーと眠っております。その可愛らしい寝顔を眺めているだけで、とても幸せな気持ちになれます。


タナカさんにお返しするのが惜しいですよ。

「いずれにせよ、これ以上を望むなら時間が欲しい」

ドラゴンさんに向き直り、エルフさんが言いました。

こうなると伝えられた彼女は即断でございます。

『よし！　それなら望むから、もっと凄いのを作るぞっ！』

「……まあ、別にいいけどな」

こちらとしては、今回製作する魔道具の消耗率が気になります。

非常にお高い代物ですから、そう簡単に買い換える訳にもいきません。原価の時点でかなりの金額です。量産体制を整えても、価格を抑えることは不可能です。どうか末永く利用できたらとは願わずにいられません。

近い将来、タナカさんやノイマンさんに、町の収支のご説明をする際のことを思うと、お腹がゴロゴロと鳴り始めるのを感じます。いえ、ですがそれもドラゴンさんの為を思えば、覚悟を決めた話ではないですか。

「そーいうことなら、私も手伝ってあげようかなぁ？」

「い、いいのか？」

「私ならこの魔石も、一発で満タンにできるかもでしょー？」

「本人がそう言うのであれば、私はなんら構わないのだが……」

『オマエ、へ、変なことするつもりじゃないだろうなっ⁉』

「えー？　そんなことしないよぉー？」

「おい、だからどうして貴様は、そう喧嘩を売るような真似を！」

皆さん、なにやら楽しそうですね。

精霊王様も意外とお優しそうな方で良かったです。以前、町長さんのお屋敷で食事を共にした際には、多分に不安を抱いておりました。ですが、こうしてお話をしたことで、少しだけ距離感が縮まったように感じます。

今後とも仲良くやっていけたら嬉しいですね。

他方、そうして賑やかにされる皆さんの傍らでのことです。

「これ一つで、うちの国が数年は持つんだよな……」

ニップル殿下が誰に言うでもなく、ボソリと呟かれました。

視線は作業台の上に載せられた魔石に向けられております。こちらを訪れるまでの道中、彼女にその価格を尋ねられました手前、無料で手にした品ではございますが、素直に当初予算をお伝えさせて頂いておりました。

故に、とても儚げな眼差しです。

「…………」

メイドとしては彼女の一言こそが、なにより強く胸に響くのを感じました。

＊

大聖国からペニー帝国に戻って数日後、ブサメンは王宮の二人組と顔を合わせることになった。場所は以前と同様、王城内に設けられた陛下の私室である。同所で座り慣れたソファーに腰掛けて、家主と向き合っている。

背後にはいつものポジションに立った宰相殿の姿も見受けられる。

自身の隣にはリチャードさんの姿も然り。

開口一番、こちらに伝えられたのは自身の身の上だ。

「タナカ伯爵の事情については、既にリチャードから聞き及んでいる。余としては非常に残念ではあるが、娘との件は見送ろうと思う。改めて確認するが、伯爵本人の意思としても相違ないことは確かであるな？」

同所を訪れてから、挨拶を交わすも早々の出来事である。

どうやら醤油顔の関与しないところで、リチャードさんが陛下と話をつけて下さったようだ。目の前で中年童貞の婚姻がどうのと話をされると、非常にむず痒い気分になるので、これはとてもありがたい。

「相違ございません。ご配慮下さり誠に恐縮です」

「……うむ、わかった」

やったぞ、ロイヤルビッチとの婚約を破棄だ。

妙な達成感が胸の内に溢れる。

ふっと全身が軽くなるのを感じた。

自身が考えていた以上に、ストレスを感じていたのだろう。

配偶者の不貞から決別を決めた人たちが、離婚届の受理を確認した瞬間って、こんな気分になるのかな。とかなんとか、結婚はおろかお付き合いさえ経験のない童貞は、人生の階段を三段飛ばしで駆け上ったが如く、偉ぶった感慨に耽《ふけ》る。

今日は気持ちよく眠れそうだ。

「また、大聖国での働きも大変見事であった」

おっと、そちらについても既にご存知なのですね。

リチャードさんに目配せをすると、小さく頷く仕草が見て取れた。婚姻云々と合わせて、既にネゴった後なのだろう。すべてお任せするとお伝えした手前、ブサメンは彼に従い素直に返事をしておこうかな。

「それもこれも陛下のご支援の賜《たまもの》でございます」

「謙遜するでない。タナカ伯爵であればもしや、とは考えていたが、まさか本当にこれほどの短期間で、彼の国を掌握してみせるとはおもわなかった。リチャードから話を聞いたときは、余も自らの耳を疑ったほどだ」

すべてはメルセデスちゃんの性欲が為し得た偉業である。けれど、この場でそれを言うと非常に面倒臭いことになるので黙っておこう。陛下の語りっぷりからして、恐らくリチャードさんもそこまでは伝えていない筈だ。

部下の成果は上司の成果を地で行くペニー帝国の貴族社会である。この場で説明をしなかったとしても、これと言って問題になることはないだろう。むしろ下手にお喋りして会話のテンポを崩す方が問題だ。

亡国のレズビアンナイトには、近くお礼に伺わないと。

「改めて確認させて頂きますが、私はペニー帝国の貴族として、今後ともフィッツクラレンス公爵の下で励みたく存じます。それこそが陛下におかれましても、延《ひ》いてはペニー帝国にとっても、なにより為になることだと信じております」

「うむ、余も伯爵にはペニー帝国の為、末永く励んでもらいたい」

「勿体なきお言葉にございます、陛下」

醤油顔はここぞとばかり、ソファーから立ち上がってお辞儀だ。

これで無事にミッションコンプリート。

あとはドラゴンシティに戻って、以前と変わらない生活が待っている。執務室でソフィアちゃんの上乳や太ももを眺めながら、彼女が淹れてくれたお茶を頂く。たまに垣間見えるパンチラが最高だ。こういうのを幸せというのだろう。

最近はメイド服の仕様が変わり、脇の下が丸見えなのも至高である。

脇汗の対策なのだろうなとは、ブサメンもなんとなく察している。

などと意識が目の前の相手から離れた直後のこと――

「どうか大聖国の行く末を頼んだぞ、タナカ伯爵」

陛下から妙な指示が発令された。

同国の扱いについては、リチャードさんが引き取って下さったのではないのか。フィッツクラレンス派閥の好きなようにして欲しいとお伝えした筈である。ブサメン的には今後ともノータッチで過ごしたい。

まさか放ってはおけなくて、下げていた頭が上がる。

自ずと視線はリチャードさんに向かっていた。

視界に入ったのはいつものニコニコ笑顔。

一体何が楽しいのか、目が線である。完全に線。

努めて平静を保ちつつ、ブサメンは陛下にお尋ねだ。

「……大聖国を、ですか？」

「当然であろう？　彼の地は伯爵の活躍により得られた領地だ」

「いえ、しかし……」

「余としては娘が次代の聖女として迎え入れられれば満足だ」

王女様の聖女成りは以前と変わらず既定路線らしい。

その点については問題ない。

幸い現地には既にメルセデスちゃんが控えている。そして、彼女の大聖国に懸ける思いは本物だ。どれだけ聖女様がアグレッシブに動こうとも、自らの性欲に従い、手綱は最低限握ってくれると信じている。

少なくとも大聖国が崩壊したり、ペニー帝国に牙を剥くことはないと思う。

「お任せ下さい。陛下」

陛下の発言を受けて、リチャードさんから間髪を容れずにお返事が。

宮中の二人組の視線がブサメンから隣に移った。

これを確認して、彼は意気揚々と陛下に向かい語る。

「近々にも新時代の聖女誕生を、盛大に祝いたく考えております」

「…………」

これはあれだ、後者の野望にブサメンも巻き込まれた予感。

大聖国を陛下にくれてやるのが惜しくなったのだろう。

これを回収する為には、タナカ伯爵を利用するのが手っ取り早い。

そして、エステルちゃんにご迷惑をおかけしている都合上、ブサメンはこの場でリチャードさんにノーと言う訳にはいかない。彼としても約束を破った訳ではないし、過去に自身はフィッツクラレンス家の為に働くと明言している。

陛下は娘を次代の聖女として担ぎ、同国の主権確保へ臨む。リチャードさんはタナカ伯爵の名前を利用して、実権の保持に挑む。お互いに数年先を見据えて、陣取り合戦が始まっておりますね。

それがブサメンの婚約破棄に対する、両者の落とし所のようだ。

どうりで先程から、宰相殿がしょっぱい顔をしている訳である。

「うむ、娘の新たな門出だ。余としても十分に力添えしよう」

「その為にもタナカ伯爵には、今後とも存分に活躍して頂かなくては」

「…………」

両者から揃って見つめられた。

久しぶりにリチャードさんから、してやられた感がある。ただ、自身の身勝手からエステルちゃんに負担を掛けている経緯を思えば、これくらいは受けて然るべきではないか、とも思う。そこまで考えたところで、童貞はふと気付いた。

まさかとは思う。まさかのまさか。

こうなることを見据えて、彼は娘を同行させたのだろうか。

いやいや、流石にそれはないだろう。

だってリチャードさんは、どこに出しても恥ずかしくない親バカ。実娘に苦労させるような真似は絶対にしない。たとえそれが家の為であったとしても。

しかし、負担を掛けたのはブサメンのミスが所以。彼としては想定外の出来事と言えなくないような。

あぁ、そうした意識こそ思い上がりも甚だしい。

「余はタナカ伯爵の働きに期待している。十分な褒美を以て応えよう」

「ええ、私もタナカ伯爵には派閥の中核を担って頂けたらと」

陛下とリチャードさんから与えられる圧がヤバい。

ここ最近になって、いい感じに歩み寄ったかと思えば、すぐさまこうして権力争いに励み始めるところ、流石はペニー帝国って感じがする。彼らの指示の下、派閥の方々がどのように動いているかとか、あまり考えたくない。

北の大国との関係が落ち着いたら、国を割って争いが始まりそうだ。

「お一人の期待に応えられるよう、今後とも尽力してゆきたく存じます」

ただ、メルセデスちゃんにとっては朗報となりそうである。

向こうしばらく、大聖国の扱いは彼女に丸投げしてしまおう。

＊

【ソフィアちゃん視点】

大聖国からニップル王国に戻って数日が経過しました。

我々は連日にわたって、同国に設けられた金属の加工場を訪れております。魔道具の製作の大半が、ミスリルやオリハルコンの加工作業となり、その関係で一日の大半をこちらで過ごしております。

　現場ではエルフさん指揮の下、大勢の職人さんたちが動き回っております。大量の金属を彼女が描いた設計書に従い、魔法陣の形に加工しておりますね。これがなかなか精緻なものでして、皆さんとても大変そうです。

　ある職人さんは金属を削り出して鋳型を作っております。またある職人さんは熱した棒状のミスリルをトンカチで叩いて、円状に曲げていたりします。そうした光景が工場の随所で見受けられます。

　ドラゴンさんとニップル殿下も作業に協力しています。魔法の力を利用して、金属をクネクネとさせておりますね。

　ちなみに精霊王様は、二日目の午後にはどこへともなく去って行かれました。たぶん、作業を眺めることに飽きてしまったのでしょう。突き詰めれば単純作業の繰り返しですから、見ていて楽しいということはありません。

　その手の行いに拙い私は、仕事に従事している皆さんにお茶を運んだり、お食事の支度をしたり、実作業以外でお手伝いさせて頂きました。ここのところデスクワークに終始していたので、久しぶりのメイド業はいい気分転換になりました。

　飲食店の娘としてのアイデンティティを取り戻した気分です。

　そうして皆さん一丸になって取り組むこと幾日か。

「よし、完成だ！」

　遂にエルフさんのお口からその声が発せられました。

　工場の中央に設けられた作業台の上、ミスリルとオリハルコンで構成された魔法陣が並べられております。大きさは二通りございまして、とても大きなものが一つと、比較的小さめなものがいくつか、といった塩梅です。

　前者の中央には大聖国から頂戴した魔石がはめ込まれておりますね。

　後者には比較的小柄な魔石が幾つか配置されています。なんでも前者を中心として、後者を円状に配置することで、その内側を守るように障壁を発生させるのだとか。こちらについては作業を行っている傍ら、エルフさんからご説明を受けました。メイド以外、皆さんも共有されています。

『本当にこんなので町を守れるのか？』

　作業台を眺めるドラゴンさんは疑問の面持ちです。

その気持ちは分からないでもありません。

こうして傍から眺めた限り、金属で作られた魔法陣はとても頼りなく映ります。ミスリルやオリハルコンで形作られているという一点でのみ、その価値を感じられる美術品さながらでしょうか。

純粋な価値という意味では、決して安くないと思います。

「早速だが起動実験を行ってみよう」

『……実験？』

「ニップル王国の首都を囲うように配置して、実際にこれを起動させるのだ。本来は龍王を筆頭とした王たちからの攻撃、つまり一定以上の魔力を検知して発動するのだが、今回は意図的に起動させて反応を確認したい」

どうやら実際にこちらの魔道具を使われるようですね。学のないメイドもワクワクとしてしまいます。

これは居合わせた職人さんたちも同様のようで、興味深げな眼差しで魔道具やエルフさんを見つめております。ここ数日は寝食すら忘れたように頑張って下さっていたので、その思いに報いることができればいいのですが。

『この薄っぺらいのをどこかへ置きに行けばいいのか？』

「早い話がそういうことだ。ただ、不用意に設置しても盗まれてしまう可能性があるからな。それなりに信頼がおける場所に配置したい。そこで魔法陣を設ける場所については、ニップル殿に協力を願いたいと考えているのだが……」

「そういうことなら、王軍の詰め所を利用したらどうだろうか。首都ラックの周りを囲っている外壁沿いに存在している。管理している者たちも、それなりに信頼がおける。他所の貴族に任せるよりは、いくらかマシだろう」

「うむ、是非とも頼みたい」

ニップル殿下のご協力があれば、配置先との交渉も含めて、残る作業は本日中にも終えられるのではないでしょうか。そうなるとエルフさんから説明のあった起動実験も、今日明日中には行えるような気がします。

ところで私の記憶が正しければ、明日にはペニー帝国の首都カリスで、魔王討伐を祝した大きな催しが開かれることになっております。先日、ドラゴンシティに戻った折にタナカさんからご連絡を頂戴しました。

こちらのメイドも一緒にどうかと、お誘いを受けました。

エルフさんやドラゴンさんにも、お声掛けがありました。

　ですがこちら、市中を凱旋した後にはすぐさま、お貴族様たちとの会食やご挨拶が待ち構えているとのことで、辞退させて頂いた次第にございます。取り分けドラゴンさんの思いは、完全に魔道具に傾いておりましたね。

　そうでなくとも魔道具の製作には、多額の資金を賭しております。町のお財布を預かっております手前、私もやはりこちらの進捗が気になります。タナカさんには申し訳ありませんが、揃って欠席とさせて頂きました。

　一方でエステル様などは、彼とご一緒されるそうです。嬉しそうに語る彼女の笑顔が、メイドは印象的に映りました。

『よし、それじゃあ行くぞ！　実験だ、実験っ！』

「お、おい、雑に扱って壊すなよ？　オリハルコンで補強しているとはいえ、複雑な構造をしているのだ。貴様のような者が下手に力を加えると、簡単にパキッといくからな？　しっかりと両手で支えるように持って……」

『そ、そんなの分かってる！　バカにするなっ！』

　起動実験、どうか成功して頂きたいところでございます。

　お二人を不安気に見つめる職人の方々を眺めて、メイドは切に願いました。

＊

　大聖国の扱いについて、リチャードさんと陛下の間で合意が為されてから数日後、首都カリスでは魔王討伐及び王女様の次代の聖女就任を祝して、大々的に祝典が催されることになった。当初予定されていた、陛下主催のイベントである。

　午前中、会場となるのは町のメインストリート。

　現在行われているのは、主に平民に向けてのパレードだ。

　ペニー王家お抱えだという大変立派な楽隊が、賑やかな音色を奏でつつ、首都カリスを練り歩いている。これから凄いことが起こりますよ、そんな予感を誰もに抱かせるような、非常に豪華な演出である。

　楽隊の周囲には騎士が隊列を成して毅然《きぜん》と歩む。

　そうした一団に前後左右を守られるようにして、一際豪華な馬車が何台か並んで通りを進む。随所に金細工の為された実用性皆無の装飾過多な様相は、素人目にも儀礼用だと判断できる。流石は見栄っ張りで有名なペニー帝国であると。

　周りを取り囲んでいるのは近衛騎士だ。

　こちらも例外なく金細工がそこかしこに見受けられる。馬鞍一つ取っても立派なもので、お馬さん自身も豪華におめかしをされている。よくまあ嫌がらないで面繋《おもがき》だ胸《むな》繋《かき》だと付けられているものだ。

　隊列は幾十メートルと伸びて、中程からでも先頭が窺えないほど。

　これが見事な規律の下、一定の速度で町を練り歩いていく。

　その様子をひと目見ようと、通りには多くの町民が顔を見せていた。

　本日のイベントについては、事前にお触れも出されていたようで、通りには出店の類いが随所に見られる。パレードの進行が予定されている首都カリスの主だった通りでは、お祭りの縁日を思わせる光景が広がっていた。

　町の人たちからは歓声が絶え間ない。

相手が目上の人たちとあって、当然といえば当然。まさか文句など口にできる筈もない。ただ、それでも声を上げる表情は誰もが嬉しそうで、素直に陛下バンザイ、ペニー帝国万歳、と声高らかに訴えていた。

　アイドルのライブを彷彿とさせる光景ではなかろうか。

「…………」

　そうした町並みをブサメンは馬車の窓越し、カーテンの隙間から眺める。

　隊列中程の馬車に乗せられて、出番を待っている状況なのだ。

　陛下自らのご紹介から、皆さんにご挨拶をする算段だそうな。

　政治家の選挙活動さながら、馬車の上に立って挨拶をしろと言われた。現在ご厄介になっている馬車には、二階に続く階段が設けられている。そして、二階部分より上にはお立ち台のようなスペースがあり、そこに立ってお喋りするらしい。

　ちなみに陛下は王女様と共に、一つ前の馬車に乗り込んでいる。流石に王族と同じ馬車には乗せられないとのことで、続く一台に乗車しての出番待ちである。また、ブサメンが乗り込んだ馬車の後ろには、フィッツクラレンス家の馬車が続く。

このあたり昨今のペニー帝国の力関係が如実に窺える。

陛下の言葉に従えば、タナカ伯爵のお披露目、という側面もあるそうだ。

平たい黄色族を表舞台に立たせてしまっていいものかと、疑問に思わないでもない。魔道貴族あたりを代わりに推してはどうかとは、過去にも繰り返し提案している。ただ、リチャードさん的には外せない配置のようだ。

一つ前の馬車の上では、既に王女様がお披露目の真っ最中。自身が乗り込んだ一台と同様、お立ち台が設けられており、そこに立って民に向かい手を振っている。腹の中に湛えた感情など寸毫《すんごう》とて感じられない、非常に愛らしい笑顔だ。

これで処女だったら、とは願わずにいられない美少女っぷり。

また、彼女の傍らには大聖国の教皇までもが立っている。

後者についてはメルセデスちゃんが本国から調達してきた。大量のお薬を投与して薬漬けの上、トトちゃんとのキメセクで廃人同様となっている彼は、近くで眺めるとかなり怪しかった。あうあう言いながら口から涎を垂らしておられた。

それでも顔立ちを化粧で取り繕い、立派な法衣を着せれば化けるものだ。更に本日は魔法を利用して、身体の自由を奪っているという。こうした何気ないワンシーンで感じる、異世界の緩い倫理観、ブサメンは未だに慣れそうにない。

ペニー帝国の王女様が、正式な次代の聖女であることを群衆にアピールする為、わざわざ本国からご足労願ったようである。移動に際しては、縦ロールとキモロンゲが手伝いをしていた。空間魔法様々である。

本日中にも王城で、聖女の座を引き継ぐ為の儀式が行われるのだとか。

その関係でブサメンの正面には、メルセデスちゃんとトトちゃんの姿が見られる。教皇に何かあった場合、すぐにでも駆けつけられるように、とのことで陛下から待機を仰せつかっている彼女たちだった。

「お、おい、タナカ。改めてこの場で確認したい」

「なんでしょうか？　メルセデスさん」

「本当に当面、あの国を任せてくれるのか？」

真剣な面持ちとなった近衛レズが、醤油顔に尋ねた。

あの国とは大聖国を指してのことだ。

ただし、彼女の片手は現在進行形で、トトちゃんの股間に突っ込まれていたりするから、童貞には非常に刺激的な光景だ。即座３Ｐしたい衝動に駆られる。クチュクトチュと届けられる卑猥な音。その緩急と合わせて響くトトちゃんの嬌声が堪らない。

もし万が一にも民に目撃されたのなら、失脚モノの光景である。

そのドキドキ感に妙な快感を覚えているの、癖になりそうでちょっと怖い。マジックミラー系のアダルトビデオが、世代を越えて常に一定の需要を生んでいる理由、気付いてしまったかもしれない。

「ええ、是非とも貴方にお願いしたく思います」

「っ……そ、そうか！」

醤油顔の返事を受けて、メルセデスちゃんは満面の笑み。

指までもが動いたらしく、トトちゃんからは喘ぎ声が上がった。


御者に聞こえているのではないかと、ブサメンは気が気でない。

だけど、どうしても止めて欲しいと言えない。

罪深きは童貞が故の類まれなる好奇心でございます。

「やはり持つべきものは、志を共にする友だなっ！」

「ええまあ、今後とも仲良くして頂けたらと……」

自身も世話になっている手前、一概に否定できないのが悔しい。

むしろこちらこそありがとうございます。

ロイヤルビッチが一派を率いて大聖国を訪れるまで、どれだけ急いでも数ヶ月は要することだろう。既に利権を確保しているフィッツクラレンス派閥以外、今後は他所のお貴族様たちも賑やかになりそうである。

こうなると近衛レズの治世は、最低でも向こう一年ほど続きそうだ。

以降も醤油顔に与えられた権限次第では、続投を願うかもしれない。

「ですが最低限、国としての体裁は保っておいて下さい。王女様が足を運ばれるまでに崩壊しているようなことがあっては、私としても困ってしまいます。宗教国家としての権威は、なるべく長持ちさせて頂けたらと」

「当然だろう？　あそこほど女を囲うのに都合がいい場所はない」

嬉々として語ってみせるメルセデスちゃん。

彼女のこんな素敵な笑顔、初めて見たかもしれない。

めっちゃレイプしたい。友としてレイプしたい。

「……であれば、いいのですが」

「貴様もさっさと越してこい。とびきりの女を用意しておこう」

「そうですね、いつか暇になったら足を運ばせて頂きます」

なんて魅力的なご提案だろう。

明日にも引っ越したい。

しかし、惜しむらくは仕事が山積みの身の上。

今後しばらくは宮中で、貴族としての挨拶回りやら何やらが予定されている。陛下とリチャードさん、両名から請われてのことだ。直近では本日の午後から、王侯貴族に向けての祝賀パーティーに参加予定となる。

こちらについてはドラゴンシティの面々もお誘いさせて頂いた。


しかし、皆々からの反応はよろしくなかった。

貴族嫌いなゴンちゃんは即座にパス。パーティーと聞いて顔をほころばせたソフィアちゃんも、当日の予定と参加者を耳にした途端、身を震わせてプルプルと。エディタ先生とロリゴンも、他にやることがあるからと辞退。

結果として参加者は、縦ロールとノイマン氏、ショタチンポの三名。エステルちゃんとゾフィーちゃんは既に後続の馬車で待機している。パレードが終わり次第、フィッツクラレンス家で落ち合う段取りだ。

「ところで、貴様には以前から一つ尋ねたいことがある」

「なんでしょうか？」

「どうしてフィッツクラレンスのご令嬢とは……」

タナカ伯爵の出番を待ちつつ、近衛レズと他愛ない言葉を交わす。

出番は御者の方が伝えてくれるから安心していられる。

そうした時分の出来事であった。

馬車の外から怪獣映画さながらの咆哮が聞こえてきたのは。

グォオオオオオ！　っときた。

窓の閉め切られた馬車に乗っていても、ビリビリと大気の震える感覚が肌に伝わってくるほど。耳を押さえたくなるくらいの轟音であった。外にいた人たちなど、鼓膜を痛めていても不思議ではない。

同時にブサメンとしては、どこかで覚えのある響きでもあった。

屋外からは人の他に馬たちの慌てる気配が伝えられる。我々の馬車を引いている馬が暴れなかったのは不幸中の幸い。

きっと神経の図太いお馬さんが担当して下さっているのだろう。

それでも進行はストップ。

窓越しに眺める外の風景はすぐに静止した。

大慌てで屋外の様子を確認すると、そこには蜘蛛の子を散らすように、逃げ惑う人々の姿が。それは通りの脇に顔を見せて、万歳の声を上げていた町民のみならず、パレードを形作っていた騎士たちも同様である。

「おい、タ、タナカッ！」

「メルセデスさんとトトさんは馬車内で待っていて下さい」

ブサメンは大慌てで馬車から外に飛び出した。

まさか確認せずにはいられない。

直後、視界に飛び込んできたのは、頭上に浮かんだ巨大なドラゴンだ。通りを跨《また》いで周辺の家屋を飲み込むように、首都カリスの町並みに大きく影を落としている。その鼻息で街路樹が根本から軋みを上げるほど。

間違いなく五十メートル以上ある。

飛行魔法で身体を浮かべている為か、翼は開いた状態で静止している。もしそれが動き出したのなら、通りに並んだパレードの隊列は、人が机上に落ちた埃を吐息で払うように、片っ端から吹き飛ばされていたことだろう。

急な出現は恐らく空間魔法によるものと思われる。

重要な式典の只中とあって、本日は空にも警備の目があった。馬車上空などかなり厳重に守られていた。これをかき分けて登場したとすれば、もっと早い段階で騒動になっていたと思う。

しかもそのシルエットには、なんとなく見覚えがある。

ただ、自身が知っているものより少しだけ小ぶり。

細々とした部分は異なっているけれど、全体として似たような外見のドラゴンが、我らがホームで町長の座に就いている。世間的にはエンシェントドラゴンなる呼び名で扱われている種族だそうな。

「ニンゲンという種の、なんと小さきこと。なんと脆きこと」

逃げ惑う人々を見下ろして、空に浮かんだドラゴンが喋った。

たしかに先方からすれば、我々など小動物扱いだろう。

ブサメンのすぐ近くには、陛下とロイヤルビッチの姿がある。一つ前の馬車から転がり出てきた両名は、共に頭上を見上げて唖然としていた。ただし、直後に見られた反応はお互いに対照的なものである。

腰を抜かしてその場にへたり込んだのが陛下。

一方で瞳を輝かせて見惚れているのが王女様。

後者が何を考えてドラゴンを見つめているのか、ブサメンは想像するのが恐ろしい。本当に彼女は彼の実娘なのかと、出自を疑いたくなる。陛下、もしかして托卵とかされてませんよね。

ちなみに教皇様は、ひっくり返った馬車の隣でアウアウしている。

「余からすればニンゲンなど、枝から地に落ちた木の実にも等しき存……っ！」


直後、頭上のドラゴンと目が合った。

先方からご高説を賜わろうとした間際のことである。

クワッと見開かれたドラゴンアイズが、こちらの存在を捉えた。

同時にビクリと、空に浮かんだ巨漢が小さく震える。

「……存在である。なんと拙き生き物だろうか」

捕捉されたのは間違いあるまい。

一連の反応から察するに、空に浮かんだ巨大なドラゴンの正体は、龍王様で間違いなさそうだ。姿どころか声色にも変化が見られるけれど、やたらと大上段な口上は、相変わらずの驕りっぷりである。

なにより彼には、推測を確信するだけの共連れがいらっしゃる。

ドラゴンと比べるとあまりにも小さいけれど、たしかに人が一人、龍王様の頭部より横に位置している。飛行魔法により身体を浮かべて、彼と同じように首都カリスの町並みを眺めている。

全身鎧でバッチリと決めた姿は忘れよう筈もない。

「スペンサー子爵、このような場所に何用でしょうか？」

「やはり貴方もこの場にいましたか、タナカ伯爵」

互いに声を上げてのトーク。

我先にと逃げ出した人々の動きも手伝い、喧騒は早々に遠退いていく。界隈からはあっという間に人気が失われた。おかげでそれなりに距離が開いていても、スペンサー子爵とは言葉を交わすことができる。

このような状況でも近隣に残っている者たちがいるとすれば、それは頑なにポジションをキープする王女様と、彼女の傍らで腰を抜かした陛下。そして、命を懸けてでも二人を守らんとする近衛騎士が数名、といった塩梅だ。

「事前にご連絡を頂ければ、お迎えに上がったのですが」

「いいえ、伯爵の手を煩わせることはありません」

スペンサー子爵が同行しているということは、本日の来訪は北の大国の意向、ということになるのだろう。わざわざドラゴンモードとなった龍王様がご足労された事実に、ブサメンは危機感を覚える。

そして、こうした疑念はまさにドンピシャリであった。

「して、どのようなご用件でしょうか？」

「本日これより、北の大国はペニー帝国に宣戦布告します」

人気の失せた首都カリスのメインストリートに子爵の

声が響く。

宣戦布告。

戦争、ヨーイドン、宣言。

可能性の上では考慮していたけれど、いざ実際にこうして言われてみると、なかなか胸に来る台詞ではなかろうか、宣戦布告。

新卒採用の最終試験で、第一希望の企業から不採用を言い渡されたときのような気分である。

視界の隅では陛下が身を震わせる様子が目に入った。すぐ傍らでは王女様の顔に笑みが浮かぶ。

二人を守るべく立ち上がった近衛騎士たちは腰が引けている。

肩越しに背後へ意識を向けると、御者が逃げた馬車内では、メルセデスちゃんとトトちゃんがお楽しみ中の気配。ギシギシと音を立てて上下運動を始めた馬車に、童貞は興味と不安を覚える。お馬さんは気にせず立ち呆けておりますね。

「わざわざ知らせにいらして下さるとは恐れ入ります」

「……相変わらずですね、タナカ伯爵は」

「そうでしょうか？」

「姉が言っていたことも、なんとなく理解できます」

「スペンサー伯爵からは何と？」

知らぬ仲でもないので、挨拶も早々にああだこうだとお話をさせて頂く。感覚的には入札やコンペでバッティングした、ライバル企業の担当社員、みたいな感じ。ただ、そうしてやり取りを始めたのも束の間のこと。

「おい、余を無視して話をするつもりか？」

「っ……い、いえ、申し訳ありません」

速攻で龍王様から突っ込みを頂戴してしまった。

相変わらず気難しい性格の持ち主だ。

こうなると気になるのは北の大国と彼の関係である。

先代の不死王様というキーパーソンの不在を確認して尚も、後者は前者に寄与することを決めたのだろうか。だとすれば、どういった理由で与することにしたのか、一方的に宣戦布告されたペニー帝国の民としては気になって仕方がない。

あと、ロリゴンより少し体格が小さいのは年齢差だろうか。

彼女のほうが龍王様より年上らしい。

その事実にどうしても、童貞は心がソワソワするのを感じる。

ロリゴンにお姉さんポジで、逆レイプして欲しい欲求に駆られる。

「余はさっさと用事を済ませて居城に戻りたい」

「ええ、是非ともお願い致します」

どうやら宣戦布告の為だけに訪れたのではないらしい。

スペンサー子爵の返事を受けて、龍王様に動きが見られた。我々の頭上に浮かんだ巨体が、自らの斜め上、虚空を眺めるように翻る。そうかと思えば、彼の視線が見つめる先で、非常に大きな魔法陣が浮かび上がった。

直径が龍王様と大差ない規模感だ。

法線ベクトルが地上に向けられていることに、醤油顔は危機感が募る。

しかし、彼から続けられた言葉は、自身の想定とは些か趣が異なった。

「これを見るといい、ニンゲン」

龍王様の声を受けて、魔法陣に変化が見られた。

水面に水滴でも垂らしたかのように、陣の縁から内側が揺らいだかと思いきや、背後に透けていた空の青が失われる。代わりに見えてきたのは、なんだろう、どことも知れぬ町並みである。お城を中心として、その周囲に広がる建物の群れだ。

これを斜め上から見下ろすクオータービュー。

「…………」

いいや、待てよ。

ブサメンはこちらのお城を知っているぞ。

南部諸国でも随一の貧乏国家、ニップル王国の王城である。

過去に何度か足を運んでいた為、すぐに気付くことができた。

頭上に展開された龍王様の魔法は、遠く離れた場所の光景を確認する為のものみたいだ。ゴマ粒ほどの大きさで、人々が動き回っている様子まで窺える。どうやらリアルタイムでのご提供らしい。空間魔法の応用、みたいな感じだろうか。

いずれにせよ大変便利な魔法でございますね。

これがあれば、気になる場所を自由に覗きたい放題。

ブサメンは夢が広がるのを感じる。

日々のオカズに困ることもなくなるだろう。

取り急ぎ、後ろでギシギシしている馬車の中を覗きたい。

「ニップル王国の首都ラックかとは思いますが、こちらが何か？」

「本日をもって、消滅する町の名前である」

「…………」

そういうこと言われると、ブサメンは困ってしまう。

まさか冗談とは思えない。

恐らくは北の大国の意向、スペンサー子爵から助言を受けての判断だろう。ドラゴンシティや首都カリスを直接叩くよりは、我々の感情を逆撫ですることなく、それでいて南部諸国の情勢を一気に翻すことができる。

ニップル王国的には、完全にとばっちりである。

当然ながら、タナカ伯爵としては絶対に許容できない。

この場はイキり倒したとしても、龍王様の暴挙を防ぎたい。

「龍王様はご自身の治める町が惜しくはないのですか？　ニップル王国はペニー帝国と同盟関係にあります。これが攻められたとあらば、我々としても黙ってはいられません。その矛先は北の大国のみならず、貴方にも及ぶことでしょう」

「ニンゲンが余を攻めるとあらば、余は今後もニンゲンを攻めよう」

「その意思は本気ですか？」

「余は町が失われたのなら、他に守るべきものもなくなる」

たぶん、スペンサー子爵から色々と入れ知恵を受けたのだろう。

我々人間にとって王の名を冠する存在は絶対的である。その事実を正しく理解したのなら、今回の判断も分からないではない。もしくは自分たちが攻めねば、我々の方から攻めてくるとか考えているのかも。

いずれにせよ前回にも増して、強硬姿勢に磨きがかかっている。

「……我々に黙って見ていろと？」

「余が前に訪れた町、あの町が大切であればそうするといい」

どうやら暴力に物を言わせて解決することは無理そうだ。

こうなると残された手立ては交渉ばかり。

どうにかして龍王様に思い留まらせることはできないものか。

「一つだけ確認させて下さい。龍王様の目的は何ですか？」

「このニンゲンたちは、余の他にも王を探しているという。不死王や獣王がその方らに与するというのであれば、余はこのニンゲンたちに与しよう。そして、余の考えに賛同する他所の王や小さき者たちに庇護を与える」

すぐ傍らに浮かんだスペンサー子爵に、チラリと視線を向けてのお言葉だ。

やっぱりそうなりますよね、とは喉元まで出かかった思いである。

北の大国のみならず、龍王様にまで危機感を抱かせてしまったようだ。精霊王様の言葉ではないけれど、我々が世の中の王様たちを巻き込んで、よろしくないことを企んでいる、みたいに捉えられてしまったのかもしれない。

「我々には龍王様と敵対する意思はありません。できることなら今後とも、末永く交流を育んでいきたいと考えております。不死王との件では残念な結果になりましたが、既にそれも過ぎたことではありませんか」

「その言葉を余に信じろと？」

「是非とも信じて頂けたらと」

「ではどうして、その方らは他所の王と交友を得たのだ？」

「龍王様との交渉に臨むため、後ろ盾が必要であったからです」

「あの者を頼らずとも、既に不死王や獣王を抱き込んでいるではないか」

あの者とは、精霊王様を指してのお話に違いあるまい。恐らく我々との関係を考えあぐねているのだろう。

「ご存知とは思いますが、当代の不死王は未だ幼く弱々しい存在です」

「余は到底、そのようには思えない。先代の魔王を打倒した者たちに不死王、十分な力ではないか。更には獣王とも二代にわたり交友があると、そこのニンゲンから聞いた。その方らは数々の王と手を組んで何を考えている？」

ニンクの大森林での出来事、スペンサー子爵にチクられてしまった。

現状、彼からの指摘通り、両者の力関係は我々に分がある。正面から争ったら、犠牲の大小はさておいて、最終的に勝利するのはこちらで間違いない。だからこそ、こうして言われてしまうと、上手い返事が浮かばない。

そうこうしているうちにも、龍王様に動きが見られた。

遠見の魔法とは別に、龍王様の下方に魔法陣が浮かび上がる。

「そこで大人しく見ているといい」

直後には彼の傍らに浮かんだ遠見の魔法の先で、ニップル王国の首都ラック上空にも同じようなデザインの魔法陣が出現した。一連のやり取りから、どのような魔法なのかは容易に想像ができる。

過去に先代の魔王様も用いていた、遠距離にある対象を攻撃するやつ。

「待って下さいっ！」

まさか放ってはおけなくて、ブサメンは大慌てで空に上がる。

スキルポイントを消費して空間魔法をゲット、ニップル王国に駆けつける。などといった対応も思い浮かんだけれど、とても間に合う気がしない。また、仮に間に合ったとして、首都ラック全体を対象とした初見の魔法をどうやって防げばいい。

こうなると龍王様を攻めて、魔法を中止させるしかない。

そのように考えて、先方の鼻先に向かい全力でファイアボール。

黒いヤツを出せるだけ出して撃ち放つ。

「その方からの返答、しかと受け取った」

瞬く間に接近したファイアボールは、次々と龍王様に着弾。

しかし、彼はこれを腕や脚部、更には翼の端々といった、肉体の末端で受けると共に、被弾した部位を自ら切り落とした。秋葉原《あきはばら》の路上で売られているケバブの調理風景さながら、文字通り身を切ってブサメンからの攻勢に対処である。

欠損した部分は回復魔法により、次の瞬間には完治。

以前の争いを受けて、確実に対処法を練られてしまった。

ドラゴンモードでの登場は、この為であったのかもしれない。

そして、ブサメンがファイアボールを放っている間にも、龍王様の魔法はペニー帝国から遠く離れて、ニップル王国の首都ラック上空で完成。遠見の魔法越し、魔法陣が力強く輝きを放つ様子が、我々の視界に飛び込んできた。

「っ……」

巨大な魔法陣から、地上に向かって眩い輝きが降り注ぐ。

それは陽光を反射してキラキラと瞬く雨さながらの光景だった。

＊

【ソフィアちゃん視点】

本日、メイドはニップル王国の首都にある王宮にお邪魔しております。

何故に王宮かと申しますと、先日完成した魔道具の一つがこちらに設置されているからです。国は傾いてしまっておりますが、過去にはそれなりに繁栄していた名残とでも申しますか、王宮はかなり広々としたものです。

そのなかで我々が足を運んだのは、王族以外は招かれた方しか立ち入りが許されていないという中庭です。最低限の手入れは行われているようで、控えめではありますが、申し訳程度に樹木や花々が見受けられます。

なんでもお妃様やニップル殿下、殿下のご兄弟たちが、手ずから面倒を見ているのだとか。庭師を雇う余裕もないという裏話を、殿下ご本人から耳にした後ですと、花壇に生えた花一つ取っても、妙な感慨を抱いてしまいます。

魔道具はその只中に、ドンと配置されておりますね。大きな魔石と組み合わされた、一際大きな魔法陣でございます。他の魔法陣はこれを中心として、町全体を囲うように配置されております。昨日には我々も、その設置を巡って右往左往しておりました。

「よし、それじゃあ早速だが試験を始めよう！」

正面に鎮座した魔道具を眺めて、エルフさんが言いました。

どことなく浮足立った雰囲気が感じられます。

きっと彼女も試験が上手く行われるか気になっているのでしょう。

『どうやって始めるんだ？』


「以前も説明したが、本来であればこれは一定以上の魔力に対して、勝手に反応するようにできている。だが今回は試験なので、こちらから魔道具に対して働きかけることで、障壁を発生させようと思う」

「念の為に確認するけど、城や町には悪影響とかないんだよな？」

「うむ、その点については問題ない。どうか安心して欲しい」

「ならいいけどさ……」

『ふぁー？』

ニップル殿下はいささか不安気でございますね。

訝しげな眼差しで魔道具を眺めておられます。

あと、彼女を気遣うように見つめる鳥さん、とても可愛いです。

こと安全面において、自身はこれといって危惧もございません。なんたってエルフさん謹製の代物です。昨日も夜遅い時間まで、ご自身で点検をされていました。なのでメイドは落ち着いてことの成り行きを眺めていられます。

ただ、そうしていたのも束の間のこと。

ドラゴンさんが頭上を眺めて、ふと呟かれました。

『なぁ、上になんか浮かんでるけど、あれも試験なのか？』

「……ん？」

その声を受けて、皆さん一様に頭上を見上げました。

たしかにご指摘の通り、空の一角に魔法陣が見られますね。

エルフさんからは間髪を容れず、悲鳴じみたお声が漏れました。

「あ、あれはっ……」

直後、魔法陣から輝きが発せられました。

地上に向けて生まれた巨大な陣から放たれて、雨が降るように光が降り注いできます。下方へ進むのに応じて段々と幅が広がり、かなりの広範囲に対して流れ落ちているように思われます。

しかし、輝きが我々の下まで届くことはありません。

時を同じくして、頭上では更なる変化が見られました。

空全体がキラリと輝いたかと思えば、数多降り注ぐ光を遮っているようです。まるで窓ガラスが横殴りの雨を弾くかのように、目に見えない何かが大量に降り注ぐ光を弾き飛ばす光景が、地上からも遠く窺えます。

『……おい、エルフ。攻撃されてないか？』

「あぁ、どうやらそのようだ……」

『あれってオマエがやったのか？』

「ば、馬鹿を言うな、どうしてそうなる！」

『それじゃあ、どうして攻撃されてるんだ？』

「いや、私に聞かれても……」

攻撃だそうです。

どうやら町が攻撃を受けているようです。

けれど、これといって我々に被害はありません。

あまりにも予期せぬ出来事であった為か、皆さんも呆け顔で頭上を眺めるばかりです。もしやこうして王宮が無事なのは、エルフさんの魔道具が効果を発揮しているからだったりするのでしょうか。

ただ一人、ニップル殿下だけが大焦りでございます。

「ちょっと待ってよ、攻撃ってどういうこと!?　攻撃って！」

「仔細は定かでないが、あれはたしかにその手の魔法陣のように思える」

「うちみたいに貧乏な国を攻撃して、なんの得があるんだよっ！」

「い、いや、そこまでは私も分からなくてだな……」

彼女が慌てふためいているおかげで、メイドは逆に冷静になれます。

精霊王様がご一緒であれば、何かしら知見を頂戴することができたかもしれません。しかし、彼女とは数日前に別れて以降、一度もお会いしておりません。代わりに大地の大精霊さんが、町長さんのお屋敷に滞在されていらっしゃいます。

何かあったら彼に伝えて欲しい、とのことです。

昨日は鳥さんと共に、お風呂をご一緒させて頂きました。

そして、我々があぁだこうだと賑やかにしている間にも、正体不明の攻撃魔法に変化が見られました。魔法陣の輝きが弱まると共に、段々と光の雨が降り止んでいきます。やがて魔法陣が消えると、空は元の静けさを取り戻しました。

にわか雨さながらの光景ではないでしょうか。

耳を澄ませてみるも、これといって悲鳴や叫び声が聞こえてくる気配はありません。もしも攻撃魔法を受けたのなら、どこかしらから喧騒が聞こえてきそうなものです。それがないということは、被害はゼロか、あっても極々軽微と思われます。

エルフさんの魔道具が早速活躍したみたいですよ。

「状況はよく分からないが、魔王に比肩する者から攻撃を受けた可能性がある！　あと、と、とりあえず魔道具はちゃんと発動した！　そこで繰り返し攻撃を受けた場合を考慮して、ここにある魔石に魔力を込めたい！」

ご本人もそのように考えたようです。

試験のつもりがいきなり本番になってしまいましたね。

『まさかオマエ、ここでジッとしてるつもりか？』

「魔道具で時間を稼いでいる間に、精霊王の下まで話を付けに行ってくる。本来そういう用途で考えていたものだからな。もし仮に相手が龍王であれば、あの者も我々からの声を無視することはあるまい」

わずか一日でも魔道具の設置が遅れていたのなら、ニップル王国の首都ラックは壊滅の上、我々も死んでいたかもしれません。そのような状況でも、テキパキと行動の指針を立てて下さるエルフさん、とても頼もしくございます。

彼女が一緒でなかったら、メイドは恐怖から震え上がっていたと思います。

『オマエが作ったの、本当に大丈夫なのか？　壊れないか？』

「十分な魔力が供給されていれば、そう容易に壊れることはない」

『だけど、そ、それより町に戻ったほうがいいんじゃないのか？』

「魔道具に込められた魔力は有限だ。もしも我々が逃げ出したあとで、魔力が枯渇したのなら、ニップル王国は無事ではすまないだろう。もちろん決して無理にとは言わない。難しいようであれば町まで送る。ただ、可能であれば手を貸して欲しい」

エルフさんの発言から、皆さんの意識がニップル殿下に向かいました。

彼女は昨日から引き続き、現場の責任者として、我々と共に魔道具の試験に立ち会って下さっています。今もすぐ近くでエルフさんのお話を耳にされていました。だからでしょう、その反応は顕著なものです。

「っ……べ、べつに、逃げてくれても、いいんだぞ？」

目に見えてプルプルと全身が震えておりますね。

それはもう必死な面持ちでございます。

今にも泣き出してしまいそうな表情が、こちらのメイドとしましては、他人事のような気がしません。それでも果敢に強がってみせる彼女の姿を目の当たりにしては、流石のドラゴンさんも続く言葉が出てきませんでした。

『ぐ、ぐるるる……』

なんだかんだでここしばらく、ニップル王家にはお世話になっておりましたから。ふかふかのベッドや広々としたお風呂、更には毎日のご飯まで美味しく頂いておりました。こうなると彼女としても引くに引けないようですね。

言動はぶっきらぼうですが、身内には情の厚いドラゴンさんです。

「見たところ空に術者の姿は見られない。魔法陣の組成からしても、別所からこちらに向けて放たれたものだと思われる。相手が龍王だとすれば、下手に障壁の外に出て、不意打ちを受けることのほうが危険だ」

『……分かった。オマエの言うとおりにしてやる！』

「貴様たちばかり危険な目に遭わすような提案をしてす

まない」

『い、いいからさっさと始めるぞっ！』

意を決したお顔となり、ドラゴンさんが大きく頷かれました。

次いでエルフさんの意識が向かったのは鳥さんです。

彼をチラリと見つめてから、メイドにお声掛けがありました。

「不死王には、その、ま、魔力を込めるように伝えてもらえないか？」

鳥さんがメイドのお願いを聞いてくれるか否かは定かでありません。そもそも魔力を込めるという行いが、自身もサッパリでございます。エルフさんもお願いに際しまして、多分に躊躇が見られます。ですが、努力を惜しむつもりはありません。

この場は素直に頷かせて頂きましょう。

「はい、承知いたしましたっ！」

『ふぁ？　ふぁ？』

話題に上ったご本人はと申しますと、急に慌て始めた我々を受けて、キョロキョロと皆さんの様子を窺っております。相手の機嫌を窺うような眼差しが、とても愛らしいですね。頭をナデナデしたい衝動に駆られます。

取り急ぎ、ドラゴンさんにお手本を示して頂き、これに倣って頂くようお願いしてみるとしましょう。それで駄目だったら、また何かしら方法を考えたいと思います。こう見えてなかなか賢い鳥さんですから、きっと頑張ってくれると思うのですよ。

「よし、それじゃあこの場は頼んだ。私もすぐに戻る！」

エルフさんが戻られるまで、メイドも頑張らせて頂きましょう。

なんたって彼女が作り上げた魔道具の価値を世間に示す絶好の機会です。

＊

これはもう間に合わない、そう思った直後の出来事である。

遠見の魔法越しに眺める風景にブサメンは疑問を覚えた。

龍王様が放ったと思しき魔法に対して、なんかこう、現地では頑張って耐え忍んでいるかのような光景が目に映ったから。彼の放った魔法が土砂降りの雨だとすれば、その下でコンビニのビニ傘でも差しているかのような感じ。

どれだけ待っても町に被害は見られない。

米粒ほどの大きさで動いていた現地の人々が、揃って足を止める様子が窺える。恐らく頭上の輝きを眺めてのことだろう。もしも攻撃が当たっていたら、散り散りに逃げ惑っているはず。それがないということは、現時点での被害はゼロ。

「…………」

気になって龍王様に視線を向ける。

するとそこには自身と同様、遠見の魔法越しの光景を眺めて、唖然とする彼の姿があった。口を半開きにして驚いているドラゴン、ちょっと可愛い。その姿を眺めていて、ブサメンはふと出会った当初のロリゴンを思い出した。

しばらくして雨は上がり、現地の空は静けさを取り戻す。

こうして眺めた限り、ニップル王国の被害はゼロである。

町が消滅するどころか、建物一つ倒壊した気配はない。

「な、なんだこれはっ……」

悠然と構えていたのとは一変、龍王様から戸惑いの声が漏れる。

彼としても想定外の出来事であったのだろう。

そういえば大聖国で顔を合わせた際に、エディタ先生が言っていた。メイドさんやロリゴンと一緒になって、町を守る為の魔道具を作っているのだと。彼の国を訪れていたのも、必要な材料を求めてのことであったらしい。

もしやそれが関係しているのではなかろうか。

確信はない。

けれど、これはチャンスである。

この場は押して押して押しまくるのが吉と見た。

「だから言ったではないですか、待って下さいと」

「……余の魔法に何をした？」

「私は何もしておりません。ただ、この手の魔法は過去にも魔王様から発せられて、世の中を騒がせておりました。そこで我々も対策を練らせて頂いた次第です。今後、こうしたやり取りは無駄であると、重々ご理解を頂けたら幸いです」

「…………」

エディタ先生の魔道具がどういうモノなのかはサッパリ分からない。

ただ、今回のハッタリで今みたいな不意打ちが減ったら嬉しい。

同時に意識すべきは周囲に居合わせた方々。どれだけの人たちにブサメンの声が届いているかは定かでない。ただ、この場はドラゴンシティの存在を世の中にアピールする、絶好の機会ではなかろうか。

龍王様を圧倒すると共に、宮中での発言力をゲットさせて頂こう。

ブサメンはスペンサー子爵に向き直り、口上を続ける。

「どうやら北の大国は、本格的に龍王様の協力を取り付けたようですね」

「……それが何でしょうか？」

「こうして宣戦布告に訪れたのも納得です。しかし、我々ペニー帝国は自国の戦力として不死王を擁しており、その上で当代及び先代の獣王と円満な関係にあります。このあたりはスペンサー子爵もよくご存知ではないかなと」

「言われずとも存じています」

「併せて昨今は、精霊王とも協力関係にあります」

「っ……」

醤油顔の物言いを受けて、スペンサー子爵の顔が強張った。

どうやら龍王様からは聞いていなかったようだ。出会い頭、いいように追い払われてしまった経緯が、彼の自尊心を刺激したのではなかろうか。わざわざ自らの無様を人間相手に語って聞かせるような人物ではない。

先程もあの者扱いで言葉を濁していたし。

「前言を撤回するのであれば、この瞬間が分水嶺ではないかなと」

空に浮かんだブサメンは、先方の正面で存分に恰好つける。

なんたって地上には、陛下や近衛騎士たちの目があるからな。

「精霊王を味方に付けたなどと、タナカ伯爵は嘘を吐いているのでは？」

「私の言葉を信じるか否かは、スペンサー子爵にお任せ致します」

「…………」

そうこうしていると、我々のすぐ近くに魔法陣が浮かび上がった。

パッと見た感じ、空間魔法のそれである。

何事かと身構えたのも束の間、姿を現したのは自身も見知った面々だ。エディタ先生やロリゴン、ソフィアちゃんと彼女に抱かれた鳥さん、更には精霊王様まで一緒だからどうしたことか。

急に現れたかと思いきや、龍王様に身構える面々。

どうやら彼の巨体を捕捉して、やって来てくれたみたいである。

「皆さん、どうしてこちらへ……」

「つい先程のことだが、ニップル王国が何者かに魔法で狙われた。そこで取り急ぎ、我々の町と首都カリスを確認しに向かったところ、遠目に龍王の姿が見えたのでな。だが、貴様まで一緒だとは思わなかった」

一同を代表して、エディタ先生が事情を説明してくれた。

ブサメンが想定していた通りである。

直後には我々の面前で龍王様に変化があった。


すぐ近くに精霊王様の姿を確認してだろう、即座に身構えてみせる。図体の大きな彼だから、それが身体を大きく動かして臨戦態勢を取ったのなら、嫌でも意識させられる。とても危機感を煽られる光景ではなかろうか。

これにはスペンサー子爵も驚いたようだ。

「りゅ、龍王様、急にどうされたのですか？」

「……なんでもない、気にするな」

気にするなと言われても、どだい無理な話である。

自ずと彼女も気付いたようだ。

先生たちを眺めて、そのお顔に焦りが浮かぶ。

「まさか、先程話題に上った精霊王というのは……」

「…………」

自分に都合が悪いことを言われると、途端に黙ってしまう龍王様。

どこぞの誰かさんと同じである。

『オマエ、今度は何しに来たんだよ！　城に帰ったんじゃなかったのか!?』

「あぁーん、こんなに早く再会するなんて、私も驚いちゃったよぉー！」

ロリゴンと精霊王様から声が上がった。

ソフィアちゃんは龍王様の巨大な姿を目の当たりにして、完全に怯えてしまっている。他方、彼女に抱かれている鳥さんは状況が飲み込めていないようで、そんな彼女を気遣うように可愛らしい鳴き声を上げているぞ。

皆には色々とお話を聞きたいところだけれど、この場は龍王様の対応を優先しようかな。

せっかくの機会なので、醤油顔は彼に向かって言葉を続けた。

「龍王様に改めてお伝えさせて頂きます」

「……言うてみよ」

「もし仮に貴方が我が国や同盟国を攻めるというのであれば、こちらも北の大国を筆頭に、龍王様の居城も含めて、攻勢に移らざるを得ません。一方的に領地が蹂躙される光景を、そちらは許容できますか？」

「おい、それは卑怯だ」

「我々も龍王様と同様、そう多く守るものを持ってはいないのです。そして、どれもこれもが大切なものばかりなのです。何かしら一つ欠けただけで、すべてをかなぐり捨ててでも、攻勢へ移ることになると思います」

「…………」


自身の弱みを引き合いに出されて、龍王様がまた変な感じ。

ロリゴンもそうだったけれど、エンシェントドラゴンに通じるこの不思議なやり取り、なんだろう。自分より強い相手と滅多に出会わないからなのか、他者から圧倒された際にコミュニケーションエラーが頻発する。

「ですから龍王様には、どうか手を引いて頂きたく存じます」

「それはできない」

どうにか引っ込んで下さいと祈るような面持ちで伝えさせて頂く。このあたりは彼の自尊心とでもいうのか、一度口にしたことは必ず守らんとする意志が窺える。そういった意味では、敵とはいえ信用できる人物なのかもしれない。

「では、こうしましょう。後日改めて我々の方から、龍王様の下に和平の使者をお送りさせて下さい。我々は貴方様に忠誠を誓います。それで北の大国と同様に、我が国とも円満な協力関係を築いては頂けませんか？」

「……なるほど、それは非常に良きことだ」

「お、お待ち下さい！　龍王様っ！」

ロリゴンとの関係で学んだ交渉スタイルが役に立ったぞ。

意外とチョロいの知っているよ、エンシェントドラゴン。

一方でスペンサー子爵からは悲痛な声が。

「何故だ？　ニンゲン」

「我々との約束を反故《ほご》にするのですか⁉」

「反故にはしない」

「では何故！」

「この者たちに忠誠を誓わせるだけだ」

「そ、それが反故ではありませんかっ！」

「…………」

北の大国から龍王様を引《ひ》っ剥《ぺ》がせれば、それが最良の流れだろう。キングな方々の助力を失くして、それでも挑んでくるほど世情に疎いということはないと思う。本日の宣戦布告も有耶無耶《うやむや》にできる。

なんたって王様一人で、何十万という人類の軍兵に勝る。北の大国がどれほど素晴らしい軍事力を備えていようとも、ペニー帝国や同盟国に手出しをすることはなくなるだろう。南部諸国での陣取り合戦は激化するかもしれないけれど。

「龍王様は以前、ご自身が口にされた言葉を覚えておられますか？」

「余は王である。自らの発言に背くような真似は決してしない」

ブサメンの面前、龍王様とスペンサー子爵の間では言葉が続けられる。

エディタ先生の魔道具のおかげで、話の流れは完全にこちらのものだ。

「自らを慕う民を導くのが、王の務めだと仰っていました」

「そうだ、それが王の務めだ」

「我々を民として迎え入れて下さったのではありませんか？」

「迎え入れた。それがどうした？」

「民を導くべく、龍王様はこの場に足を運ばれました」

「……ぐるる」

今の物言い、やはり先程のやり取りはスペンサー子爵の入れ知恵だろう。

龍王様、なかなかお辛そう。

一本ビシッと筋が通っているからこそ、前にも後ろにも引けない状況と思われる。ロリゴンの町長に対するこだわりに通じるものを感じる。エンシェントドラゴンというのは、自身が考えている以上に義理堅い生き物なのかもしれない。

そうでなければスペンサー子爵も取り入ることは不可能だったと思う。

精霊王様あたりが相手だったら、きっと適当なこと言って軽々しく反故にしてしまうんだろうな、みたいな。それでも彼女の場合はノーパンだし、スカート短いし、どんな表情でもだいたいエロいし、童貞的には擦り寄りたくなる。

精霊ってセックスはするのだろうか。交尾の概念がないのなら、実質処女だと言えるのではないか。そう考えると、断然アリのような気がしてきた。あのアニメ声で喘がれるお姿を拝見したくてならない。

「スペンサー子爵、この場は一度お引き取り願えませんか？」

「……そうさせて頂きます」

子爵、めっちゃ不服そうな表情をされている。

姉妹揃ってあまり表情を顔に出さない人たちだけれど、今回は滲み出る苛立ちを隠しきれていない。お姉さんに続いて、妹さんにも完全に嫌われてしまったな。そういう表情でジッと見つめられながら、姉妹丼を味わってみたいものだ。

「ニンゲンよ、何もせずに戻るつもりか？」

「これ以上、龍王様にご負担を掛ける訳にはいきません」

「……左様であるか」

物は言いようである。

どことなくホッとした雰囲気の龍王様にブサメンも安堵を覚える。目の前に垂れている尻尾が自分のモノだと分かっていても、スタンス上どうしても喰い付かねば気がすまない人って、意外と世の中にいるものだ。偉い人には特に。

直後、二人は空間魔法によってどこへともなく去っていった。

以降しばらく待ってみても戻ってくることはない。

地上に意識を向けると、そこには空を見上げる陛下とロイヤルビッチ、加えて二人を守るように円陣を組み、油断なく剣を構えた近衛騎士たちの姿が目に入った。また、そのすぐ近くでは未だにギシギシと、上下運動を続けている馬車の姿が。

当初の予定は完全に破綻。凱旋は見る影もない。

けれど、ペニー帝国的には決して悪くない結果ではなかろうか。

生命の危機に瀕したメルセデスちゃんの性欲、半端ない。

人生を謳歌して逝ける人って、たぶん彼女のような人種なんだと思う。

＊

北の大国から宣戦布告を受けた翌日のこと。

ブサメンはリチャードさんと共に、宮中の二人組から、呼び出しを受けた。場所は例によって王宮に設けられた陛下の私室である。そこで座り慣れたソファーに二人並んで腰を落ち着けて、家主と顔を合わせている。

宰相殿はいつもどおり、陛下の掛けたソファーの後ろで立っている。毎度のこと思うんだけれど、足が疲れないのだろうか。立場上、座れないことは分かっている。けれど、そろそろいい歳なのだし、大変ではなかろうかと。

「タナカ伯爵、昨日は誠に大義であった」

「勿体なきお言葉にございます、陛下」

昨日は龍王様の予期せぬ登場を受けて、以降に予定されていた催しがすべて延期となった。敵国の貴族が城下に侵入したとあって、宮中から市井に至るまで、騎士や憲兵が総出で確認してまわる事態である。

代わりに自身は首都カリスを訪れた皆々から、事の次第を確認した。

結果的に自身の想像はドンピシャリ。

遠見の魔法越しに見た光景は、先生の魔道具によるものだった。

彼女たちからも色々と確認を受けたところ、ペニー帝国が北の大国から宣戦布告を受けた旨、また、予期せぬ攻撃が龍王様によるものであったことをお伝えした。後者については皆々、なんとなく察していたようである。

同日はその後、騒動の後片付けで過ぎていった。

「祭事が滞ってしまった点は残念であるが、こちらは用意が整い次第、すぐにでも再開しようと考えている。市

井にも既に達しを出しておる。余としては当初予定していたよりも、より華々しい宴が成されることを信じてならない」

「ご多忙のところ、お気遣い下さり恐縮です」

そうして語る陛下はホクホク顔である。

めっちゃ機嫌が良さそうだ。

「北の大国からの宣戦布告を受けて尚も、民の支持は十分なものだ。国内の貴族たちの動きも、昨日の一件を受けたことで変化が見られる。北の大国と通じていた者たちも、チラホラと見つかり始めた」

「間諜ですか？　それはまた穏やかではありませんね」

「うむ、耳の痛い話である。しかし、この度の出来事を受けて、彼の者たちのやり口も段々と見えてきた。これは宰相とも相談をしておるのだが、今後はペニー帝国としても、より組織的に北の大国へ対抗していこうと考えておる」

「それは何よりでございます」

嬉々として語る陛下に、粛々と相槌《あいづち》を打って応じる。

すると本日は宰相殿からも、お褒めの言葉を頂戴した。

「宮中でのタナカ伯爵に対する風当たりも、これでかなり弱まることだろう。伯爵の領地で行われた魔王の討伐とは異なり、先日の出来事は首都カリスでのこと。自らの目で貴殿がドラゴンと相対する姿を確認していた貴族も多い」

「宰相殿からそのように仰って頂けるとは幸いです」

リチャードさんもブサメンの隣に腰掛けて、ニコニコと笑みを浮かべている。彼の場合は普段から笑顔ではあるけれど、本日のそれはいつも以上に嬉しそうだ。きっとフィッツクラレンス家にも得のある出来事だったのだろう。

これで娘さんに対する借りを少しでも返せたら嬉しい。

「そこで陛下は、タナカ伯爵に褒美を授けると仰っている」

「これだけの働きをしてみせたのだ、タナカ伯爵には今まで以上の立場から、ペニー帝国の為に働いて欲しいと考えておる。それは我が国の為であると同時に、伯爵の為にもなると余は確信を覚えている」

「ありがたきお言葉にございます」

やったぞ、ご褒美タイム。

ただ、個人的には爵位とかそういうのはもう十分である。位が一つ二つ上がったところで、自身の日常に変化があるとは到底思えない。それよりもタナカ伯爵ではなく、関係各位に対してご褒美を確保したい。

領地の代表者として、このあたりは非常に大切なお仕事。自分ばかり美味しい思いをしていては、皆々に示しが付かない。だがしかし、皆々がどういったモノを欲しているのか、ブサメンは見当がつかない。

陛下的には大聖国の確保に当たって、利権を与えたつもりになっているのだろう。決して馬鹿にならないご褒美だ。他所の貴族なら目の色を変えると思う。けれど、それを欲する人物がブサメンの周りにはほとんどいない。

精々、メルセデスちゃんくらいなものだ。

ロリゴンとか何をプレゼントしたら喜んでくれるだろう。

キモロンゲなど、想像することも難しい。

どれだけ考えても見えてこない。

ええい、知らぬ間柄でもなし、丸投げしてしまえ。

「恐れ入りますが、自身は既に色々と頂戴しております。そこで今回は差し支えなければ、私に協力して下さっている方々に対して、陛下より直々に褒美を賜れましたら幸いです。その機会を頂戴できませんでしょうか？」

「相変わらず欲のないことだな、タナカ伯爵よ」

「今回の出来事にしましても、私一人の手柄ではございません」

「では近いうちに、追ってこちらから連絡を入れるとしよう」

「ありがとうございます」

宰相殿からも取り立てて異論は上がらなかった。

リチャードさんも然り。

タナカ伯爵個人としては、魔王様の討伐以降、なにかと忙しくしていた。凱旋云々を終えたら向こうしばらくは、ゆっくり過ごそうと思う。大聖国の掌握に務める為、とかなんとか適当に理由をでっち上げて、当面はドラゴンシティに引きこもりだ。

そんなふうに今後の予定に思いを馳せ始めた時分のこと。

「ところでタナカ伯爵は、今回の出来事をどう捉えておるか？」

「と、申しますと？」

「余はこの機会を何もせぬまま見送るのは、惜しいと感じている」

ご褒美のやり取りが終えられたのも束の間、陛下が語り始めた。

どうやら内々での意識合わせでも、話題に上げられていなかった内容らしく、リチャードさんのみならず宰相殿も、おや？ といった面持ちとなり彼のことを見つめている。当然ながらブサメンにも覚えのないお話だ。

「以前、宮中に出入りしている吟遊詩人が歌っておった。人は自ら成長することを諦めた時、老いをその身に宿すのだという。老いを遠ざける為には、常に向上心を持って日々を過ごすべきであるそうだ」

「それはなんとも、身に染みるお言葉でございますね」

「これに余は治世もまた、同様ではないかと考えておる」

なんだろう、急に説教がしたくなったのだろうか。

そういうのは他所の貴族を相手にして欲しい。

陛下直々とあらば喜んで耳にすることだろう。

昨今では宰相派閥とフィッツクラレンス派閥が歩調を揃えた為、国内の貴族に対する陛下の影響力も急上昇を見せているという。リチャードさんから以前もらった手紙に、そのようなことが書いてあった。

「そこでタナカ伯爵に一つ、余から頼みたいことがある」

「……なんでしょうか？」

ひと仕事終えたと思ったら、またお仕事だろうか。

こうなると文句の一つも言いたくなる。

しかし、続けられた言葉を耳にしては、ブサメンも困った。

「余は北の大国に対して、打って出たいと考えておる」

「…………」

あぁ、調子に乗った陛下が、また妙なことを言い始めたぞ。

あとがき

　まず最初に読者の皆様へお伝えさせて頂きますところ、前巻から長らくお時間を頂戴してしまい大変申し訳ありませんでした。ここ最近の世情も影響しまして、ラノベ業界も影響を受けておりました次第にございます。

　そのような千辛万苦な社会情勢にもかかわらず、本巻を手に取って下さりました皆様におかれましては、心よりお礼申し上げます。明るいニュースが数を減らして思える昨今、少しでも気晴らしに貢献できたら幸いでございます。

　ところで、こと自身に関しましては、MだSたろう先生によるイラストこそ、本作を続ける上で何よりの原動力であります。表紙を飾っている新キャラを筆頭に、着々と数を増やす登場人物をまんべんなく描いて下さる先生には、ただただ感謝でございます。

　いつも素敵なイラストをご提案下さり、誠にありがとうございます。

　こちらの流れで謝辞とさせて頂きましては、担当編集I様、並びにGCノベルズ編集部の皆様におかれましては、他に多数のヒット作を抱えておられながらも、本作にお時間を割いて下さりましたこと厚くお礼申し上げます。

　ゴッゴル氏の新作タペストリー、とても嬉しゅうございます。

　また、本作をご支援下さる営業や校正、翻訳、デザイナーのご担当者様方。並びに書籍を扱って下さる国内外の書店様やネット販売店様、ご声援を下さる関係各所の皆様には、1巻発売当初から並々ならぬご高配を賜り、深謝申し上げます。

　どうぞ今後とも、小説家になろう発、GCノベルズの『田中』をよろしくお願いいたします。

GC NOVELS

田《た》中《なか》

～年齢《ねんれい》イコール彼女《かのじょ》いない歴《れき》の魔《ま》法使《ほうつか》い～

12

2021年4月8日　初版発行

著者
ぶんころり

イラスト
MだSたろう

発行人
子安喜美子

編集
伊藤正和

装丁
横尾清隆

印刷所
株式会社平河工業社

発行
株式会社マイクロマガジン社
〒104-0041　東京都中央区新富1-3-7 ヨドコウビル
［販売部］TEL 03-3206-1641／FAX 03-3551-1208
［編集部］TEL 03-3551-9563／FAX 03-3297-0180
https://micromagazine.co.jp/

ISBN978-4-86716-123-4　C0093

本書は小説投稿サイト「小説家になろう」（https://syosetu.com/）に掲載されていたものを、加筆の上書籍化したものです。

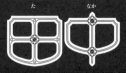

コミックの田中さん
モテキ到来の予感

RideComics

田中のアトリエ
年齢＝彼女いない歴の魔法使い

漫画／折月なおやす
Comic by Oritsuki Naoyasu

原作／ぶんころり
Original by Buncololi

キャラクター原案／MだSたろう
Character by M-da S-taro

新たなヒロイン
続・々・登・場!!
エディタ
ダークムチムチ
ロリゴン
第①～④巻 大好評発売中!

GC NOVELS 話題のウェブ小説、続々刊行！ 毎月30日発売